हिन्द पॉकेट बुक्स

जीवन रेखाएं और आपका स्वास्थ्य

कीरो एक महान आयरिश ज्योतिषी थे। उनका मूल नाम विलियम जॉन वार्नर था। कीरो का जन्म नवंबर 1866 में इंग्लैंड के ब्रे नामक स्थान पर हुआ था। 17 वर्ष की उम्र में कीरो मुंबई आ पहुंचे और यहां प्रसिद्ध ज्योतिषी वेदनारायण जोशी से मिले और उनसे परामर्श करके वे हिमालय, कश्मीर, लद्दाख, वाराणसी गए और ज्योतिष शास्त्र का गहन अध्ययन किया।

तीन वर्ष में वे ज्योतिष, तंत्र आदि का ज्ञान प्राप्त करके वापस लौटे। इसके बाद कीरो ने वैज्ञानिक पद्धति से भविष्य का वाचन करना आरंभ किया, जिसका अन्य कोई मुकाबला नहीं कर पाया है।

जीवन रेखाएं और आपका स्वास्थ्य

कीरो

हिन्द पॉकेट बुक्स
पेंगुइन रैंडम हाउस इम्प्रिंट

हिन्द पॉकेट बुक्स

यूएसए। कनाडा। यूके। आयरलैंड। ऑस्ट्रेलिया। सिंगापुर
न्यू ज़ीलैंड। भारत। दक्षिण अफ़्रीका। चीन

हिन्द पॉकेट बुक्स, पेंगुइन रैंडम हाउस ग्रुप ऑफ़ कम्पनीज़ का हिस्सा है,
जिसका पता global.penguinrandomhouse.com पर मिलेगा

पेंगुइन रैंडम हाउस इंडिया प्रा. लि.,
चौथी मंजिल, कैपिटल टावर - 1, एम जी रोड,
गुड़गांव 122 002, हरियाणा, भारत

पेंगुइन
रैंडम हाउस
इंडिया

प्रथम हिन्दी संस्करण हिन्द पॉकेट बुक्स द्वारा 1999 में प्रकाशित
यह हिन्दी संस्करण हिन्द पॉकेट बुक्स में पेंगुइन रैंडम हाउस द्वारा 2022 में प्रकाशित

10 9 8 7 6 5 4 3 2

इस पुस्तक में व्यक्त विचार लेखक के अपने हैं, जिनका यथासंभव तथ्यात्मक सत्यापन किया गया है, और इस संबंध में प्रकाशक एवं सहयोगी प्रकाशक किसी भी रूप में उत्तरदायी नहीं हैं।

ISBN 9789353496395

मुद्रक : मणिपाल टेक्नॉलजीस् लिमिटेड, भारत

www.penguin.co.in

FSC www.fsc.org
MIX
Paper | Supporting responsible forestry
FSC® C043100

This is a legitimate digitally printed version of the book and therefore might not have certain extra finishing on the cover.

क्रम

भाग 1

हस्त रेखाएं

भाग 2

अंक-विज्ञान और ज्योतिष

प्रस्तावना

हस्तरेखाओं का अध्ययन पूर्वकाल से अब तक

मैंने इस विषय से पिछले इक्कीस वर्षों तक संबंधित रहने के दौरान जो भी सफलता प्राप्त की, उसका मुख्य कारण यही है कि भले ही मैंने हाथ की रेखाओं और हाथ की बनावट का प्रधान रूप से अध्ययन किया है, फिर भी मैंने प्रकृति के इसी पृष्ठ तक ही अपने को सीमित नहीं रखा। मैंने उन बातों की ओर भी गौर से ध्यान दिया, जो मानव जीवन पर कुछ भी प्रकाश डाल सकती हों। इसके फलस्वरूप मैंने त्वचा की लकीरों और हाथ के रोएं आदि सभी तत्त्वों का उपयोग इस प्रकार किया जैसे कोई जासूस कोई सुराग पाने के लिए प्रमाण जुटाने के सभी सुलभ संकेतों का उपयोग करता है। मैंने पाया कि लोगों ने मेरे इस प्रकार के अध्ययन को संशय की दृष्टि से देखा था, क्योंकि इस विषय को तर्कसंगत तरीके प्रस्तुत ही नहीं किया जाता था।

हाथ से संबंधित ऐसे सैकड़ों तथ्य हैं, जिनके बारे में लोगों ने शायद ही कभी सुना समझा हो। यहां यदि मैं उनका उल्लेख करूंगा तो असंगत न होगा। उदाहरण के लिए 1853 में मेस्नार ने सिद्ध कर दिया था कि जिन्हें रक्त-कणिकाएं कहते हैं, वे हाथ में सूक्ष्म आणविक तत्त्व की भांति एक खास ढंग से बंटी होती हैं। उंगलियों के पोरों में एक वर्ग लाइन में 108

अणु और 400 पैपीला (papillae) होते हैं। इनमें एक विशेष प्रकार की थरथराहट या स्पंदन होता है। इनकी संख्या हाथ की लाल लकीरों में सबसे अधिक होती हैं और विचित्र बात तो यह है कि ये हथेली की रेखाओं से अलग सीधी पंक्तियों में होती हैं। इन स्पंदनों का अध्ययन-परीक्षण करने से यह ज्ञात हुआ कि थोड़ा-सा गहराई से अध्ययन करने पर हर व्यक्ति के हाथों के इन स्पंदनों को साफ़-साफ़ पहचाना जा सकता है। स्वास्थ्य की विभिन्न अवस्थाओं विचार-प्रवाह और उत्तेजना के क्षणों में ये घटते या बढ़ते हैं और मृत्यु के आगमन में सर्वथा प्रायः समाप्त हो जाते हैं। लगभग बीस वर्षों बाद एक व्यक्ति के साथ कुछ परीक्षण किए गए। वह जन्म से अंधा था, किंतु उसकी श्रवण शक्ति असाधारण रूप से तेज थी, मानो प्रकृति ने उसकी श्रवण शक्ति को तेज करके अपनी ओर से उसकी देखने की शक्ति की क्षतिपूर्ति कर दी थी। किसी व्यक्ति की इस अदृश्य थरथराहट या स्पंदन में होने वाले परिवर्तनों को वह तनिक सी ही देर में पकड़ लेता और आश्चर्य जनक रूप से सही-सही बता देता कि उस व्यक्ति की उम्र कितनी है या वह किसी बीमारी के आक्रमण या मृत्यु के कितने निकट है।

सन् 1874 में सर चार्ल्स बैल ने इन रक्त कणिकाओं का गहन अध्ययन करके यह सिद्ध कर दिया है कि हर रक्त कणिका में स्नायु या नस के तंतु का अंतिम सिरा होता है, जो दिमाग के साथ संबद्ध होता है। इस महान् विशेषज्ञ ने यह भी साबित कर दिया कि मस्तिष्क के हर एक भाग का हाथ के स्नायु-तंत्र से संपर्क रहते हैं—खासकर उंगलियों के पोरों और हाथ की लकीर की रक्त-कणिकाओं के साथ।

परंतु पूर्वाग्रहों और पूर्वधारणाओं से जूझना बहुत ही कठिन होता है। इसका परिणाम यह हुआ कि जो अध्ययन मानव जाति की अकथनीय सहायता कर सकता था, उसकी ओर आज के युग में ध्यान ही नहीं दिया जा रहा, लेकिन इस बात से इनकार नहीं किया जा सकता था कि अन्य सभ्यताओं के अनेक महान् गुरुओं और अध्येताओं ने इस अद्भुत विद्या का न केवल अध्ययन किया, बल्कि उसका व्यवहार में भी सफल उपयोग

किया।

ये प्राचीन दार्शनिक क्या हमसे अधिक गुण-संपन्न ज्ञानी थे ? यह प्रश्न दीर्घकाल से विवाद के घेरे में पड़ा हुआ है, किंतु सबसे महत्त्वपूर्ण यह बात स्वीकार की जाती है कि उस समय मानव जाति के अध्ययन का सबसे महत्त्वपूर्ण विषय था मानव। इसलिए यह मानना अधिक तर्कसंगत होगा कि उनके निष्कर्ष, हमारे अपने युग, जो मुख्यतः विनाश, युद्ध पोतों, बारूद और तोपों के लिए प्रसिद्ध है, के निष्कर्षों से अधिक सही होंगे।

हस्तरेखाओं के अध्ययन का इतिहास सबसे प्राचीन और प्रबुद्ध सभ्यता वाले राष्ट्रों से आरंभ होता है। उन सभ्यताओं के सबसे महान् प्रज्ञापुरुषों ने उसका गहन अध्ययन किया और वे अपने दार्शनिक विचार हमारे लिए विरासत के रूप में छोड़ गए, जिस पर हमें आज तक आश्चर्य होता है। भारत, चीन, ईरान, मिस्र, रोम, इन सबने मानव अध्ययन के अंग स्वरूप हाथ के अध्ययन को सबसे अधिक महत्त्व दिया।

मेरी भारत-यात्रा के दौरान कुछ ब्राह्मणों के (जो जोशी उपजाति के थे और जिनके पूर्वज अज्ञात काल से रहस्यमयी विद्याओं के ज्ञाता के रूप में विख्यात थे) निकट संपर्क में रहने का अवसर मिला। उन्होंने मुझे इस विषय के एक असाधारण ग्रंथ को अध्ययन करने और उसमें से कुछ नोट करने की अनुमति प्रदान की। वे उस ग्रंथ को पवित्र ग्रंथ मानते थे और वह उसी हिंदुस्तान के महान् अतीत काल का था, जिसका आज तिरस्कार किया जाता है।

आज इस विद्या को जो स्पष्ट तथा विस्तारपूर्वक सुलभ है, उसका श्रेय यूनानी सभ्यता को जाता है। यूनानी सभ्यता कई मायनों में संसार की सबसे उच्च और बौद्धिकतापूर्ण सभ्यता मानी जाती है। वहीं हस्तरेखा-शास्त्र या 'कीरोमेंसी' (Cheiromancy) (जो यूनानी भाषा के शब्द कीरो (Cheiro) से बना है, जिसका अर्थ है हाथ) का विकास हुआ। उसे उन लोगों की स्वीकृति भी मिली, जिन्होंने हमें वे नियम तथा दार्शनिक विचारधारा दी, जिसका प्रयोग हम आज करते हैं, और जिनकी पुस्तकें सभी अग्रगण्य स्कूलों और कालेजों में पढ़ाई जाती हैं।

यह जानी-मानी बात है कि दार्शनिक अनेक्सागोरस इस विद्या को पढ़ाते ही नहीं थे, बल्कि उसका व्यावहारिक उपयोग भी करते थे। हमें ज्ञात हुआ है कि हिस्पेंस को हरनीस की वेदी पर सुनहरे अक्षरों में लिखा एक ग्रंथ मिला जो हस्तरेखा शास्त्र से संबंधित था। उसने यह ग्रंथ अलेक्जेंडर महान् को यह कहकर भेंट किया था कि यह ग्रंथ प्रज्ञावान तथा जिज्ञासु बुद्धिमान व्यक्ति के लिए ध्यानपूर्वक अध्ययन योग्य है। क्षीण मनःशक्ति वाले लोगों ने इसका अनुसरण किया हो, ऐसी बात नहीं है। इसके विपरीत, उसके शिष्यों में अरस्तू, प्लीनी, कारडेमिस, अलबर्ट्स मैगनस, ऑगस्टस और अनेक अन्य प्रतिष्ठित विद्वान थे।

इसके बाद हम उस समय तक आ पहुंचते हैं, जब चर्च का प्रभाव और शक्ति का अनुभव धर्म के क्षेत्र के बाहर भी किया जाने लगा था। कहा जाता है आरंभिक चरण में धर्माचार्य प्राचीन जगत के इस विज्ञान के प्रभाव को पसंद नहीं करते थे। भले ही यह सत्य हो या असत्य, परंतु आरंभ के चर्च ने इस विज्ञान की जमकर निंदा की और इसके लिए सभी प्रकार के उत्पीड़नों का प्रयोग किया। यह एक शाश्वत सत्य है कि प्रत्येक धार्मिक मत या संप्रदाय के प्रभुत्व का इतिहास उस ज्ञान के विरोध के इतिहास से भरा पड़ा है। जो उनके माध्यम से न आया हो। इस विद्या को विद्यार्थियों की संतान कहा गया और इस विद्या को स्वयं को खरा सिद्ध करने के लिए उपयुक्त अवसर ही नहीं दिया गया। इसे जादू टोना बताकर घोर निंदा की गई, इसके अध्येताओं को शैतान का बेटा कहा गया। इस विकट विरोध का परिणाम यह हुआ कि इसके अध्ययन को गैरकानूनी करार दे दिया गया और इसका अध्ययन या उपयोग घुमक्कड़ों, फकीरों और खानाबदोश लोगों के हाथों में जा पड़ा। इस संदर्भ में दिलचस्प और महत्त्वपूर्ण बात तो यह है कि इतनी तमाम निंदा विरोधों के बाद भी संभवतः सबसे पहली जो पुस्तक छपी, वह हस्तरेखा-शास्त्र पर थी। दाई कुंस्त कीरोमैन्शिया नाम से छपी इस पुस्तक का प्रकाशन ऑग्सबर्ग में 1475 में हुआ था।

जिस प्रकार शरीर-रचना विज्ञान का अध्येता एक अस्थि का निरीक्षण-परीक्षण करके सारे शरीर का आनुमानिक निर्माण कर सकता है,

उसी प्रकार एक व्यक्ति के आवश्यक अंग-हाथ का अध्ययन करके उस व्यक्ति के समग्र शरीर-तंत्र की क्रिया को समझा जा सकता है और प्रत्येक परिणाम को उसके संभावित कारण से जोड़ा जा सकता है। इसमें न तो कोई अंधविश्वास है, और न कुछ रहस्यात्मक।

आज आधुनिक विज्ञान अतीतकाल के तथाकथित अंधविश्वासों को सत्य सिद्ध करने लगा है। संसार भर के वैज्ञानिक धीरे-धीरे अपने पूर्वाग्रहों से हट रहे हैं और तंत्र के गूढ़ प्रश्नों का अध्ययन करने लगे हैं। हो सकता है कि एक दिन इस प्रकार के विषयों के संदर्भ में 'क्यों' और 'कहां-कैसे' आदि प्रश्नों के उत्तर उसी प्रकार सहजता से दिये जा सकें जिस प्रकार आज एक देश से दूसरे देश तक खबरें पहुंचाने वाली बेतार तरंगों के बारे में दिये जा सकते हैं।

–कीरो

भाग-1

जीवन और स्वास्थ्य संबंधी हस्त-रेखाएं

जीवन-रेखा कैसी-कैसी

जिसे हम जीवन के रूप में जानते हैं, वह केवल अस्तित्व है; एक प्रतीक्षा-स्थल, सागर किनारे का एक आश्रय-स्थल, अपरिमित दूरियों के बीच तनिक-सी जगह, और जीवन जो आगे है, उसकी एक झलक, एक दृश्यावलोकन-भर है।

–कीरो

'मेरे आने वाले दिन कैसे होंगे और मेरी आयु कितनी होगी, इतना भर मुझे बता दो; और तब देखना कि मैं कितनी सहजता से इस ज्ञान की छांव में चलूंगा।'

यह लिखा था स्मिथ डेविड ने और इजराइल के उस मधुर गीतकार का भाव-अर्थ समझना कठिन नहीं था।

उसे जीने के लिए कितने वर्ष मिले हैं, उनके विषय में वह कुछ संकेत पाना चाहता था जिससे वह अपने जीवन-काल को किफायत से खर्च करे और जीवन के कर्त्तव्यों को इस जानकारी के साथ पूरा कर सके कि उसका वर्तमान जीवन उस भावी एक अन्य जीवन की प्रस्तावना मात्र है जो वर्तमान जीवन से अधिक व्यापक और श्रेष्ठतर होगा।

जीवन-रेखा हाथ की रेखाओं में सबसे महत्त्वपूर्ण होती है। यहां मैं यह स्पष्ट कर देना चाहता हूं कि जीवन-रेखा को केवल यह बताने के लिए ही नहीं देखा जाता कि व्यक्ति-विशेष की उम्र कितनी होगी—लंबी आयु होगी या छोटी।

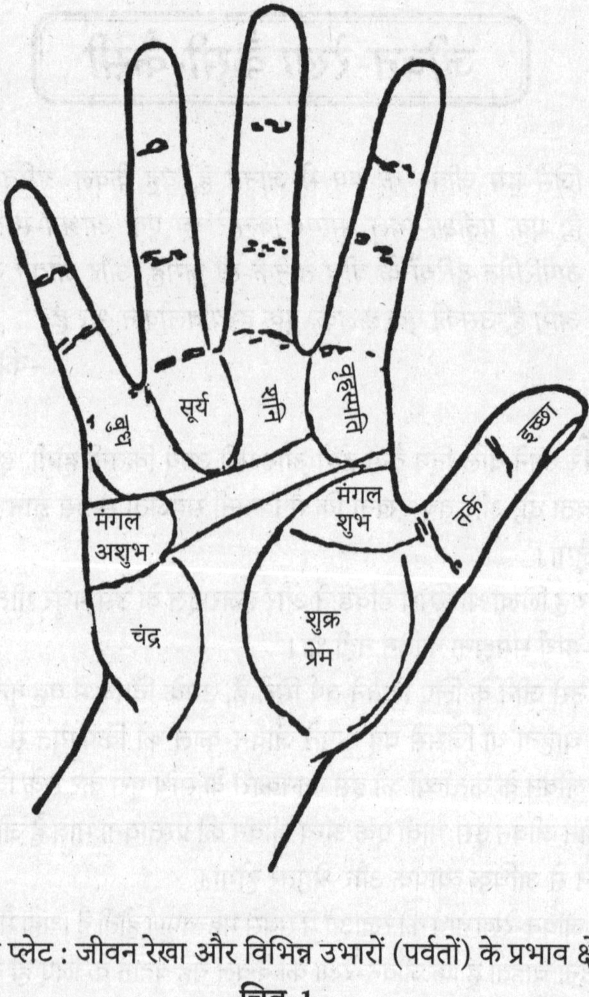

विशेष प्लेट : जीवन रेखा और विभिन्न उभारों (पर्वतों) के प्रभाव क्षेत्र

चित्र-1

इस संबंध में मैं कुछ भ्रांत धारणाओं को सही कर देना चाहूंगा।

हाथ देखते ही, बहुत से लोग यह मान बैठते हैं कि लंबी जीवन रेखा जो 'शुक्र के उभार' (शुक्र पर्वत) को घेरे हुए होती है, लंबी उम्र बताती है। यह ठीक हो सकता है किन्तु इस रेखा के साथ अन्य चिह्न और बातें भी होती हैं जिनको उसके साथ मिलाकर ही संतुलित निष्कर्ष निकालना चाहिए। हो सकता है कि व्यक्ति विशेष की आयु अधेड़ अवस्था तक ही हो या उससे भी कम हो।

मेरा कहना तो यही होगा कि यदि यह रेखा दोष रहित है—न वह कहीं से कटी-टूटी है, न उस पर कोई निशान या किसी तरह का अन्य दोषयुक्त लक्षण है—तो आयु काफी लंबी और स्वास्थ्य अच्छा होना चाहिए। परंतु ऐसी रेखा बहुत ही कम देखने में आती है। जीवन-रेखा को देखते समय सबसे महत्त्वपूर्ण बात यह है कि जीवन-रेखा के साथ-साथ स्वास्थ्य-रेखा पर भी ध्यान देना बहुत आवश्यक है। यह एक ऐसी सहायक रेखा है जिसे हस्तरेखा-शास्त्र के विद्वान अक्सर नजरअंदाज कर जाते हैं जिन्होंने हाथ की रेखाओं का गहन अध्ययन लंबे समय तक नहीं किया है।

जीवन-रेखा अंगूठे के आधार को घेरती हुई उस बड़ी रक्त शिरा के ऊपर से गुजरती हैं जो 'ग्रेट पामर्स आर्च' कहलाती है (देखिए हाथ का नक्शा) इस रक्त शिरा का पेट, हृदय और अन्य मर्म-स्थलों के साथ घनिष्ठ संबंध होता है। संभवतः इसी कारण से प्राचीन काल के लोग उस रक्त-शिरा को 'जीवनदायिनी' कहते थे।

इसीलिए संभवतः यह मानना अधिक तर्कसम्मत होगा कि शरीर के गर्म-स्थलों के साथ निकटतम संबंधित होने के प्राकृतिक कारणों के आधार पर यह जीवन-रेखा बता पाती है कि व्यक्ति-विशेष की आयु कितनी लंबी होगी।

यदि इस विद्या का अध्येता इस तथ्य को ध्यान में रखेगा तो यह स्पष्ट हो जाएगा कि स्वास्थ्य और बीमारी के विषय में भविष्यवाणी करने में अनेक कठिनाइयां हैं और वह नीचे बताई गयी बातों को ज्यादा आसानी से समझेगा और अपनाएगा।

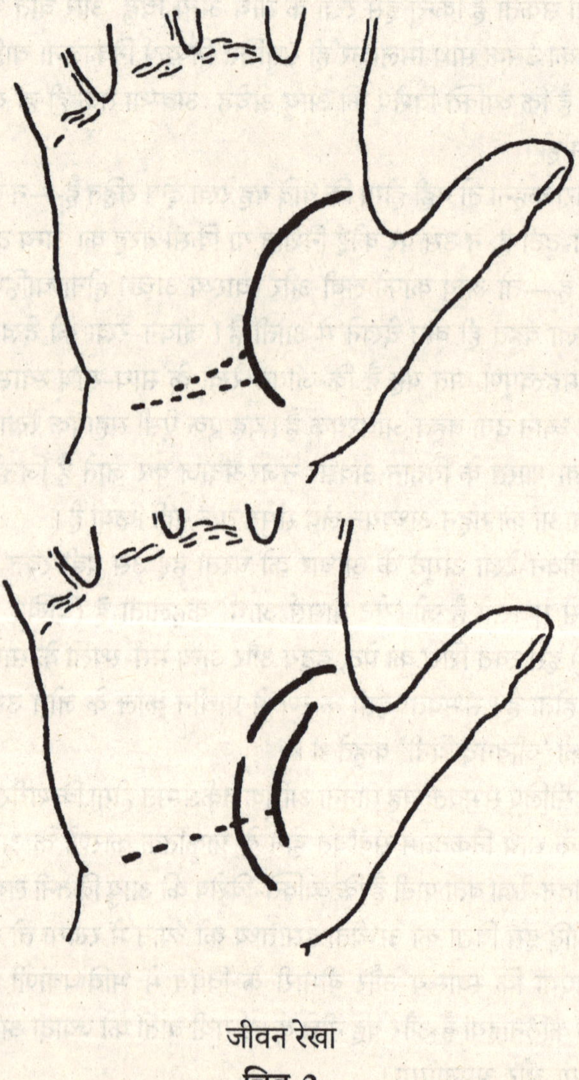

जीवन रेखा

चित्र-2

ध्यान में रखने वाला पहला नियम तो यह है कि सामान्य होने के लिए जीवन-रेखा लंबी हो, स्पष्ट हो और बीच में कहीं टूटी न हो और उसमें किसी प्रकार का दोष न हो। ऐसी रेखा जीवनी-शक्ति, रोगों से मुक्ति और सुपुष्ट शरीर की सूचक होती है।

जीवन-रेखा पेट और अन्य मर्म अंगों का भी प्रतिनिधित्व करती है। इस कारण यदि यह रेखा स्पष्ट और भलीभांति अंकित हो तो व्यक्ति-विशेष की पाचन-शक्ति अनिवार्यतः अच्छी होनी चाहिए।

यदि जीवन-रेखा छोटे-छोटे टुकड़ों से जुड़कर या जंजीर जैसी बनी हो तो वह खराब स्वास्थ्य, कमजोर पाचन-क्रिया और शक्ति की कमी की सूचक होती है।

जीवन-रेखा प्रत्येक दृष्टि से व्यक्ति के शरीर के धड़ का प्रतिनिधित्व करती है, अतः टूट के इन चिह्नों, कड़ियों, द्वीपों आदि से प्रकट होता है कि शरीर का कौन-सा भाग सर्वाधिक प्रभावित होगा।

आगे बढ़ने से पहले मैं जिज्ञासुओं को यह भी समझा देना चाहता हूं कि हाथ की प्रत्येक रेखा और चिह्न की दोहरी भूमिका होती है। एक भूमिका द्वारा ये रेखाएं यह बताती हैं कि व्यक्ति पूरे जीवन-काल में किन रोगों से ग्रस्त रहेगा और दूसरी भूमिका में ये रेखाएं बताती हैं कि जीवन के किस काल-खंड में बीमारी सबसे गंभीर स्थिति में पहुंचेगी।

प्रकृति के इस अद्भुत चमत्कार को भली भांति समझाने के लिए मैंने इस रेखा को भागों में बांट दिया है (देखिए विशेष प्लेट) यद्यपि यहां मैं ज्योतिष शास्त्र के विषय में नहीं लिख रहा हूं परंतु इस विद्या में आस्था रखने वालों के लिए यह जानना दिलचस्प होगा कि मुझ जैसे निष्पक्ष प्रेक्षक द्वारा तुलना करने पर दोनों विद्याओं में कितनी अद्भुत समानता है।

विशेष प्लेट में जीवन-रेखा की विभिन्न प्रवृत्तियां दर्शाने वाले भाग दिखाए गये हैं, जो उंगलियों के नीचे उभारों (पर्वतों) द्वारा विभाजित होते हैं। इससे ज्योतिष के अध्येताओं को इनका महत्त्व समझने में ठोस सहायता मिलेगी और वे स्वास्थ्य, बीमारी, जान को खतरे आदि के बारे में बिल्कुल सही

जानकारी प्राप्त कर सकेंगे जो आज तक प्राप्त नहीं की जा सकी थी।

अब हम जीवन-रेखा के विषय में सविस्तार चर्चा करेंगे।

जीवन-रेखा वृहस्पति के उभार (पर्वत) के नीचे से निकलकर पूरी हथेली से गुजरती हुई शुक्र के उभार (पर्वत) को घेर लेती है।

जीवन-रेखा से निकलकर, दूसरी तरफ जानेवाली रेखाएं (जैसी कि पहले चित्र में बिंदु रेखाओं द्वारा दिखायी गयी हैं।) लंबी यात्राएं करने की सूचक हैं। यदि मुख्य रेखा अंगूठे के नीचे गहराई से अंकित हो तो व्यक्ति सदैव अपने देश लौट आएगा। यदि जीवन रेखा बीच में टूटी हुई हो (चित्र 2) तो इसे गंभीर बीमारी का सूचक समझना चाहिए। यदि जीवन-रेखा दोनों हाथों में टूटी हुई हो तो यह मृत्यु की सूचक है। यदि जीवन-रेखा की टूटन के ऊपर एक अन्य रेखा और हो जैसा कि दूसरे चित्र में दर्शाया गया है, तो व्यक्ति मृत्यु से बच जाएगा; भले उसे कितनी ही गंभीर बीमारी क्यों न हो।

इसके विपरीत, यदि जीवन-रेखा बाहर की ओर, हथेली के उल्टी तरफ मुड़े तो वह व्यक्ति अपने जीवन के अंतिम दिन अपने देश से बहुत दूर बिताएगा। इसका सबसे उल्लेखनीय उदाहरण जो मेरी जानकारी में आया है, वह ऑस्कर वाइल्ड का है।

अपने ज्योतिषीय कार्य-जीवन के आरंभिक वर्षों में उच्च समाज की एक सम्मानित महिला के घर मुझे बुलाया गया। उस दिन उन्होंने बहुत से प्रतिष्ठित लोगों को भी अपने यहां आमंत्रित कर रखा था। लाल मखमली पर्दे के पीछे से कई हाथ मेरे समाने फैला दिए गये ताकि मुझे यह मालूम न होने पाए कि किसके हाथ की रेखाएं मैं देख रहा हूं।

जब दो पुष्ट हाथ मेरे सामने बढ़ाये गये तो मैंने सोचा भी नहीं था कि हाथ उस व्यक्ति के हो सकते हैं, जो उस समय लंदन में सबसे चर्चित था। उसी रात ऑस्कर वाइल्ड ने (यह मुझे बाद में ज्ञात हो पाया कि मैं किसके हाथ देख रहा हूं।) 'दि वुमन ऑफ नो इम्पोर्टेंस' नामक नाटक का मंचन किया था जो उनके सबसे महान नाटकों में से एक था। मैं उसके दायें और बायें हाथों की भिन्नता देखकर दंग रह गया। मैंने समझाया कि बायें हाथ

की रेखाओं से विरासत में मिली प्रवृत्तियों का ज्ञान होता है और दायां हाथ वे विशिष्टताएं बताता है जिनका विकास व्यक्ति स्वयं करता है या वे उसकी स्व-अर्जित होती हैं। जब हम मस्तिष्क के बायें भाग का प्रयोग करते हैं तो नसें दाहिने हाथ में पहुंचती हैं। इस कारण दाहिना हाथ व्यक्ति को सच्ची प्रकृति और उसके अपने वास्तविक विकास को दर्शाता है।

उदाहरण के तौर पर मैंने ऑस्कर वाइल्ड के हाथों पर वे चिह्न देखे जिनके अनुसार बायां हाथ असाधारण बुद्धि और अबोध सफलता बताता था जो दाहिने हाथ में किसी खास समय पर एकदम टूटी हुई थी और नष्ट हो गयी थी। एक पल के लिए अपने को भूलकर मैं बेसाख्ता कह गया, 'बायां हाथ एक बादशाह का हाथ है लेकिन दाहिना हाथ एक ऐसे बादशाह का है जो स्वयं को ही देश-निकाला दे देगा और किसी अनजानी जगह में अकेला और मित्रविहीन मरेगा।'

यह सुनकर सभी व्यंग्यात्मक ढंग से हंसने लगे क्योंकि वे जानते थे कि मैं लंदन के सबसे सफल व्यक्ति का हाथ देख रहा हूं। किंतु उन हाथों का स्वामी नहीं हंसा।

'किस समय पर ?' उसने धीरे से पूछा।

'अब से कुछ वर्ष बाद निर्वासन होगा,' मैंने उत्तर में कहा। 'मैं तो कहूंगा आपके इकतालीसवें या बयालीसवें वर्ष के बीच। उसके कुछ वर्षों बाद आपके जीवन का भी अंत आ जाएगा।

वाइल्ड पर्दे के पीछे से बाहर आ गये। लोगों ने ठहाका लगाकर उनका अभिवादन किया। जिन्होंने समझा था कि यह एक बढ़िया मजाक है।

महान नाटककार उनकी ओर गंभीर मुद्रा में मुड़ा और अपनी कमाल की आवाज़ में मेरे शब्द दुहरा दिये, 'बायां हाथ एक बादशाह का हाथ है लेकिन दायां हाथ एक ऐसे बादशाह का है जो स्वयं को ही देश-निकाला दे देगा।'

यह कहकर बिना एक भी शब्द और बोले वह कमरे से बाहर चले गए।

इसके बाद उनसे मेरा मिलना उस समय तक नहीं हुआ, जब तक उन्होंने

मारक्विस आफ क्वींस बेरी के खिलाफ कार्रवाई शुरू न की। यह कार्रवाई उनके नाम को धूल में मिलाकर ही समाप्त हुई। वह आये और मुझसे पूछा कि रेखा की टूटन अभी भी है क्या? मैंने बताया कि 'हां' है। कहीं दूर से आती हुई आवाज़ में उन्होंने कहा, 'मेरे अच्छे दोस्त, यदि मेरे भाग्य की रेखा ही टूटी हुई है तो मैं क्या कर सकता हूं? आप भी जानते हैं और मैं भी कि भाग्य अपनी मुख्य सड़कों पर सड़क की मरम्मत करने वालों को नहीं रखता।'

आधी दुनिया का चक्कर लगाने के बाद सन् 1900 में पेरिस पहुंचने तक मैं उनसे फिर नहीं मिला। गर्मी की बड़ी सुहानी शाम थी। मैं अपने मित्रों के साथ एक प्रमुख रेस्तरां के छज्जे पर बैठा भोजन कर रहा था कि एक लंबा, दुबला अजनबी-सा व्यक्ति हमारे पास से गुज़रता हुआ भीड़ से दूर एक मेज़ के आगे आकर बैठ गया।

मैंने उनको पहचाना नहीं। मगर हमारी पार्टी के व्यक्ति ने आश्चर्यमिश्रित आवाज़ में कहा, 'अरे यह तो आस्कर वाइल्ड है।'

अंतर्ध्वनि सुनता-सा मैं उठ खड़ा हुआ, 'मुझे जाना चाहिए और उनसे बातचीत करनी चाहिए मेरे मेजबान ने कहा, 'अगर जाते हो तो जाओ लेकिन लौटकर आने की ज़रूरत नहीं है।' उस खंडित कला-मूर्ति के लिए कटुता और घृणा इतनी तीव्र थी। मैंने उस चुनौती को स्वीकारा और बाइल्ड के पास जाकर अपना हाथ बढ़ाया। उस भंयकर अकेलेपन भरे क्षण में उन्होंने एक पल के लिए मेरा हाथ पकड़ा और उनकी आंखों से अविरल आंसू बहने लगे।

'मेरे दोस्त', उन्होंने कहा, 'कितनी कृपा है तुम्हारी। आज सभी कोई मुझसे कतराता है। बड़ी कृपा है आपकी जो मेरे पास तक आये।'

उन्होंने अपने मुकदमे की चर्चा की–वह गलतियां जो उन्होंने की थीं, जेल का जीवन, कटुता, हताशा और अपनी पिछली ज़िंदगी में फिर प्रवेश कर पाने में असमर्थता आदि सब कुछ बताया।

'ओह कीरो! कितनी बार मैंने उस रात वाली पार्टी का स्मरण किया जब आपने मुझको मेरे भाग्य के बारे में बताया था। कितनी बार मैंने अपने अतीत को टटोलते हुए अपने हाथों की ओर देखा है और भाग्य रेखा की

उस टूटी जगह के बारे में सोचा है कि यह कितनी साफ-साफ दिखती है–उस जीवन-रेखा को भी देखा जो कहती है कि मैं किसी अनजान जगह पर मरूंगा।'

कुछ महीने बाद एक छोटे से होटल में वस्तुतः नितांत एकाकी दशा में उनका शरीरांत हो गया। मैं उन चंद लोगों में से था जो उनकी अर्थी के साथ पेरिस में उनकी कब्र तक गए जिस पर जेकब एप्सटीन द्वारा निर्मित स्मारक आज खड़ा है। ऐसी घटना की अमिट छाप मेरे स्मृति-पटल पर छोड़ जाना सर्वथा स्वाभाविक था। बाद के इक्कीस वर्षों तक जब मैं प्रायः प्रतिदिन लोगों के हाथ देखा करता था, तो मैंने ऐसे असंख्य उदाहरण देखे हैं, जिनमें जीवन-रेखा संबंधित लोगों की अनजान देशों में मृत्यु बताती थी। इस चिह्न की उपेक्षा नहीं की जा सकती। यह भाग्य-लेख हाथ पर खुदा हुआ होता है।

चित्र-2 में टूटी हुई जीवन-रेखा दिखाई गयी है जो यह बताती है कि जहां रेखा टूटी है, उस वर्ष मृत्यु होगी बशर्ते इस बात की पुष्टि अन्य रेखा या चिह्न से भी होती हो।

इटली के महाराजा हम्बर्ट की विधवा कृपालु रानी की हाल ही में हुई मृत्यु मुझको महाराजा से हुई मुलाकात की याद दिलाती है। मैंने उनके हाथ में भी वही दुर्भाग्यपूर्ण मृत्यु-चिह्न देखा था जिनके अनुसार मृत्यु एक समय विशेष पर थी– जो शांतिपूर्ण नहीं बल्कि हत्या द्वारा होनी थी।

सम्राट एडवर्ड का भाग्य पढ़ने का सौभाग्य मुझे पहले ही मिल चुका था। सम्राट 'फेडिक' अंकों द्वारा भविष्यवाणी करने की पद्धति में बहुत रुचि रखते थे। मैं ब्रसेल्स के लाएकेन स्थित महल में सम्राट लियोपोल्ड से भी भेंट कर चुका था।

यह नहीं, जब मैं रूस में था तो उस महान देश के सम्राट ने मुझे अपने विंटर पैलेस में बुलवाया था। इस भेंट में मैंने उनसे भाग्य, जीवन और मृत्यु सरीखे गंभीर विषयों पर गंभीर विचार-विमर्श किया था। इससे संदेह नहीं कि इन अत्यधिक महत्त्वपूर्ण मुलाकातों के कारण ही जिनकी चर्चा उन दिनों के समाचार-पत्रों में भी हुई थी, मुझे इटली के महाराजा हम्बर्ट ने

बुलवा भेजा।

मैने महाराजा को बहुत ही बेतकल्लुफ और कांटे की बातें करने वाला व्यक्ति पाया। एक बार उनकी हत्या करने का प्रयास किया जा चुका था और उसका उनके मन पर गंभीर असर भी पड़ा था। लेकिन हम्बर्ट बहुत बहादुर थे। वे यह जानते हुए भी खुफिया पुलिस की कोशिशों के बाद भी वह शत्रुओं से घिरे हैं। फिर भी, वे कोई भी काम करने से बाज नहीं आते थे। सहज भाव से वह अपने राज्य के विभिन्न भागों का दौरा करते और अपनी प्रजा को सर्वथा भयरहित भाव से दर्शन भी देते थे।

कुछ प्रारंभिक औपचारिक बातों के बाद मैंने उनका हाथ देखा। मैं यह देखकर चौंक पड़ा कि दायें हाथ में उनकी जीवन-रेखा एक जगह टूटी हुई है। मैंने शीघ्रतापूर्वक गणना की और इस परिणाम पर पहुंचा कि इटली के महाराजा जीवन के संकट काल में प्रवेश कर रहे हैं। मैंने पाया कि शनि का अनिष्टकारी प्रभाव अपने चरम बिंदु पर पहुंच रहा है।

मैंने महाराजा को निष्ठापूर्वक सचेत किया कि 'इधर-उधर जाते समय अधिक-से-अधिक सावधानी से काम लें। जहां तक संभव हो, यात्राएं न करें और अपनी प्रजा के सामने कम-से-कम निकलें। यह सब सुनकर वह हंसे।'

'कीरो, आपकी चेतावनी के लिए धन्यवाद! कुछ समय से मुझे ज्ञात है कि मनुष्य के रूप में मुझे मृत्युदंड मिल चुका है।' कंधे उचकाते हुए उन्होंने अपनी सम्मति सुना दी–'मेरे लिए देश का कल्याण सबसे पहले है।' इसके बाद विदाई की कुछ बातें करके मैं वहां से चला आया।

तीन महीने बीते ही थे कि मैं वापस पेरिस आ गया। तभी यह दिल दहलाने वाला समाचार मिला कि हम्बर्ट अपनी गाड़ी में जा रहे थे, तभी उनकी हत्या कर दी गयी। वह अराजकतावादियों के शिकार बन गए थे। समाचार-पत्रों में मेरी भविष्यवाणी के विषय में बड़ी चर्चा रही। मैं शोक से भर उठा। मुझे दुख था उस वीर इटालवी महाराजा के लिए जिनके जीवन का अकस्मात् अंत हो गया था। पर मैंने यह अवश्य पाया

कि टूटी हुई जीवन-रेखा ने, अन्य चिह्नों के साथ मिलकर, आने वाले खतरे से अवगत कराया ही था। कितनी सच थी टूटी हुई जीवन-रेखा की चेतावनी।

जीवन-रेखा के संबंध में एक रोचक तथ्य यह है कि यदि बायें हाथ में यह रेखा टूटी हो और दाहिने हाथ में जुड़ी हुई हो तो इसका अर्थ यही है कि खतरनाक बीमारी तथा संभावित मृत्यु से बचाव हो जाएगा।

कभी-कभी दोहरी जीवन-रेखा (चित्र2) भी देखने में आती है। अंदर वाली रेखा मंगल-रेखा कहलाती है और प्रबल जीवनी शक्ति की सूचक होती है। यह रेखा प्रायः बहुत स्वस्थ और तगड़े शरीर वाले लोगों के हाथों में देखने को मिलती है जिनमें महान उद्यमी क्षमता पायी जाती है। उद्योग-धंधे की दुनिया में कुछ शीर्षस्थ लोगों के हाथों में यह दोहरी रेखा पायी जाएगी जो उनकी हथेली पर बड़ी स्पष्ट रूप से बनी होती है।

यदि मंगल-रेखा टूटी हुई जीवन-रेखा के पीछे हो तो इसका अर्थ है कि बीमारी या दुर्घटना चाहे जितनी गंभीर हो, जीवन को क्षति नहीं पंहुचेगी।

यदि मंगल की रेखा से निकलती हुई कोई शाखा जीवन रेखा को काटती हुई हाथ की उल्टी तरफ जाती हो जैसा कि प्लेट में बिंदुवाली रेखाओं के रूप में दिखाया गया है तो उससे प्रकट होता है कि व्यक्ति बेहद उतावला और बिना विचारे ऐसे काम कर सकता है जो स्वयं ही मृत्यु का खतरा आमंत्रित करे। खतरा कब होगा, इस समय का संकेत उस स्थान से मिलता है जहां यह रेखा जीवन-रेखा को काटती है(देखिए चित्र 2)।

यहां यह याद रखना चाहिए कि चौड़ी जीवन-रेखा जो गहरी नहीं होती, वह स्वस्थ शरीर का संकेतक हो, यह ज़रूरी नहीं। इसके विपरीत यह उतना अच्छा लक्षण नहीं है, जितनी स्पष्ट, पतली और गहरी रेखा होती है।

चौड़ी जीवन-रेखा उनके हाथ में पायी जाती है, जिनकी शारीरिक शक्ति अधिक होती है। इससे निम्न गहरी रेखा उन लोगों के हाथ में होती

है जो तनावों को अधिक झेल सकते हैं और दृढ़ इच्छा शक्तिवाले होते हैं। तनाव अथवा बीमारी की अवस्था में गहरी रेखा डटी रह सकती है जबकि चौड़ी दिखने वाली रेखा में इनका सामना करने की उतनी शक्ति नहीं होती।

हाथ की बहुत चौड़ी रेखाएं इच्छा-शक्ति की अपेक्षा मांस-पेशियों की ताकत अधिक प्रकट करती हैं।–यह बात मैं अपने पाठकों से बहुत ही जोर देकर कहना चाहूंगा। यदि जीवन-रेखा जंजीर के समान बनी हो तो वह निश्चय ही कमजोर शरीर की सूचक है खासकर उन लोगों के लिए जिनके हाथ नरम हों। सख्त मजबूत हाथों में ऐसी रेखा इतने कमजोर स्वास्थ्य की सूचक नहीं है। क्योंकि कठोर हाथ स्वयं ही स्वस्थ एवं सबल शरीर की निशानी है।

यहां एक और ध्यान देने योग्य बात यह है कि क्या जीवन-रेखा शुक्र के उभार (पर्वत) की ओर जाती है, और उस उभार को कम चौड़ा कर देती है अथवा यह रेखा हथेली के अंदर स्पष्ट रूप से अर्द्ध गोलाकार रूप लेती है ? पहली अवस्था में यह क्षीण स्वास्थ्य और न्यून शारीरिक चुंबकीय-शक्ति का लक्षण होती है। यह बात पाठक इस तथ्य का स्मरण दिलाने से भली भांति समझ जाएंगे कि सबसे महत्त्वपूर्ण रक्त वाहिकाओं में से एक जो शरीर से हाथ की ओर जाती है–और 'ग्रेट पामर आर्च' कहलाती है–रक्त को हाथ में अंगूठे की जड़ तक ले जाती है और फिर उसे 'आर्च' (मेहराब) की दूसरी तरफ, जीवन-रेखा के नीचे वापस प्रवाहित करती है।

इस प्रकार यह देखा जाता है कि जिन लोगों का स्वास्थ्य ढीला-ढाला होता है, उनका 'पामर आर्च' ज्यादा संकरा होता है बनिस्वत उन लोगों के जिनका शरीर अधिकतर स्वस्थ होता है और रक्त का प्रवाह अच्छा-खासा होता है।

यही कारण है कि जब शुक्र का उभार ऊंचा और अधिक चौड़ा होता है तो यह विचार बनना सहज स्वाभाविक है कि ऐसा व्यक्ति, पतले और कम चौड़े उभार वालों की अपेक्षा अधिक उत्कर्ष विषयी प्रकृति वाला होगा।

इस तथ्य-विशेष का उल्लेख करते समय, मुझे इस बात की भी चर्चा कर देनी चाहिए कि जब मस्तिष्क-रेखा नीचे की ओर झुकी और मुड़ी होती है तथा पूरी हथेली में इस ओर से उस ओर तक सीधी नहीं जाती तो यह शुक्र के उभार के अन्य गुणों की भी सूचना देती है अर्थात् व्यक्ति रोमांटिक एवं कल्पनाशील स्वभाव वाला होता है। उनमें प्रेम करने की प्रवृत्ति उन व्यक्तियों से अधिक होगी जिनकी मस्तिष्क रेखा सीधी हो और हथेली के इस किनारे से उस किनारे तक जा रही हो।

यदि जीवन-रेखा हथेली में कुछ ऊंचाई से आरंभ होकर बृहस्पति के उभार (पर्वत) की ओर जाती हो तो उस व्यक्ति में आत्म-नियंत्रण अधिक होगा और उसका जीवन उसकी महत्त्वाकांक्षाओं द्वारा अधिक शासित होगा। इससे भिन्न यदि यह रेखा हथेली में नीचे करीब-करीब मंगल के उभार से शुरू हो तो उसका अपने मिजाज पर कम नियंत्रण होगा। ऐसी रेखा विशेषकर युवा लोगों के हाथ में हो तो आप पाएंगे कि वे झगड़ालू, अवज्ञा करने वाले और शिक्षा के मामले में कम महत्त्वाकांक्षी होंगे।

इस प्रकार यह समझा जा सकता है कि इस अध्ययन के माध्यम से व्यक्ति चरित्र से संबंधित हर बात को तर्क-सम्मत आधार पर प्रमाणित किया जा सकता है। यह विद्या अभी तक अंधविश्वासों पर आधारित मानी जाती रही है किन्तु इसका विधिवत अध्ययन करके इसे अधिक उच्च धरातल पर स्थापित किया जा सकता है।

आयु के घटते दिन

यह बात बहुत गंभीरतापूर्वक एवं संजीदगी से विचार करने की है कि बहुत से लोग जानबूझकर किये अपने कार्यों, विचारहीनता के कारण या चेतावनियों की उपेक्षा करके स्वयं ही अपनी आयु के दिन घटा लेते हैं।

मानव जीवन की कीमती विरासत यों ही बर्बाद करने के लिए नहीं मिली है। प्रकृति से हमें जो वरदान–स्वास्थ्य, प्रतिभा और अवसर–मिले हैं, वे इसलिए मिले हैं कि हम उनमें वृद्धि करें। सफलतापूर्वक जीवन के अंतिम चरण में पहुंचने से अधिक शानदार दृश्य और क्या हो सकता है, भले ही वृद्धावस्था कितनी ही दीन या सौम्य क्यों न हो। और उस असफलता से अधिक निराशाजनक क्या हो सकता है। जब व्यक्ति स्वयं ही आत्मद्रोही हो।

अपनी पुस्तकें प्रकाशित कराने और हाथों की रेखाओं और अन्य अंकित चिह्नों का अर्थ समझाने के पीछे मेरी यही उत्कट इच्छा रही है कि लोग अपने-आपको जानें-पहचानें और समझें। मैं निष्ठापूर्वक इस बात में विश्वास रखता हूं कि ये चिह्न इसलिए हथेली में अंकित हैं कि हम उन्हें भली प्रकार समझें। लेकिन खेदपूर्ण सत्य यही है कि उनको समझने-बूझने वालों की संख्या बहुत ही थोड़ी है। मेरा पक्का यकीन है कि हर रेखा और उसके सहायक चिह्नों को समझ-समझ कर उस समस्या पर प्रकाश डाला जा सकता है जो प्रत्येक विचारशील व्यक्ति के मन को उद्वेलित करती होती है। हर कोई जानना चाहता है कि कौन-सी शक्तियां मेरे जीवन को निर्देशित करती हैं; उसे प्रभावित करती हैं? क्या मैं अपने भाग्य की चोट से बच

सकता हूं या भाग्य को बदल सकता हूं।

हस्त-रेखा-शास्त्र एक ऐसा विज्ञान है जो इस दिशा में बहुत उपयोगी सिद्ध हो सकता है किंतु दुष्ट लोगों के हाथों में पड़कर यह विज्ञान फंसने वाला विकट जाल भी बन सकता है। हस्त-रेखा-शास्त्र के अध्ययन एवं अभ्यास के इक्कीस वर्षों के अनुभवों एवं उपलब्धियों को मैं जनता के नाम वसीयत कर जाना अपना कर्त्तव्य समझता हूं । मेरी देख-रेख में बनाये गये चित्रों द्वारा इसे अधिक समृद्ध बनाया गया है। मैंने अब सार्वजनिक रूप से हाथ देखने का व्यवसाय छोड़ दिया है। किंतु मैं अभी भी हस्त-रेखा-शास्त्र का गहन अध्ययन करता ही रहता हूं क्योंकि मेरे विश्वास के अनुसार यह विज्ञान मानव-प्रकृति की उन अनेक समस्याओं को हल कर सकने की कुंजी है जो इसके बिना अंधकार में ही छिपी रह जाती है।

दो विशेष प्रकार की जीवन-रेखाओं और उनके सहायक चिह्नों के विषय में मैं चर्चा कर चुका हूं। अब मैं अन्य रेखाओं एवं चिह्नों की बात करता हूं। यहां यह स्मरण रखना ही चाहिए कि इस रेखा को जितना भी महत्त्व दें, कम है। यह रेखा इतना ही नहीं बताती कि आयु कितनी होगी बल्कि स्वास्थ्य रेखा के साथ मिलकर (जिसके बारे में मैं बाद में चर्चा करूंगा) बीमारियों के आने या उनसे मुक्ति पाने के विषय में भी जानकारी देती है। यह रेखा आने वाले खतरों या उन अंधकारपूर्ण दिनों के विषय में भी आगाह करती है, जब जीवनी-शक्ति को खतरा उपस्थित हो जाता है। इस कारण, इसमें आश्चर्य की कोई बात नहीं कि प्राचीन काल में लोग जीवन-रेखा को बहुत ही आदर-भाव से देखा करते थे।

अब मैं जीवन-रेखा की दो विशिष्ट बनावटों के बारे में बताऊंगा जो मुझे अपने परामर्श कक्ष में अक्सर देखने को मिली हैं। उनके चित्र भी दिये जा रहे हैं।

जब जीवन-रेखा जंजीर के समान कड़ियों से जुड़ी होती है, (जैसे चित्र 3 में) तो वह निश्चित रूप से नाजुक और खराब स्वास्थ्य की सूचक है जिसके विषय में भरपूर सावधानी बरतनी चाहिए। यहीं हस्त-रेखा-

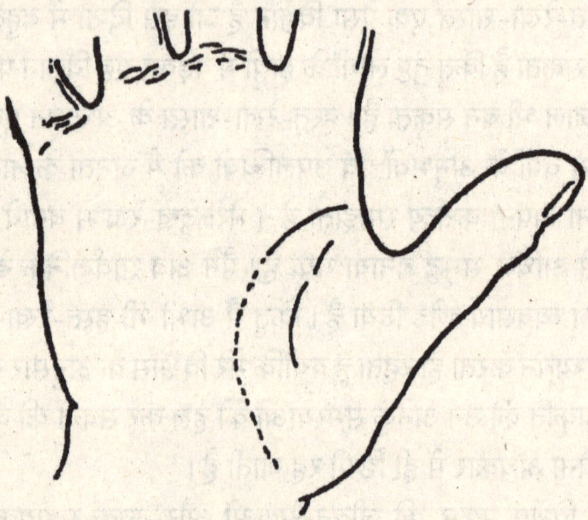

चित्र-3

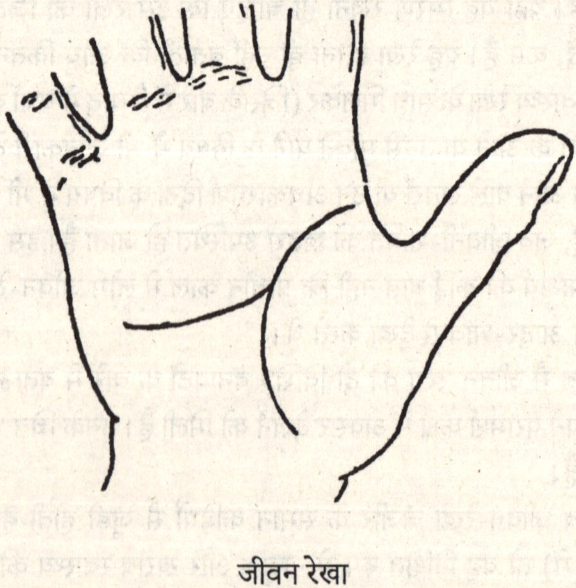

जीवन रेखा
चित्र-4

शास्त्र का महत्त्व समझा जा सकता है क्योंकि यह पूर्व चेतावनी देने का काम करता है कमजोर छाती, अधिक श्रम या तनाव से रुग्ण हो सकने वाला शरीर–एक ऐसी स्थिति जिसमें स्वास्थ्य के बैंक से ओवर ड्राफ्ट नहीं लिया जा सकता–सब कुछ जीवन-रेखा के माध्यम से देखा जा सकता है। इस कथन की पुष्टि में मैं दो उदाहरण दे सकता हूं।

यह तो सभी को भली भांति विदित है कि मुझे सम्राट एडवर्ड से भेंट करने का सम्मान तभी प्राप्त हो गया था, जब वह प्रिंस आफ वेल्स थे। मार्लबरो हाउस के पुस्तकालय में मैं उन्हें अंक विज्ञान द्वारा भविष्यवाणी करने की अपनी पद्धति समझा रहा था। वे बहुत ही ध्यान से मेरी बातें सुन रहे थे। किंतु इससे पहले, उलझन भरी परिस्थितियों में, मैंने उनका शाही हाथ देखा। सोसाइटी की एक जानी-मानी महिला द्वारा दिए गये रात्रि-भोज के बाद का समय था। मुझे पता ही नहीं था कि वह हाथ किस व्यक्ति का है क्योंकि हाथ दिखाने वाला पर्दे के पीछे बैठा था। मैंने उसके जीवन की कुछ महत्त्वपूर्ण तिथियां बतायी ही थीं कि अचानक पर्दा हट गया। युवराज मेरे सामने विराजमान थे।

अपने मोहक अंदाज में उन्होंने कहा कि 'परेशान होने की कोई ज़रूरत नहीं है।' फिर जीवन-रेखा के विषय में हमारी खासी लंबी बातचीत हुई। यह सन् 1891 की बात है। उन्होंने बताया कि उनके, ज्येष्ठ पुत्र ड्यूक ऑफ क्लेरैंस के हाथ में जीवन-रेखा जंजीर की तरह और कई टुकड़ों में है। मैंने कहा कि मैं इसे अनिष्टकारक संकेत मानता हूं। उस मसय यह संदेह भी नहीं किया जा सकता था कि गद्दी के दूसरे उत्तराधिकारी इतनी अल्पायु के क्षीणकाय व्यक्ति थे। अगले साल (1892) की 14 जनवरी को कुछ ही दिनों की बीमारी के बाद उनकी मृत्यु हो गई। उनके एक डाक्टर के शब्दों में, "वह इस तरह चले गए जैसे मोमबत्ती अचानक ही झप से बुझ गयी हो।"

एक बार भड़कीले कपड़े पहने एक नौजवान मुझसे मिलने आया। उसने अपनी बातों से ऐसा प्रकट किया मानो वह जिंदगी से ऊब गया हो। वह बुद्धिमान था, यह भी उसके हाथ से साफ पता चलता था। अपार संपत्ति ने उसे बहुत से असाधारण अवसर भी प्रदान किये थे। सच तो यह है कि

ऐसा हाथ शायद ही मैंने कभी देखा हो जिसमें सारे सुअवसर प्रदान करने वाली रेखाएं या चिह्न हों। लेकिन उसके दाहिने हाथ की जीवन रेखा ने मुझे चौका देने वाली कहानी कह सुनाई।

मैंने कहा—"आपके हाथ में मैंने कुछ चिह्न ऐसे देखे हैं, जिनके आधार पर मैं आपको अपने स्वास्थ्य के प्रति अधिक-से-अधिक सावधानी बरतने की सलाह दूंगा। किसी भी हाल में मैं आपकी दीर्घ आयु की भविष्यवाणी नहीं कर सकता।"

यह सुनकर वह युवक कुछ अविश्वासपूर्वक मुस्कराया।

'चिंता मत कीजिए, कीरो। मैं घोड़े के समान मजबूत हूं और नब्बे वर्ष तिक जिंदा रहूंगा। हमारे परिवार में सभी लोग दीर्घजीवी रहे हैं।'

पता नहीं क्यों–शायद किसी अंतःप्रेरणा ने बाध्य किया हो–मैंने तनिक आवेशपूर्वक कहा–'मेरी चेतावनी को समझ और मान लीजिए, अपने स्वास्थ्य का विशेष सावधानी के साथ ख्याल रखिए और किसी प्रकार की अति मत कीजिए। अगर सावधानी बरतेंगे तो खतरा टल भी सकता है, वरना...' मैंने वाक्य अधूरा ही छोड़ दिया।

आगंतुक चला गया। बहुत दिन नहीं बीते थे कि समाचार पत्रों में उसके पागलों की भांति पैसा खर्च करने की खबरें छपने लगीं। अपने स्वास्थ्य को तो वह और अधिक पागलपन के साथ चौपट कर रहा था। यह नौजवान था पीटर राबिन्सन जिसे अपने प्रसिद्ध पिता की मृत्यु के बाद दस लाख पौण्ड उत्तराधिकार में मिले थे और खर्च करने के लिए वह धन शीघ्र ही उसके हाथ में आ भी गया था।

जैसा कि प्रायः देखने में आता है। उसका पैसा चूसने वाले लोग जोंकों की तरह उससे चिपक गये। उन्होंने जल्दी ही उसका सारा धन चूस डाला। तब तक उसका स्वास्थ्य इतना अधिक गिर चुका था कि वह मौत के द्वार पर दस्तक दे रहा था। शायद उसे मेरे शब्द याद आये हों और उसने संभलने की कोशिश भी की। उस समय वह 'मेंडल हैड' में रह रहा था। यह घर उन कुछ लड़कों ने उसके लिए ढूंढ़ा था जो उसके पैसों पर पल रहे थे। कुछ समय तक तो उसने अपने को दूर रखा और कुछ स्वास्थ्य लाभ भी किया। लेकिन तब तक बहुत देर हो चुकी

थी। वह फिर विचारहीन असमय युक्त जीवन जीने लगा और अपनी आयु के आधे दिन भी पूरे किए बिना ही अंततः मर गया।

मैं इस प्रकार के और भी अनेक उदाहरण दे सकता हूं।

आब्रेबीयर्डस्ली और फिल मे...दोनों कैसे अमूल्य बोहीमियन थे जो अच्छे मूड में रहते तो कला के ऐसे अनमोल रत्नों का सृजन कर सकते थे जो आज तक याद किए जाते। मैं उन दोनों को जानता था। मैं यह भी जानता था कि उन दोनों ही के हाथों में वह अनिष्टकारक चिह्न था। फिल मे...तो इतनी अधिक शराब पीता था कि उसने भरी जवानी में ही अपने को खत्म कर डाला। बीयर्डस्ली 'यैलो बुक' की सफलता सुनिश्चित हो जाने के बाद शीघ्र ही तपेदिक से मर गया।

कभी-कभी मंगल रेखा या जीवन-रेखा से कई बारीक रेखाएं निकलकर हथेली की दूसरी ओर जाती दिखायी देती हैं। मैंने बार-बार यह सिद्ध कर दिया है कि ये रेखाएं खराब स्वास्थ्य का संकेत हैं। जो असंयम या उत्तेजना की चाह के कारण बिगड़ता है।

इस रेखा की एक और बनावट चित्र 4 में देखी जा सकती है। यह बनावट भी बहुत ही महत्त्वपूर्ण है।

जीवन-रेखा और मस्तिष्क-रेखा हथेली में आधी दूर तक एक-दूसरे के साथ चिपकी हुई–सी लगती हैं। यह बहुत अधीर, जल्दी उत्तेजित हो जाने वाले और बहुत अधिक भावुक प्रर्कृति का सूचक है। ऐसी स्थिति में यदि जीवन-रेखा पतली और हल्की हो तो ऐसा व्यक्ति चिंता करके अपना स्वास्थ्य बिगाड़ लेगा। ऐसे लोग बहुत संकोची और भीरु स्वभाव के होते हैं, ज़रूरत से ज्यादा सावधानी बरतते हैं और उनमें जीवन की कठोर वास्तविकताओं का सामना करने का साहस नहीं होता।

इसके विपरीत यदि जीवन और मस्तिष्क रेखाएं तनिक-सी जुड़ी हों तो वह व्यक्ति भावुक भी होगा और सावधान भी लेकिन ज़रूरत से ज्यादा नहीं।

मुझे याद है कि एक बार एक संकोची से सज्जन मेरे पास आये जिनके चेहरे पर ही अत्यधिक सावधानी की परत फैली हुई थी। उन्होंने मुझे बताया कि उनको अपने पिता से बहुत बड़ा निर्माण-उद्योग विरासत में मिला है

जिसे संभालने के लिए पेचीदा प्रबंध-कौशल की आवश्यकता है। उस उद्यम को चलाने के लिए उसे शुरू से ही उसके काम-धंधों से जोड़ा गया था और उसकी मोटी-मोटी बातों को उसे अच्छा ज्ञान भी हो गया था। फिर उसने उस उद्योग को छोड़ दिया और अपनी कलाप्रियता की प्रवृत्ति को जीवन की बागडोर थमाकर वह संसार-भ्रमण करता रहा। अब उसके पिता की मृत्यु हो चुकी थी और उन्होंने अपने वसीयतनामे में लिख दिया था कि पहले उसके बेटे को ही कारोबार चलाने का अवसर दिया जाए। यदि वह उसे चलाना ना चाहे तो उसे लिमिटेड कंपनी बना दिया जाए।

'कीरो, अब इस स्थिति में आप मुझे क्या करने की सलाह देंगे?' उसने पूछा।

मैंने उसकी जीवन-रेखा को देखा और समझ गया कि इसके स्वास्थ्य को चिंता कितनी आसानी से बिगाड़ सकती है।

"अगर आप संतोषजनक शर्तें स्वीकार करवा सकें तो मैं आपको यही राय दूंगा कि आप इस धंधे से कोई सरोकार न रखें। आप इसके लिए सर्वथा अनुपयुक्त हैं। और इससे उत्पन्न चिंताएं आपके स्वास्थ्य पर बहुत ही खराब असर डालेंगी।"

वह मेरे इस परामर्श से सहमत था और धन्यवाद देकर चला गया।

कुछ दिनों बाद मुझे उसका एक पत्र मिला जिसमें उसने लिखा था कि जब मैंने अपने वकील से परामर्श किया तो उस कानूनविद ने हस्तरेखा-शास्त्र को ढोंग बताया। संक्षेप में, उसने मेरी सलाह के विरुद्ध चलने का निश्चय कर लिया था। पत्र में नीचे पुनश्च में लिखा था :

"मैं वही कर रहा हूं जो मुझे मेरे लिए सर्वोत्तम बताया गया है। पर मुझको सफल होने में अभी-भी शक है।"

बाहर महीने बीत गए कि एक दिन एक पत्र मिला जिसमें एक ऐसे व्यक्ति से कृपापूर्वक मिलने का अनुरोध किया गया था जिसके जीवन में इने-गिने दिन ही शेष रह गये थे। यह ऐसा अनुच्छेद था, जिसे मैं अस्वीकार नहीं कर सका। मैं अपनी गाड़ी से नाइट ब्रिज के एक पते पर जा पहुंचा। एक खूबसूरत कमरे में

मैंने उन्हीं सज्जन को तकियों के सहारे अधलेटा पाया जो मुझसे मिलने आए थे।

'कीरो', उन्होंने बेहद कमजोर आवाज़ में कहा। यह बताने की ज़रूरत नहीं कि उनका अंत निकट था।

'आपकी बड़ी कृपा है जो आप पधारे। मेरा दिल कह रहा था कि आप आएंगे अवश्य। मैंने आपके सद्-परामर्श की अनदेखी की और अब मुझे उसकी कीमत चुकानी ही पड़ेगी। कारोबार की चिंताएं मेरे बूते से बहुत ज़्यादा थी। मैं उसमें तब तक फंसा रहा जब तक शरीर एकदम जवाब नहीं दे गया। तो हाथ के चिह्न ने ठीक ही बताया था।'

तीन दिन बाद वह मर गए।

मैं ये उदाहरण यह स्पष्ट करने के लिए दोहरा रहा हूं कि कभी-कभी जिद और उतावली अनिष्ट का कारण बन जाती है। सावधानी बरतने और चेतावनियों पर समुचित ध्यान देकर अनिष्ट से बचा जा सकता है।

जब जीवन-रेखा अंगूठे के नीचे से जिसे शुक्र का उभार भी कहते है। निकलती दिखायी देती है और हथेली के इस भाग को संकरा बना देती है तो ऐसी रेखा वाले व्यक्ति में शारीरिक पुष्टता या जीवनी-शक्ति अधिक नहीं होती। ऐसे लोगों के प्रेम में आवेग भावातिरेक नहीं होता। यदि ऐसे लोग विवाहित होते हैं। तो अधिकतर संतान-प्राप्ति में अक्षम होते है। और उनकी संतान-प्राप्ति की संभावना बहुत क्षीण होती है।

यदि जीवन-रेखा हथेली की ओर बढ़ती हुई अंगूठे के नीचे वाले भाग को अधिक चौड़ा और सुस्पष्ट बना देती है तो स्थिति इसकी उल्टी होती है।

यदि एक रेखा जीवन-रेखा से निकलकर तर्जनी के नीचे तक जाए तो वह व्यक्ति महत्त्वाकांक्षी होगा, हुक्म चलाएगा और कानून बनाएगा। परंतु यह चिह्न उस अवस्था में बहुत ही उत्तम होता है, जब मस्तिष्क रेखा सीधी और सुस्पष्ट हो। यदि किसी स्त्री में यह विशेषता हो और मस्तिष्क रेखा कमजोर हो तो उसके पति की भगवान ही रक्षा करे क्योंकि वह निश्चित रूप से हुक्म चलाएगी, कायदे-कानून बनाने वाली क्रोधी स्वभाव की होगी।

दबंग होने के कारण, वह अपने पति को कभी चैन से नहीं रहने देगी।

एक बार एक हट्टा-कट्टा और रोबीला व्यक्ति अपनी शादी से एक दिन पहले मुझसे न्यूयार्क में मिलने आया। रोबदाब वाले व्यवहार के बाद भी वह व्यक्ति मेरे अंदाज से कमजोर आदमी ही था। मैंने सोचा, यदि इसकी पत्नी सीधी-सादी हो तो यह अपने घर में गरजता होगा। उसने अपनी भावी पत्नी से मिलने का मुझसे आग्रह किया। मैं उससे मिला तो देखा कि वह बहुत नाज़ुक सी थी। उसे देखकर ऐसा लगता था कि वह चूहे को भी भगा नहीं सकेगी। लेकिन जब मैंने उसकी जीवन-रेखा देखी तो चौंक पड़ा। उससे विदित होता था कि वह लोहे के समान कठोर होगी। वह ऐसी महिला थी जिसकी आज्ञा मानने के अलावा कोई चारा नहीं था।

मैं न्यूयार्क से चला गया। देहात में घूमघाम कर मैं वापस राजधानी आया तो एक दिन पति महोदय (तब तक उसका विवाह हुए कई महीने गुजर चुके थे।) मुझसे मिलने आए। मैंने देखा कि उसका चेहरा उतरा हुआ है।

'कीरो, मुझे याद है कि आपने अपनी शक्ति भर मुझे यह समझाया था कि मेरी इच्छा-शक्ति कमजोर है। आपका कथन सर्वथा सत्य था। परंतु मैंने यह सोचा भी नहीं था कि मुझे एक औरत के सामने सिर झुकाना पड़ेगा और वह भी छोटी-सी दुबली-पतली औरत के सामने।'

मैंने साहस करके पूछ ही लिया–"क्या आपकी पत्नी अपना कानून चलाती है।"

उसके मुख से कराह निकली।

"कानून! कीरो, वह तो मुझ पर शासन करती है। मुझे अपने घर में कुछ भी करने की स्वतंत्रता नहीं है। मैं तो सिर्फ एक कीड़ा भर हूं और सबसे बुरी बात तो यह है कि मेरे पड़ोसी भी इस सच्चाई से वाकिफ हो गए हैं। शहर के लोग मुझ पर हंसते हैं।"

मैं क्या कहता ? उसकी पत्नी की जीवन-रेखा ने झूठ थोड़े ही कहा था।

संकेत चिह्न जो अवश्य देखें

"शक्तिहीन चिल्लाता है–ओ निर्दयी भाग्य
तूने मेरी सब योजनाओं को चौपट कर दिया।
शक्तिशाली-भाग्य की प्रतीक्षा ही नहीं करता।
यों, अनुभव अपने आप व्यक्ति को सिखाता है।"

–कीरो

यह मान लेना बड़ी भूल है कि सिर्फ जीवन-रेखा या उसकी लंबाई और गहराई से सही निष्कर्ष निकाले जा सकते हैं। जीवन-रेखा को अन्य रेखाओं एवं चिह्नों के साथ और पूरे हाथ से उसके संबंध को देखने के बाद ही किसी निष्कर्ष पर पहुंचना चाहिए। उसके साथ सहायक रेखाओं और अन्य चिह्नों को देखना समझना भी नितांत आवश्यक है।

मैंने सदा ही जीवन-रेखा को सबसे महत्त्वपूर्ण और पूरे हाथ की मूल रेखा माना है। परंतु उसको देखने-पढ़ने में अत्यधिक सतर्कता बरतने की आवश्यकता है। क्योंकि एक भी गलत निष्कर्ष संबंधित व्यक्ति को अकारण ही बहुत कष्ट पहुंचा सकता है।

एक बार जब एक महिला मुझसे बहुत परेशानी की हालत में मिलने आयी तो इस सच्चाई का कायल हो गया। उसके मन में यह विचार घर कर गया था कि तीस वर्ष की आयु होते-होते वह मर जाएगी और जैसे-जैसे वह उस आयु सीमा के पास आ रही थी, 'मुत्यु-दंड' का भाव उस पर जबर्दस्त

रूप से हावी हो रहा था। उस पर छाये निरंतर भय के विषय में मैंने पूछा कि वह किस आधार पर कह रही है कि वह चंद दिनों की मेहमान है।

"कीरो महोदय!" उसने कहा, "कुछ दिन पहले समुद्र-किनारे के एक विश्राम स्थल पर मैंने अपना हाथ हस्त-रेखा पढ़ने वाली एक महिला को दिखाया था। उसने बड़े विश्वासपूर्वक कहा था कि मेरी मृत्यु तीस वर्ष की आयु में हो जाएगी।"

"मुझे यह सुनकर अफसोस हुआ," मैंने उत्तर दिया, "पर इस निष्कर्ष पर पहुंचने में कुछ जल्दबाजी की गई है।"

मेरे यह कहते ही उस बेचारी के चेहरे पर से जैसे चिंता के बादल छंट गए।

जो भी मेरे साथ बुरे से बुरा होने वाला है, वह मैं जानना चाहती हूं। मैंने अपने अनेक मित्रों से आपके विषय में बहुत-कुछ सुना है मुझे लगता है कि जो भी आपकी राय होगी, उस पर मुझको पूरा विश्वास होगा।

मैंने उसका हाथ देखा। यह एकदम सच था कि उसकी जीवन-रेखा एक स्थान पर अचानक टूट गयी थी और जिस स्थान पर वह टूटी थी, वह लगभग उसके जीवन का तीसवां वर्ष था। मैंने उसका हाथ और भी गौर से देखा और उसके हाथ के अन्य चिह्नों (जिनका जिक्र मैं बाद में करूंगा) को देखने के बाद मैंने निश्चयपूर्वक कहा, "आप बहुत दिनों तक जियेंगी और मेरे विचार से सुखी भी होंगी।"

उसने अपने दोनों हाथ गुंथाकर ऐसे जकड़ लिये मानों उसे किसी भारी बोझ से मुक्ति मिल गयी हो।

"तो आप समझते हैं कि मेरा डर बेबुनियाद था?"

मैंने उसको यथासंभव सहज शब्दों में बताया कि मुझे लगता है कि तीसवें वर्ष में आपके जीवन को कोई खतरा तो आयेगा–चाहे वह बीमारी से हो और चाहे किसी दुर्घटना से; लेकिन आप बाल-बाल बच जाएंगी। फिर कुछ हिसाब लगाकर मैंने कहा– "अपने जन्म के महीने में पहुंचने पर, शनिवार को खासतौर से रेल-यात्रा न करें क्योंकि वह उसका तीसवां वर्ष होगा।"

उसने मेरा धन्यवाद किया और हस्ताक्षर-पुस्तिका में हस्ताक्षर करके चली गई।

उसके बारे में मैं लगभग भूल ही गया था कि करीब एक वर्ष बाद वह फिर मिलने आ गयी। पहली भेंट के समय उसके चेहरे पर दुख के घने बादल थे, लेकिन उस दिन उसके चेहरे पर जो खुशी थी, उसे देखकर मैं प्रभावित हुआ।

अपने हाथ में मेरा हाथ लेकर उसने कहा– "कीरो महोदय, आप कितने कमाल के व्यक्ति हैं। खतरे वाला समय टल गया है और आप देख ही रहे हैं कि मैं जीवित हूं। मुझे लगता है मानो मृत्यु दंड से मुक्ति मिल गयी हो।"

फिर निश्चित रूप से बैठकर उसने मुझे अपनी विचित्र एवं रोचक कहानी सुनायी–

"मेरे तीसवें जन्मदिन के कुछ दिन पहले मुझे एक तार मिला जिसमें मुझे अपनी मां के पास ग्लासगो जाने के लिए कहा गया था। मुझे पता था कि वह बीमार चल रही है। और हालत कहीं ज़्यादा ही खराब न हो जाए, इस चिंता से परेशान थी। मैंने उसी समय जाने का निश्चय किया और तार द्वारा अपने आने की सूचना भी उनको दे दी। यूस्टन पहुंकर मैं अपना टिकट लेने ही वाली थी कि मुझे अकस्मात् याद आया कि वह दिन शनिवार था। उसी समय एक आवाज़ मेरे कानों में गूंजने लगी। वह आपकी आवाज़ थी कीरो! जो मुझे आगाह कर रही थी और आग्रह कर रही थी कि यात्रा मत करो।

"फिर, अपनी मां की हालत का ख्याल आया। मैंने यह सोचा कि एक 'आवाज' सुनकर मैं रुक गयी, यह जानकर लोग मुझे कितना बड़ा बेवकूफ समझेंगे। लोग मेरा मज़ाक उड़ाएं यह मुझे कभी सहन नहीं होगा। मैं फिर टिकट-खिड़की की ओर बढ़ी लेकिन कोई शक्ति असाधारण ढंग से मुझे उस ओर जाने से रोक रही थी। मैं आगे बढ़ना चाह रही थी और वह मुझे पीछे खींच रही थी। कीरो, मुझको लगा जैसे आप अदृश्य रूप से वहां हों और मुझे अनिष्ट की ओर बढ़ने से रोक रहे हों। मैं नहीं गयी मैंने मां को

तार दे दिया कि मैं आ नहीं सकूंगी और वहां से पलटकर तार भी आ गया कि मां की हालत बेहतर है। पर उस रेलगाड़ी के साथ भयंकर दुर्घटना हो गई। उसमें बहुत से लोग मारे गए और बहुत से अपंग हो गए। लगभग सभी हताहत रेलगाड़ी के अगले हिस्से में थे और मेरी हमेशा ही रेलगाड़ी के अगले भाग में यात्रा करने की आदत रही है।

मैं इस कहानी पर कोई टिप्पणी नहीं कर रहा। मैं सिर्फ़ इस बात पर जोर देना चाहता हूं कि हाथ की विविध रेखाओं की सही जानकारी से किसी को अनिष्टकारी प्रभावों के खतरे से सावधान किया जा सकता है। हाथ में तभी रेखाएं बन सकती हैं, पहले की रेखाएं घट या धुंधली पड़ सकती हैं–यह बात किसी का भी हाथ देखते समय हमेशा ध्यान में रखनी चाहिए। रहस्यमय विधाओं के सच्चे अध्येता का यह कर्त्तव्य है कि वह किसी का हाथ देखे तो उन दुष्ट प्रवृत्तियों और खतरों के विषय में सावधान कर दे जिनसे उसका अनिष्ट हो सकता हो। किसी एक अमंगलकारी चिह्न को खतरे का निर्णायक संकेत नहीं मान लेना चाहिए। यदि अनिष्ट महत्त्वपूर्ण है तो उसका संकेत प्रत्येक प्रमुख में दिखायी देगा। निश्चित भविष्यवाणी करने से पहले दोनों हाथों को अवश्य देख लेना चाहिए। एक हाथ की कोई रेखा-प्रवृत्ति की सूचक हो सकती है लेकिन यदि अन्य रेखाओं से भी वैसा ही संकेत मिलता हो, तब खतरा निश्चित है।

मेरे कार्यालय में सबसे महत्त्वपूर्ण प्रश्नों में से एक प्रश्न हमेशा ही पूछा जाता है–"हाथ देखकर जिस खतरे या जीविका की भविष्यवाणी की जा रही है, क्या उसे टाला जा सकता है या उससे बचा जा सकता है?"

मेरा सदैव यही उत्तर होता है

"हां, मैं निश्चित रूप से विश्वास करता हूं कि उनसे बचा जा सकता है परंतु उतने निश्चय के साथ यह भी कहता हूं कि ऐसा बहुत कम हो पाता है।"

अपने अनुभव के आधार पर मैं ऐसे सैकड़ों मामले बता सकता हूं जब लोगों को बिलकुल सही चेतावनी दी गई थी लेकिन उन्होंने इनकी ओर

ध्यान नहीं दिया। जब उन्हें उस बारे में होश आया तब तक बहुत ही देर हो चुकी थी। 'बहुत ही देर!' क्या मानव जीवन के इतिहास में इससे अधिक भयप्रद शब्द कभी सुने गये हैं ?

इस संबंध में मेरी स्मृति में जो सबसे उल्लेखनीय उदाहरण आ रहा है, वह एक स्त्री का है जिसका नाम मैं नहीं बता सकता; पर इतना अवश्य कह सकता हूं कि लंदन की सोसाइटी में उसका नाम बेहद जाना-पहचाना था। उसने मुझसे परामर्श किया तो मैंने उसकी जीवन रेखा तथा अन्य चिह्न देखने के बाद उसको एक दुर्घटना से सावधान किया था। जो जानवरों द्वारा होने वाली थी। दुर्घटना जिस उम्र में होने वाली थी, वही उम्र उस महिला की उस समय थी। मुझे लगा, जैसे उसे मेरी चेतावनी पर भरोसा नहीं हुआ; फिर भी उसने मेरी बातों पर ध्यान देते हुए पूरी सावधानी बरतने का वायदा किया। जब वह चलने लगी तो मैंने उसको फिर चेतावनी दी और बहुत सावधान रहने को कहा क्योंकि उसके मामले ने मेरे मन पर खास छाप छोड़ी थी।

हफ्ते भर बाद अंधेरी रात गहरी धुंध से भरी थी। उसने अपने शानदार घोड़ों का जोड़ा निकलवाया। उसके पति ने उसको एक बार फिर चेतावनी दी। पति ने उससे बहुत अनुरोध किया कि बाहर मत जाओ। क्योंकि घोड़े बेकाबू हो रहे थे और रात इतनी अधिक खराब थी। वह हंस दी और उसने फिर ज़िद की कि घोड़े बाहर निकाले जाएं।

इसके बाद एक और चेतावनी आयी।

उसका कोचवान गंभीर रूप से बीमार हो गया और उसके स्थान पर दुसरा कोचवान तलाश करना था। लेकिन इतने सबके बाद भी उसने अपना इरादा नहीं बदला और वह उस अंधेरी रात में निकल ही पड़ी। मंजिल तक पहुंचने के लिए कोचवान चार अलग-अलग रास्तों से जा सकता था। संयोगवश उसने सबसे असंभव-सा रास्ता पकड़ा और बांड स्ट्रीट से गया। कोचवान घोड़ों को नियंत्रण में नहीं रख सका। परिणामस्वरूप गाड़ी सड़क के किनारे लगे बत्ती के खंभे से टकरा गयी। और अधिक विचित्र तथा आश्चर्य भरा संयोग तो यह था कि उस महिला को घायल अवस्था में मेरे घर

लाया गया। वह कुछ देर जिंदा रही, फिर मर गई।

यह बात अनेक उदाहरणों में से एक है कि हमें सभी चेतावनियों पर ध्यान देना चाहिए, चाहे वे किसी भी रूप में आयें।

कभी-कभी किसी हाथ में जीवन, मस्तिष्क और हृदय की रेखाएं सभी आकर मिल जाती है। यह उस व्यवस्था के दुःखद अंत का सूचक है जो आत्म-नियंत्रण रखे जाने की अवस्था में फलता-फूलता हो सकता है।

मुझे याद आता है कि एक बार जब मैं पेरिस में था तो एक बहुत ही सुंदर व्यक्ति मेरे कमरे में आया और स्वयं को स्पेन का एक बड़ा आदमी बताया। उसने कहा कि मैंने सुना है कि आपने बहुत से बड़े लोगों के विषय में भविष्यवाणियां की हैं। और मेरी इच्छा है कि आप मेरा हाथ देखें। मैंने बड़ी दिलचस्पी से उसका हाथ देखा क्योंकि यह किसी ऊंचे घराने का व्यक्ति जान पड़ता था और उसका व्यक्तित्व भी बड़ा मोहक था।

संसार में यदि किसी व्यक्ति को ईश्वर ने महान वरदान प्रदान किए थे तो इस व्यक्ति को। उसका पोर-पोर कलामय था। वह संगीतकार था, प्रकृति का सच्चा प्रेमी था, उच्च शिक्षा प्राप्त था और व्यापक रूप से यात्राएं कर चुका था। जैसा धर्म ग्रंथों में वर्णित है, उस नवयुवक में भी एक चीज़ की कमी थी।

मैंने देखा कि उस युवक में प्रेम के मामले में आत्म-नियंत्रण का अभाव साधारण नहीं था बल्कि उसकी रेखाओं से तूफानी प्रेम संबंधों का असाधारण संकेत था। उसके भंयकार अंत का संकेत भी साथ-साथ था जिसमें दोनों नहीं तो किसी एक की मृत्यु निश्चित लिखी थी।

यथासंभव अधिकतम सावधानी के साथ मैंने उसे अपने ऊपर नियंत्रण रखने की कमी के विषय में समझाया और कहा कि यदि उसने आत्म-नियंत्रण नहीं रखा तो उसका परिणाम निंदनीय होगा। उसने गौर से मेरी बातों को सुना और मूंछों पर हाथ फेरता हुआ विचारमग्न हो गया।

"कीरो महोदय, आप ठीक कहते हैं कि मुझे वेग का दौरा-सा पड़ता

है। बचपन से ही ऐसा होता चला आ रहा है। लेकिन अब मैं किसी के प्रेम-पाश में आबद्ध हो गया हूं–आह ! कितनी तीव्रता के साथ। मैं एक दिव्य फरिश्ते से प्रेम करता हूं और उसकी खातिर मैं अपने पर संयम रखूंगा। जी हां, महोदय, मैं अपनी जूलियट की खातिर इस घृणास्पद बुराई को समाप्त कर दूंगा।"

वह चला गया। काम की अधिकता के कारण मैं उसे बिल्कुल ही भूल गया। फिर एक शाम मैं पैरिस के एक बहुत विशिष्ट फैशनेबुल रेस्तरां में खा रहा था तो एक मित्र ने बताया कि आज की शाम का सबसे बड़ा आकर्षण होगा। फ्ले डांसर जूलियट का नृत्य जो खाने के बाद कैबरे नृत्य पेश करेगी। मैं इस सूचना को अभी भली प्रकार समझ ही रहा था कि एक अन्य मेज पर मैंने उसी स्पेनिश व्यक्ति को बैठे देखा जिसका उल्लेख मैंने ऊपर किया है।

वह अकेला था, विचारों में खोया हुआ बेचैन-सा। लेकिन जब परम सुंदरी–स्पेनिश युवती जूलियट, ऐसी पोशाक पहने हुए जो शरीर के बहुत कम भागों को ढक रही थी, रेस्तरां के दूर वाले सिरे पर आयी और उपस्थित लोगों की तरफ हवाई चुंबन फेंके, तो उस स्पेनिश युवक की काया पलट हो गयी। उसके संपूर्ण आत्मा और प्राण जैसे आखों में सिमट आये और जब जूलियट मेजों की लंबी कतारों के बीच से नाचती आयी–तो मैंने देखा कि उसने उस सतर्क स्पेनिश युवक की ओर बहुत चाहत भरी नज़र फेंकी।

"प्रेमाकर्षण का मामला लगता है!" मैंने अपने मित्र से कहा। वह पेरिस के रात्रि-जीवन का पुराना खिलाड़ी था और हर जानने योग्य व्यक्ति को जानता था। दो-एक क्षण तो वह चुप रहा; फिर उसने कहा, "हां, शायद! जूलियट ने इतने दिल तोड़े हैं। कि पता नहीं, उस समय क्या होगा, जब प्रिंस फिर... उसने मेरे स्पेनी आगंतुक का नाम लेकर कहा कि जब प्रिंस को ...पता लगेगा कि पेरिस के समुद्र तट पर पड़ा वह पत्थर का अकेला टुकड़ा नहीं है।"

"तो क्या जूलियट प्रेम का खिलवाड़ करती है?" मैंने पूछा।

खिलवाड़ ही नहीं, वह मर्यों का सर्वनाश करती है। उसके चरित्र के

बारे में हर कोई जानता है–सिर्फ प्रेम में अंधा प्रिंस नहीं जानता। उसका प्रेम तो इसके लिए अंधा-प्रेम है। मैड्रिड में एक आदमी ने जूलियट की खातिर अपनी गोली से ही अपनी खोपड़ी उड़ा ली थी। लिस्बन में एक आदमी ने अपमानित होने के डर से विष खा लिया था। क्योंकि इस युवती को मूल्यवान उपहार देने की खातिर उसने सरकारी धन का गबन किया था। संभव है कि प्रिंस इसके सम्मोहन से बच सके।

करीब एक महीने बाद पेरिस में एक प्रेम-कांड को लेकर गुपचुप चर्चा फैली जो उसी रेस्तरां में हुआ था और दबा दिया गया था। चर्चा यह थी कि एक स्पेनिश प्रिंस ने कैबरे में घुसकर जूलियट पर गोली चला दी थी जिससे उसे थोड़ी-सी चोट आयी थी। प्रिंस को गिफ्तार कर लिया गया था लेकिन ऊंचे स्तर से सिफारिश आने पर उसे छोड़ दिया गया था और उसे तुरंत ही स्पेन की सीमा में भेज दिया गया था। उसके बाद का घटनाक्रम सनसनीखेज था। मैड्रिड से कुछ दूर, अपने पुश्तैनी मकान में पहुंचकर वह अपने कक्ष में चला गया। सभी पर्यों को बंद करने का आदेश देकर उसने अपने पलंग को लंबी-लंबी मोमबत्तियों से घेर लिया। कांपते हुए नौकरों ने उन मोमबत्तियों को जलाया। उसने नौकरों को नाराज होने की धमकी देकर वहां से चले जाने का आदेश दिया। थोड़ी देर में हृदय को पिघलाने वाला संगीत सुनाई दिया। शूबर्ट का, हृदय को आंदोलित कर देने वाला संगीत जो स्वयं एक हताश प्रेमी था। गलियारों में प्रवाहित होने लगा।

प्रिंस के कमरे में एक वाद्ययंत्र था, जिसे बजाने का उसको बहुत शौक था। जैसे ही तरल स्वर हवा में फैला, पुराने सेवक ने उसका अर्थ समझ लिया। भारी दरवाज़ा जब तक तोड़ा जाता उससे पहले ही संगीत बंद हो चुका था। दरवाज़ा तोड़कर जब वे अंदर घुसे तो प्रिंस को पलंग पर सोता पाया गया। उसने विष खा लिया था। उसकी छाती पर जूलियट की चित्र रखा था।

दोहरी जीवन-रेखा अत्यधिक जीवनी-शक्ति की सूचक होती है। इसे मंगल की रेखा भी कहते हैं, जिसके बारे में मैं बाद में बात करूंगा। जीवन-रेखा से जितनी भी बारीक रेखाएं निकलती है, वे सब उपलब्धियों और

सफलताओं के चिह्न हैं। वे सब सफल जीवन के कीर्ति-स्तंभ कहे जा सकते हैं।

यदि ये रेखाएं तर्जनी के नीचे, बृहस्पति के उभार की ओर बढ़ती हों तो यह पदोन्नति का चिह्न है अर्थात् जिस तारीख पर जीवन-रेखा से बारीक रेखा निकले, उस समय से एक सीढ़ी ऊपर चढ़ना।

मैंने बीसियों व्यक्तियों के हाथ देखे हैं। जिन्होंने व्यापार में या क्षेत्रों में असाधारण सफलता अर्जित की है। जैसे श्री गोर्डन सेल्फ्रिज और सर एडवर्ड मार्शल-हाल। इन लोगों को मैंने इन रेखाओं की विशेषता बतायी थी। मैंने ये रेखाएं महान राजनेताओं के हाथों में भी देखी है जैसे मि. ग्लैड स्टोन, जो चैंबरलेन और सर आस्टिन चैंबरलेन। इन सभी लोगों के हाथ देखने का सम्मान मुझको प्राप्त हुआ था।

यदि ये बारीक रेखाएं शनि पर निकलें यानि मध्यमा उंगली के नीचे से और भाग्य-रेखा के साथ-साथ चलें–तो इसका अर्थ है धन संपत्ति की बढ़ोतरी। जो व्यक्ति को अपनी कोशिशों और दृढ़ संकल्प से प्राप्त होगी।

यदि ऐसी रेखा जीवन-रेखा से निकले और सूर्य के उभार की ओर बढ़े यानि तीसरी उंगली (अनामिका) के नीचे तक जाए तो इसका अर्थ है कि हाथ जिस वर्ग के व्यक्ति का है, उसके अनुसार उसे प्रतिष्ठा की प्राप्ति। किलोवेन के लार्ड रसेल के हाथ में, जो इंगलैण्ड के मुख्य न्यायाधीश बने थे, मैंने यह चिह्न देखा था। बहुत पहले ही मैंने उनको बता दिया था कि उनको महान न्यायिक सम्मान मिलेगा और वह अपने व्यवसाय में एक दिन सर्वोच्च शिखर पर पहुंचेगे। गैंने जो कुछ बताया, उसे उन्होंने ध्यानपूर्वक नोट कर लिया था और जिस दिन उनको मुख्य न्यायाधीश का चोगा पहनाया गया तो उन्होंने मुझे न्यायालय के अपने कक्ष में बुला भेजा मुझको बधाई देने के लिए।

यदि पतली रेखा जीवन-रेखा से निकलकर बुध के उभार की ओर जाय तो यह व्यापार या विज्ञान में महान सफलता का संकेत देती है। यह संकेत इस बात से भी संबंधित होता है कि हाथ किस वर्ग का है, चपटा, चौकोर या तिकोना आकार का। थोड़ा ध्यान से देखा जाए तो यह सब

समझना काफी आसान होता है। उदाहरण के तौर पर चौकोर हाथ में ऐसा चिह्न हो तो इसका अर्थ है व्यापार या विज्ञान में सफलता। यदि हाथ गोलाई वाला या तिकोना आकार का हो तो यह धन के मामले में सफलता का संकेत है जो किसी आकस्मिक पूंजी-निवेश के संबंध में आवेश में आकर उठाये गये कदम के कारण या किसी उद्यम से धन-प्राप्ति कराने वाली होगी।

मैंने पाया है कि यदि जीवन-रेखा अंत में दो शाखाओं में बंट गयी हो और उन दोनों के बीच काफ़ी अंतर हो तो यह इस बात का संकेत है कि उस व्यक्ति की मृत्यु जन्म-भूमि में नहीं, किसी और देश में होगी। कम-से-कम जन्म और मृत्यु के स्थानों में खासा बड़ा अंतर होगा।

जीवन-रेखा बना द्वीप (जब तक द्वीप बना रहे) बीमारी या खराब स्वास्थ्य का संकेत देता है। यदि जीवन-रेखा के आरंभ में ही द्वीप स्पष्ट रूप से बना हो तो यह, व्यक्ति के जन्म से संबंधित किसी रहस्य का सूचक होता है।

पितृत्व से संबंधित विवाद से अधिक दिलचस्प बात और क्या हो सकती है। खासकर यदि अभिजातकुल की वंशावली में परिवर्तन की बात हो या किसी बदले हुए बच्चे का किस्सा हो। ज्योतिषियों का गुह्य विद्याओं के ज्ञाताओं के यहां ऐसे कुछ अजीबोगरीब मामले आते ही हैं। उस समय-शायद मुझे कहना चाहिए कि रहस्य के पर्दे का कुछ भाग उठ जाता है, परंतु विवेक यही कहता है कि पर्दा पड़ा ही रहने दो–पूरा मत उठाओ।

एक बार एक प्रतिष्ठित महिला अपनी सुंदर बेटी के साथ मेरे यहां आयी। मैंने लड़की के हाथ में वह महत्त्वपूर्ण चिह्न देखा, परंतु कहा कुछ नहीं। कुछ दिनों बाद मां अकेली ही आयी और बहुत ही घमंड भरे और अवहेलना के स्वर में बातें करने लगी, मानो मैं कोई ढोंगी होऊं।

"सचमुच, कीरो, मुझे लगता है कि लोग आपको आवश्यकता से अधिक ही महत्त्व देते हैं। आपने मुझे जो कुछ भी बताया, उसमें असाधारण कुछ भी नहीं था।"

मैं स्वीकार करता हूं कि उसके शब्दों ने मुझे मर्माहत कर दिया और

मैं अपना सहज विवेक खो बैठा। मैंने तड़ाक से जवाब दिया, "महोदया, अगर आप साफ-साफ बात ही जानना चाहती हैं तो सुनिए। मैं तो आपकी आंतरिक शांति की खातिर चुप रहा था। क्या आपकी जिंदगी में कोई बड़ा रहस्य छिपा हुआ नहीं है?"

मेरा इतना बताना था कि उसका चेहरा फक पड़ गया और घबराहट के मारे उसके हाथ थरथराने लगे। फिर भी उसने अकड़कर बात करने की कोशिश करते हुए मुझसे पूछा, "क्या मतलब है आपका?"

मैंने सहजता से इतना ही कहा, "आपकी बेटी के जन्म से कोई न कोई रहस्य जुड़ा हुआ है।"

इससे आगे मैं कुछ नहीं बोला क्योंकि हल्की चीख के साथ वह उठी और लड़खड़ाती आवाज़ में बोली, "कीरो, आप सामान्य मनुष्य से ऊपर हैं। आपको कैसे उन रहस्यों का पता चला जिन्हें मैं समझती थी, कब्र में और मेरी अपनी छाती में दफना दिये गये हैं।"

मैंने उसे बताया कि मेरी कला ने वह रहस्य खोला। वह रहस्य अब मुझ तक ही सीमित रहेगा और इस संबंध में आपको डरने की कोई आवश्यकता नहीं। उसी दिन मेरे विवेक ने वह बात दफना दी थी, लेकिन मैंने यह ज़रूर जान लिया कि ये महत्त्वपूर्ण रेखाएं गलती नहीं कर सकतीं।

मंगल-रेखा

कुछ फूल इसलिए मसले जाते हैं ताकि वे अधिक सुगंध बिखेर सकें, और कुछ टूटे हुए फूल पांवों तले रौंदे जाते हैं।
कुछ फूल ऐसे होते हैं जो कुछ समय के लिए सज्जा का साधन बनते हैं।
और फिर एक ओर डाल दिये जाते हैं।
कुछ मृतकों पर चढ़ते हैं तो कुछ दुल्हन की सज्जा बनते हैं, इसी प्रकार मैंने जीवन में ऐसे उदासी भरे मुख मंडल देखे हैं जो रौंदे गये फूल की ही तरह होते हैं; ओ फूल! अपनी गरिमामय मधुरता तो बिखराओ।

–कीरो

मंगल-रेखा को कभी-कभी आंतरिक जीवनी-शक्ति या भीतरी जीवन-रेखा कहा जाता है और इसको उस चित्र में देखा जा सकता है। जिसे 'दोहरी जीवन-रेखा' शीर्षक नाम दिया गया है। उस सहायक रेखा को मंगल रेखा नहीं मान लेना चाहिए जो जीवन-रेखा से ही निकलती हैं।

पौराणिक साहित्य में मंगल को युद्ध का देवता माना गया है इसीलिए यह रेखा उस सब कुछ का संकेत देती है जिसका संबंध जीवन-शक्ति या व्यक्ति की संघर्ष करने की क्षमता से है जो लोग अंतिम क्षण तक संघर्ष करना नहीं छोड़ते, उनके हाथ में यह रेखा निश्चित रूप से पायी जाएगी। नैपोलियन को इन रहस्यमयी विद्याओं का ज्ञान प्राप्त करने में बड़ी रुचि थी

और ऐबेफोर्नकोनदिल के साथ, जो इटली और मिस्र के युद्धों में उसके साथ गया था, हस्त-रेखा शास्त्र पर चर्चा किया करता था। ऐबे ने अपने संस्मरणों में लिखा है कि उसे 'लिटल कारपोरल' (नैपोलियन) का हाथ देखने का सम्मान प्राप्त हुआ था। उसके हाथों का उसने इन शब्दों में वर्णन किया है :

"वे चौड़े और चौकोर थे मेरे देखने में आए हाथों में सबसे सक्षम हाथ–एक व्यावहारिक पुरुष के हाथ जो जन्मजात योद्धा था। मैंने खासतौर से उसकी भीतरी जीवन-रेखा देखी और नैपोलियन को उसका महत्त्व समझाया। मैंने सतर्कतापूर्वक यह भी बताया कि वह रेखा मंगल के इस युग के न केवल विश्वविजेता होने का चिह्न है वरन् उसकी महान जीवनी-शक्ति का भी संकेत है। वह प्रसन्न दिखे और उन्होंने शुक्र के विषय में पूछा कि वह अनुकूल है न ? सतर्कता बरतने में ही बुद्धिमानी समझकर मैंने कहा–'हां' वह हंस दिए।

जिस हस्त-रेखा-शास्त्र का अक्सर मजाक उड़ाया जाता है। वह कितना प्राचीन है, यह जताने के लिए यह बता देना उचित होगा कि अरस्तू भी इस विद्या को जानता था और अक्सर इसकी सहायता लेता था। उसने भीतरी जीवन-रेखा को 'असीम जीवन-शक्ति' का सूचक बताया था और उसने अपने जमाने के कई महान जनरलों पर कभी इसे आजमा कर देखा था।

यदि यह रेखा जीवन-रेखा के बहुत पास होती है। तो इसका अर्थ है कि वह व्यक्ति झगड़ों और विवादों में फंसा रहेगा और उसे मुकदमेबाजी का शौक होगा। इस तथ्य की सच्चाई के अनेक प्रमाण मुझको मिले हैं।

एक बार छोटे डील का तेज दिखनेवाला आदमी आया। वह अपने हाथ के बारे में मेरी राय लेना चाहता था। मैंने देखा, यह विशेषता उसके हाथ में स्पष्ट रूप से अंकित है। मैंने ऐसा हाथ पहले कभी नहीं देखा था। पहले तो मैंने उसके विषय में कुछ मोटी-मोटी बातें बतायीं। उसने जब स्वीकार किया कि वे ठीक हैं, तो मैंने आगे कहा :

"आप आसानी से मुकदमेबाजी में फंस जाते हैं, आपको व्यावसायिक रूप से कानून का स्वयं खास ज्ञान नहीं है। लेकिन वकीलों के साथ उठते-बैठते हैं।"

उसने माना कि यह बात ठीक है और फिर पूछा कि क्या इस विषय पर मैं कुछ और बता सकता हूं। मैंने उसका हाथ फिर से देखा और कहा, "मेरे विचार से आप अपने किसी बहुत ही नजदीकी व्यक्ति के साथ लंबी और दिल तोड़ने वाली मुकदमेबाजी में फंसोगे। मैं समझता हूं कि वह व्यक्ति आपकी पत्नी होगी। आपको बार-बार अवसर और चेतावनी मिलेगी कि इस पचड़े को छोड़ दें लेकिन अपने उत्तेजनापूर्ण और स्वभाव के कारण आप डटे ही रहेंगे और अंत में यही आपका सर्वनाश करेगा।"

वह ठठाकर हंसा।

"कीरो, आपकी भविष्य-कथन की क्षमता के विषय में मेरे मन में खास सम्मान की भावना नहीं है। मुझे कभी कोई हरा नहीं सकता।" यह कहकर उसने घमंड के साथ अपनी छाती ठोकी और बताया कि वह अपने साले पर मुकदमा करने जा रहा है। मुकदमा उस संपत्ति के विषय में है जो उसकी पत्नी को हासिल होनी चाहिए थी।

"क्या आपकी पत्नी यह मुकदमा चलाने के लिए सहमत है ?" मैंने सीधे पूछ डाला।

"नहीं," उसने तुरंत उत्तर दिया, "उसमें ब्यापारिक बुद्धि नहीं है। यह तो बहुत ही कोमल स्वभाव की है–किसी भी चीज के लिए लड़ ही नहीं सकती। लेकिन मुझे उसकी चिन्ता है। जो उसका है, वह मेरा है और उसके लिए लड़ने का मेरा इरादा है।"

जैसा मैंने सोचा था, वैसी ही स्थिति हुई। पति जबर्दस्त लड़का था। अपनी मंजिल तक पहुंचना ही उसका लक्ष्य रहता था। उसको इस बात की ज़रा भी परवाह नहीं थी कि अपने कार्य से वह किसको कितनी चोट पहुंचा रहा था। उसकी पत्नी सीधी-सादी और दब्बू थी। उसकी अपनी कोई इच्छा ही नहीं थी–जो थी भी, उसे उसने अपने 'स्वामी और मालिक' अर्थात् अपने पति में ही निमग्न कर दिया था।

मुझसे यह कहे बिना नहीं रहा गया–"मेरा ख्याल है, आपकी पत्नी इन सब मामलों में वही करती है, जो आप कहते हैं।"

"जी हां," उसने लापरवाही से कहा, "लोग जिसे आदर्श पत्नी कहते हैं, वही है वह। मैंने ही उसे ऐसा बना दिया है।"

इस अध्याय के प्रारंभ में मैंने जो शब्द कहे हैं वे जीवन के इन्हीं फूलों के विषय में भावनाओं की अभिव्यक्ति हैं जो अधिक कठोर लोगों द्वारा कुचल दिए जाते हैं लेकिन कुचले जाने पर भी उनसे मीठी सुगंध ही निकलती है। अब उस कहानी का अगला भाग सुनिए–

लगभग दो साल के अंतराल के बाद वही सज्जन एक बार फिर मेरे पास आये। लेकिन उनके बाहरी चेहरे-मोहरे में बहुत फर्क आ चुका था। मैंने पाया कि उनका आत्म-विश्वासभरा व्यवहार अब ज्यादा दबा-दबा-सा था। बिना किसी भूमिका के उन्होंने कहा, "कीरो, मैं आपके पास आया हूं-टूटा हुआ लेकिन अधिक समझदार।"

मैंने नरमी के साथ पूछा–"क्या आप किसी मुसीबत में हैं ?"

"मैं बरबाद हो गया हूं"–जबाब मिला। फिर अचानक उसी पहली वाली तेजी और व्यंग्यपूर्ण मुस्कान के साथ बोले, "बरबाद भी अपनी जिद के कारण। हां, कीरो, अगर मैंने आपकी सलाह मानी होती तो मैं आज अमीर और प्रसन्न व्यक्ति होता।"

क्योंकि मैंने उनको तभी चेतावनी दी थी उनके हाथ में सर्वनाश लिखा है। जिसका कारण होगा मुकदमेबाजी।

सहानुभूति के चंद शब्दों से प्रोत्साहित होकर वह बताने लगे, "मेरे वकील ने मुझको सलाह दी थी कि मेरे साले के खिलाफ मेरा मुकदमा कमजोर है और मैं जीतूंगा नहीं। गुस्से में आकर मैंने उस वकील को हटा दिया और दूसरा वकील कर लिया। उसने नये सिरे से कार्रवाई शुरू की। मेरी पत्नी ने बहुतेरी विनती की कि मुकदमा चलाने की जिद पर मैं अड़ा न रहूं क्योंकि सभी रिश्तेदारों के साथ उसका मनमुटाव हो गया था। मैंने उससे कहा कि तुम अपने काम से मतलब रखो जो अंततः मेरा अपना काम है। बहुत खर्चा उठाने के बाद मैं हार गया और अपील करने का निश्चय किया।"

"मेरे वकील ने मुझे स्पष्ट बता दिया कि मेरे जीतने की कतई संभावना

नहीं है। पता नहीं, कैसा पागलपन मुझ पर सवार था। शायद वे रेखाएं ही बता सकें जो आपने मेरे हाथ में दिखायी थीं। अपील के लिए धन जुटाने की खातिर मैंने अपना धंधा चौपट कर डाला और अपील दायर कर दी। उसमें भी मैं हार गया। उसके बाद आयी मेरी सबसे बड़ी मूर्खता। मैंने अपने वकील से कहा कि मैं 'हाउस आफ लार्ड्स' में अपील करना चाहता हूं। मेरी मूर्खता पर वह दंग रह गया। वकील ने अपील की पैरवी करने में अपनी असमर्थता जताई। पर मैं अपनी जिद पर अड़ा रहा तो उसने कहा कि वकालत के पेशे में अपने नाम और इज्जत को ध्यान में रखते हुए वह मेरी पैरवी नहीं करेगा। मैंने उसको बुरा-भला कहा और मुकदमे के कागजात उससे वापस ले लिये।

मैंने एक और वकील ढूंढ़ा जो बहुत ही दुष्ट निकला। वह मुझे लूटना चाहता था और खर्चे के मोटे-मोटे बिल देने लगा। आखिर सर्वोच्च अदालत में मामले की सुनवाई हुई। वहां भी मैं हार गया और दूसरी तरफ खर्चे के बोझ के नीचे बिलकुल दब गया। मेरे 'कानूनी सलाहकार' ने खर्चे का हिसाब बहुत ही चालाकी से तैयार किया था। जिस दिन मैं अपने दीवालिया हो जाने की अर्जी देने वाला था, मेरी पत्नी की भी मृत्यु हो गयी। अजीब बात तो यह है कि तब तक भी उसके मधुर स्वभाव और उसके मूल्य को मैं समझ नहीं सका।

मेरे मुवक्किल ने अपने हाथों से अपना चेहरा छिपा लिया।

मानव जीवन के ऐसे नाटकीय कुछ और प्रसंग भी मेरी जानकारी में आये। संघर्ष करने की प्रवृत्ति अपनी जगह ठीक है, बशर्ते कि उसके साथ सही-सही और विवेकपूर्ण निर्णय भी लिये जाएं। यदि ये गुण नहीं हों तो यह एक ऐसा जाल है जो सर्वनाश ही करके छोड़ता है। मुझे यह लिखते हुए हर्ष का अनुभव हो रहा है कि अंततः मेरे मुवक्किल ने अपने को संभाल लिया और नये सिरे से समृद्ध कारोबार खड़ा कर लिया।

यह दोहरी जीवन-रेखा बड़े स्पष्ट रूप में उन पुरुषों के हाथ में अक्सर देखी जाती है जो बहुत ऊंचे ओहदों पर तो पहुंच गये हैं लेकिन उन्हें जीवन में प्रबल विरोधी शक्तियों का सामना करना पड़ा है और उन सब पर उन्होंने विजय प्राप्त की थी।

मैंने अपनी अन्य पुस्तकों में, 1890 में लार्ड किचनर से हुई भेंट का उल्लेख किया है जिसमें मैंने उन्हें बताया था कि उनकी मृत्यु पानी में डूबने से होगी। मैंने उनका हाथ देखा तो इस बात से बहुत प्रभावित हुआ कि वह एक योद्धा का चौड़ा और मजबूत हाथ ही नहीं था, बल्कि उसमें मंगल पर्वत पूरी तरह से उठा हुआ था। उससे पता चलता था कि वह शक्तिशाली हैं पेशेवर सैनिक की हैसियत से लड़ते रहेंगे और इसलिए भी लड़ेंगे क्योंकि वह 'बुलडॉग' की प्रकृति वाले व्यक्ति हैं। यह सर्वविदित तथ्य है कि राजनीतिज्ञों, राजनेताओं और उनकी नीतियों एवं तौर तरीकों से असहमत लोगों ने बार-बार लार्ड किचनर का विरोध किया लेकिन वह, जगन्नाथ के रथ की भांति, विरोधियों को पीछे छोड़ते हुए, अपने रास्ते पर बराबर आगे बढ़ते ही गये। वह प्रभावशाली थे, शायद दबंग भी, पर मंगल के सच्चे पुत्र थे। उनकी शक्ति के साथ-साथ निर्णय लेने की स्थिर बुद्धि उन्हें नाशक योजनाओं में कूद पड़ने की गलत राह से सदैव बचाती रही।

पतले और कम चौड़े हाथ में दूसरी जीवन-रेखा होने को मैं उतना अच्छा चिह्न नहीं मानता, जितना चौड़े हाथ में। यह सच है कि वह रेखा कमजोर जीवन-रेखा को द्वीपों, टूटने और अन्य रोग-चिह्नों से अपनी अतिरिक्त शक्ति के कारण व्यक्ति की सहायता करती है। किंतु ऐसे लोगों में हमेशा ही मिजाज का चिड़चिड़ापन भी होता है जिसके कारण ऐसा व्यक्ति मित्रों तथा पड़ोसियों से उलझता रहता है। ऐसे व्यक्ति, पति या पत्नी के रूप में, सुखी नहीं रहते। वे हमेशा ही दूसरों को परेशान करते रहते हैं और उम्र बढ़ने के साथ-साथ उनके स्वभाव की कड़ुवाहट भी बढ़ती जाती है।

यदि कोई मोटी सहायक रेखा मंगल की रेखा से निकलकर चंद्र-पर्वत के नीचे तक जाए तो यह नशीली दवाओं आदि के लिए तरसने और असंयम का सूचक है। यह कितनी विचित्र किंतु अद्भुत बात है कि इस प्रकार से हाथ की रेखाएं कितनी स्पष्ट चेतावनियां देने में सक्षम हैं। यदि इस ज्ञान का सही उपयोग किया जाए तो यह बहुत ही मूल्यवान सिद्ध हो सकता है। यह तथ्य नीचे दिये गये इस उदाहरण से उजागर होता है जो मेरे अपने अनुभवों में से एक है।

एक दिन दोपहर को मेरे कार्यालय में एक आकर्षक महिला मेरी प्रतीक्षा कर रही थी। उसने बताया कि उसकी एक सहेली, लेडी पैजेट ने मुझसे मिलने की सलाह दी थी। आगंतुक महिला का हाथ देखा तो वह असाधारण चतुराई का परिचायक था। मेरे विचार से वह संवेदनशील और स्नेही स्वभाव वाली थी। उसके हाथ में इस बात का प्रत्येक संकेत चिह्न था कि उसका जीवन सुखी और समृद्ध होना चाहिए। खतरे का केवल एक ही चिह्न था जिसे मैं नजरअंदाज नहीं कर सकता था।

आपके हाथ की रेखाएं आपके सुखी भविष्य की सूचक हैं। मैंने ऐसे हाथ बहुत कम देखे हैं, जिन्होंने मुझे इतना प्रभावित किया हो। लेकिन मैं आपको एक चेतावनी भी देना चाहता हूं कि अपनी बेलौस प्रवृत्ति के कारण आपको जीवन के हर रोमांच का अनुभव प्राप्त करने की इच्छा भी होगी। सावधान रहें। कहीं ऐसा न हो कि रोमांच का अनुभव प्राप्त करने की यह लालसा आपकी एक आदत ही बन जाये। यदि ऐसा होता है तो उसे तोड़ना मुश्किल होगा क्योंकि अगर आप एक बार इसकी जकड़ में आ गयीं तो आपकी प्रकृति उसे पनपाने के लिए उर्वर भूमि सिद्ध होगी।

उसने अपना माथा सिकोड़ा।

“कीरो”, उसने कहा, “मैं आपकी बात का संकेत समझ नहीं पा रही हूं। वह क्या है, जिसके संबंध में आप मुझे सचेत कर रहे हैं?”

मैंने उसको वह भारी सहायक रेखा दिखायी जिसकी चर्चा मैंने अभी की थी और उसका अर्थ समझाया।

“यह इस बात की चेतावनी है कि आपकी प्रकृति में कोई कमजोरी छिपी हो सकती है। आपको दोगुनी सावधानी बरतने की आवश्यकता है।”

मुझे लगा कि वह मेरी बात को विश्वासपूर्वक समझ मान गई है और बात खत्म हो गई। फिर मैंने उसे बताया कि एक वर्ष के अंदर उसका विवाह हो जाएगा। उसके बाद वह चली गई।

न्यूयार्क और अमेरिका की सफल यात्रा के बाद जब मैं वापस आया तो मुझे बताया गया कि कोई श्रीमती ‘सी’ मुझसे शीघ्र से शीघ्र मिलने की

इच्छुक हैं। उसका जो पता मुझे दिया गया, वह किसी ऊंची श्रेणी के नर्सिंग होम का था। मैं खासी बड़ी उलझन में पड़ गया। मैं किसी श्रीमती 'सी' को नहीं जानता था और यह भी समझ में नहीं आ रहा था कि वह मुझसे क्यों मिलना चाहती है। लेकिन ज्योतिष का मेरा व्यवसाय ही ऐसा था कि मुझे उलझन में डालनेवाले संदेश अनेक बार मिले हैं और मैंने कभी उनकी उपेक्षा भी नहीं की है। कुछ समय बाद मैं उस नर्सिंग होम में पहुंचा और कहा कि मैं मिसेज 'सी' से मिलना चाहता हूं।

वहां वही महिला थी जो मेरे पास पहले परामर्श के लिए आयी थी। उसने बताया कि मेरी भविष्यवाणी के अनुसार उसका विवाह हो गया था। तब वह नर्सिंग होम कैसे पहुंची, यह उस कहानी से ज्ञात हुआ जो उसने मुझे सुनाई।

उसने बताया कि उसका विवाहित जीवन सुखी था। दुर्भाग्यवश उसके युवा पति को कूटनीतिज्ञ होने के कारण लंबे-लंबे समय तक बाहर रहना पड़ता था। अपने ही हिसाब से जीवन जीने के कारण, मैं तेज-तर्रार आधुनिक लड़कियों की संगत में पड़ गयी। उस जीवन का भंवर मुझे अजीब-अजीब स्थानों में ले गया।

"कीरो, एक दिन मैं दो लड़कियों के साथ, जिनकी उम्र बीस की भी नहीं थी, एक अमीर आदमी के शानदार स्टूडियो में गयी। वह अय्याश किस्म का आदमी था। जो कला-प्रेमी होने का ढोंग करता रहता था। खाने के बाद पार्टी, उद्दंडता और असभ्यता पर उतर आयी। जब हंगामा कम हुआ तो हमें चांदी के पात्र में कोकीन दी गयी। मुझे उस समय बहुत आश्चर्य हुआ, जब एक लड़की ने चुटकी में कोकीन लेकर बड़े मजे से सूंघा। मैंने मना किया तो सब एक साथ मिलकर मेरा मजाक बनाने लगीं। मुझसे कहा गया कि हर कोई उसे लेता है और उसका प्रभाव अद्भुत होता है। मैंने दोनों लड़कियों को देखा कि कोकीन का उन पर आश्चर्यजनक असर हुआ था। उनके चेहरों पर पीलेपन के स्थान पर गुलाबी गाल और चमकती आंखें थीं। एक नयी आभा थी उनमें। मेरा कौतूहल जाग उठा।

'कौतूहल! आपने ठीक ही कहा था कीरो, कि रोमांचकारी अनुभवों की ललक मेरे खून में थी।'

मैंने उस नये सामाजिक पाप को चखने का निश्चय किया। पहली बार में कोकीन सूंघते ही ऊर्जा और खुशी सारे शरीर में बहने लगी। मैं उस सबका विस्तार से वर्णन करके आपको उबाऊंगी नहीं। कुछ ही महीनों में मैं खूब नशा करने लगी। मुझे नशे की लत पड़ चुकी थी। इस कारण, आत्मा और शरीर को नष्ट करने वाली इस आदत की हर एक अवस्था से मैं गुजरी। आखिर वह समय भी आया जब मैंने अपना घर छोड़ दिया और दक्षिणी लंदन में एक अनजान गुप्त स्थान पर रहने लगी जिससे अपने नशे की तलब को पूरा करती रह सकूं। कई-कई दिनों तक मैं बिना नहाये और बिना खाये-पिये बिस्तर में ही पड़ी रहती थी। किसी प्रकार का कोई संकोच नहीं रह गया था। मुझमें किसी प्रकार की परवाह करने की ताकत भी नहीं थी। फिर वह दिन भी आया जब मेरे परिवार के एक मित्र ने मुझको खोज ही लिया–वह बहुत होशियार डॉक्टर थे। उन्होंने मुझे उस गंदी, बदबूदार जगह से निकालकर मेरी देखभाल की और मुझे इस नर्सिंग होम में ले आये। बहुत संघर्ष के बाद, मैं जीत गयी। अब मैं बिल्कुल वैसी हूं जैसी पहले थी।"

इस कहानी ने मेरे दिल को छू लिया। मेरी वह मुवक्किला अब बहुत दुबली और कमजोर हो गई थी। उसको अपनी लत पर समय रहते काबू पा सकने के लिए बधाई देने लगा तो उसने मुझको रोककर कहा–"कीरो, एक क्षण ऐसा अवश्य आया था, जब मुझको लगा था कि अब मुझको कोशिश करना छोड़ देना चाहिए। यह यहां आने के बाद की बात है। मुझे सब कुछ बेहद निराशाजनक लगता था। मुझे लगता था कि जो व्यसन मुझे नष्ट किये डाल रहा था, उससे लड़ने की शक्ति मुझमें कभी नहीं आ पाएगी। पर अचानक, वे शब्द मुझे याद आ गये जो आपने मुझसे कहे थे। ऐसा लगा कि उनका कोई नया ही अर्थ है। मैंने संकल्प कर लिया कि में हारूंगी नहीं और उसी समय से ऐसा लगा कि मुझको लड़ने की ताकत वापस मिल रही है।"

स्वास्थ्य की रेखा

प्राचीन काल में विद्वान स्वास्थ्य की रेखा को 'हे पाटिका' कहते थे। यह ऐसी रेखा है, जिसे जीवन रेखा के साथ मिलाकर देखना चाहिए। यह रेखा बहुत ही रोचक और महत्त्वपूर्ण होती है और जब किसी का हाथ देखा जाए तो इससे बहुत ही उल्लेखनीय बातों के संकेत प्राप्त होते हैं। मैं भली प्रकार जानता हूं कि आधुनिक चिकित्सा विज्ञानी और डाक्टर लोग हस्त रेखा-शास्त्र को गंभीरता से नहीं लेते और इसे उचित महत्त्व नहीं देते। हां, इसका एक अपवाद अमेरिका है, जहां बहुत से डॉक्टर और चिकित्सा-विज्ञान के अनेक छात्र मेरा लैक्चर सुनने आते थे और उन्होंने स्वीकार किया कि उनको उनसे बहुत लाभ हुआ है।

कहते हैं कि पहले से ही सचेत हो जाना, पहले से शस्त्र धारण करने के समान है। अपने जीवन के सामान्य कार्य-व्यापार में खतरों से बचाव करने के लिए हम सभी लोग कुछ-न-कुछ आम सावधानियां बरतते हैं। जब रोजगर्रा के जीवन की यह बात है तो उन खतरों से बचाव करना और भी अधिक आवश्यक है जो हमारी जीवन डोर को ही काट सकते हैं। मैं इस तथ्य का निश्चित रूप से प्रमाण दे सकता हूं कि घातक एवं गंभीर बीमारियां हमारे हाथ में लिखी होती हैं। समय बीतने के साथ बीमारी भी धीरे-धीरे लेकिन लगातार बढ़ती जाती है जब तक डाक्टर ये अशुभ शब्द न कह दे कि 'अब बहुत देर हो चुकी है।' स्वास्थ्य हमारी सबसे बड़ी और पहली दौलत है और उसकी तरफ हमें हर संभव रूप से ध्यान देना चाहिए। इसी

कारण मैं 'हे पाटिका' या स्वास्थ्य-रेखा को इतना अधिक महत्त्व देता हूं।

पहले तो हम इस रेखा की स्थिति को समझ लें।

स्वास्थ्य की रेखा छोटी उंगली (कनिष्ठा) के नीचे से शुरू होती है और हथेली को पार करती हुई जीवन-रेखा की ओर जाती है। यह चित्र सं. 5 में साफ दर्शाया गया है। हाथ के जिस भाग से यह रेखा निकालती है, उसको लेकर इस विषय के अध्येताओं में विचार-विमर्श हुआ है।

इस संबंध में अपने 25 वर्षों के अनुभवों से प्रमाणित मेरा निष्कर्ष यह है कि यह रेखा बुध के उभार (पर्वत) के नीचे या उसके ऊपर से निकलती है। यह हथेली को पार करती हुई, जीवन-रेखा से मिलती है और बीमारियों या रोगाणुओं के विकास के बारे में सूचना देती है। जिस बिंदु पर यह जीवन-रेखा से मिलती है, उससे पता चलता है कि बीमारी किस उम्र में आकर चरम बिंदु तक पहुंच जाएगी।

यहां यह याद रखना चाहिए कि जीवन-रेखा यह दर्शाती है कि आनुवंशिकता से या प्राकृतिक कारणों से व्यक्ति की आयु कितनी लंबी होगी परंतु स्वास्थ्य की रेखा यह बताती है कि जिस श्रेणी का व्यक्ति का जीवन रहा है, उसका प्रभाव क्या होगा। यदि दोनों ही रेखाएं एक समान मजबूत हों तो उस व्यक्ति की मृत्यु के वर्ष का पता उस स्थान से चलता है, जहां ये दोनों रेखाएं मिलती हैं।

बुध की रेखा या स्वास्थ्य की रेखा का संबंध स्नायु-तंत्र और मन दोनों से होता है। इससे यह समझा जाता है कि छोटी उम्र से ही सब कुछ जानने वाला अवचेतन मन स्नायु-तंत्र का बचाव करने वाली शक्तियों की जानकारी रखता है। वह मन जानता है कि यह संघर्ष-ऊर्जा कब तक बनी रहेगी और कब समाप्त होगी। इस प्रकार वर्षों पहले से हाथ में चिह्न बना देता है।

स्वास्थ्य की रेखा हाथ की एक ऐसी रेखा है जो सबसे अधिक बदलती रहती है। यह जिंदगी का थर्मामीटर है जो स्वास्थ्य के उतार-चढ़ाव को स्पष्टतया दर्शाता है। मैंने कभी-कभी इसे जीवन के आरंभिक वर्षों में गहरा और अनिष्टसूचक पाया है लेकिन शरीर के सशक्त हो जाने पर यह रेखा

गायब ही हो गयी।

उम्र अधिक हो जाने और शरीर-स्वास्थ्य जर्जर हो जाने पर मैंने देखा है कि यह रेखा गहरी और अनिष्टकारी हो गई है; खासकर तब जब स्नायु तंत्र बहुत थक जाने पर शरीर पर उसका प्रभाव दीखने लगता है या जब व्यक्ति अपने दिमाग पर बहुत अधिक बोझ डालकर स्वयं को थका डालता है।

इस रेखा का बिल्कुल न होना बहुत ही उत्तम बात है। इस रेखा के न होने से तगड़े शरीर और उत्तम स्वास्थ्य का पता चलता है। ऐसे व्यक्ति का स्नायुतंत्र भी स्वस्थ रहता है।

यदि ये रेखा हृदय रेखा की शाखा-सी लगती हुई निकले और दोनों ही रेखाएं देखने में चौड़ी हों और स्वास्थ्य रेखा हथेली को पार करती हुई जीवन रेखा से मिल जाय तो यह हृदय की कमजोरी या हृदयरोग का संकेत है।

यह निर्णय करते समय कि स्वास्थ्य की रेखा किस बीमारी का संकेत कर रही है, हस्त-रेखा के अध्येताओं को व्यक्ति के नाखूनों को अवश्य ही ध्यान से देखना चाहिए। नाखूनों के विषय में मैं अगले अध्याय में चर्चा करूंगा।

स्वास्थ्य रेखा में छोटे-छोटे लाल धब्बे हों, खासकर दबाने पर दिखते हों, तो गठिया-बुखार से व्यक्ति के ग्रस्त होने की संभावना होती है। यदि स्वास्थ्य रेखा टेढ़ी-मेढ़ी हो ठीक से बनी न हो या पीलापन लिये हुए हो तो उस व्यक्ति के शरीर में पित्त की प्रधानता रहेगी और जिगर खराब होगा।

यदि स्वास्थ्य रेखा में बहुत ज्यादा निशान हों और केवल मस्तिष्क तथा हृदय की रेखाओं को जोड़ती हो तो यह दिमागी बुखार से पीड़ित होने का संकेत है, विशेष रूप से यदि मस्तिष्क की रेखा पर द्वीप से बने हों।

यदि स्वास्थ्य-रेखा हथेली को पार करती हो लेकिन जीवन-रेखा को न छुए तो इसका अर्थ यही है कि व्यक्ति का स्वास्थ्य देखने में तो तगड़ा नहीं होगा, छरहरा होगा; लेकिन उसमें बीमारियों से बचे रहने की प्रतिरोध शक्ति बहुत अधिक होगी।

स्वास्थ्य-रेखा देखते समय, ज्योतिष के अध्येताओं को हाथ की अन्य रेखाओं पर भी ध्यान देना चाहिए, खासकर जीवन और मस्तिष्क की रेखाएं। यदि जीवन रेखा कमजोर और जंजीर जैसी बनी हो तो उस हाथ में स्वास्थ्य-रेखा का होना स्वास्थ्य खराब होने के खतरे को बढ़ा देती है। यदि स्वास्थ्य-रेखा के साथ नन्हें-नन्हें द्वीपों वाली मस्तिष्क रेखा हो तो बहुत अधिक सिर-दर्द सरीखी दिमाग की बीमारियां आदि होने की संभावना रहती है।

व्यक्ति विशेष को होने वाली किसी संभावित बीमारी की सबसे मूल्यवान चेतावनी इस रेखा को देखकर दी जा सकती है। मूल प्रश्न तो यही है कि वह व्यक्ति-विशेष उस चेतावनी का लाभ उठाएगा या नहीं। मेरा अनुभव तो यही रहा है कि वे लोग उसका लाभ नहीं उठाते और न ही उठाएंगे। इसलिए पूरी संभावना यही रहती है कि जो कुछ लिखा होता है–वही होकर रहता है। जब जीवन-रेखा अंगूठे के नीचे वाले भाग को घेरती हुई छोटे-छोटे टुकड़ों से जंजीर जैसी बनी होती है तो उस व्यक्ति का शरीर स्वास्थ्य कमजोर रहेगा और बीमारियां जिंदगी भर पीछा नहीं छोड़ेंगी। यह ऐसा चिह्न है जिसको मैंने कभी बदलते नहीं देखा। देखिए चित्र 61।

यदि स्वास्थ्य-रेखा या उससे निकली हुई कोई शाखा जीवन-रेखा को छूती हो तो इसे गंभीर बीमारी का सूचक समझना चाहिए। यह बीमारी उस समय होगी, जब दोनों रेखाएं मिलती हों और इसे मृत्यु तक की भविष्यवाणी समझना चाहिए। यह स्थिति चित्र.नं. 7 में दिखायी गयी है।

मान लीजिए कि चालीस वर्ष की उम्र में किसी के हाथ में किसी गंभीर बीमारी का संकेत है यदि उस व्यक्ति को पहले से ही उसकी चेतावनी मिल जाए तो वह समय रहते आवश्यक सावधानियां बरत सकता है। विशेषतः उस अवस्था में जब यह याद रखा जाए कि विचित्र बीमारियों की प्रवृत्ति का संकेत मनुष्य की हाथ की रेखाओं से स्पष्टतः देखा जा सकता है, जैसे–तपेदिक रोग का स्पष्ट संकेत हाथ में देखा जा सकता है। इसी प्रकार हृदय रोग के लक्षणों वाले हाथ को पहचानने में कोई गलती नहीं हो सकती।

दिमाग की कमजोरी और रोग के अधिक अशुभ चिह्न साफ होते हैं कि अधिक अध्ययन से ऐसा हो सकता है। और स्नायु-तंत्र के तनाव जिनके कारण शरीर-तंत्र जवाब दे जाए और भयंकर परिणाम आने से भय हों, के संकेत भी हाथ में होते हैं। यह बीमारी बहुत पेचीदा भी हो सकती है।

एक दिन मेरे कार्यालय में खासा हट्टा-कट्टा हड़बड़िया आदमी आया। पहले तो उसने कहा कि वह कौतूहलवश ही मेरे पास आया है। बाद में वह बहुत ही दिलचस्पी के साथ अपने भविष्य के विषय में पूछता रहा। उसने बताया कि घुड़दौड़ और ताश खेलने को उसने अपना धंधा बनाया हुआ है। मैं समझ गया कि वह यह जानने के लिए आया था कि उसकी बदकिस्मती समाप्त होने को हाल-फिलहाल में कोई संभावना है या नहीं।

उसके हाथ की रेखाओं की स्थिति देखकर मुझे विश्वास हो गया कि इस व्यक्ति की किस्मत चमकनेवाली है जो काफी अधिक दिनों तक चलेगी। मैंने हिसाब लगाया कि सौभाग्य एक साल तक उस पर कृपा दृष्टि रखेगा और इस एक साल में वह काफी दौलत कमाएगा। साथ ही मैंने यह भी देखा कि उसका स्वास्थ्य बहुत खराब होने वाला है। स्नायु-तंत्र की थकान और दुर्व्यसनों के कारण उसकी मृत्यु तक हो जाने का खतरा है।

मैंने कहा–"आपका दुर्भाग्य नाटकीय ढंग से बदलने वाला है। अगले कुछ महीनों बाद आप जिस चीज़ को हाथ लगाएंगे, वह सोना बन जाएगी। सारे चिह्न इसी ओर संकेत कर रहे हैं कि दुर्भाग्य का साया तेजी से उठ रहा है, (मैंने उसकी जन्म-तिथि पहले ही मालूम कर ली थी)।

यह शुभ समाचार सुनकर उसने संतोष की गहरी सांस ली।

मैं कहता गया–"परंतु, साथ ही मैं आपको एक चेतावनी भी देना चाहता हूं। धन दौलत के साथ जिम्मेदारियां भी आती हैं। आप अपनी नयी मिलनेवाली दौलत का कैसे उपयोग करते हैं, इस विषय में आपको अत्यधिक सावधान रहना होगा। स्वास्थ्य तो उस बैंक खाते की तरह है जिसमें से तरह-तरह के खर्चे पूरे करने के लिए धन लेना होता है।"

वह अवहेलनापूर्वक हंसा।

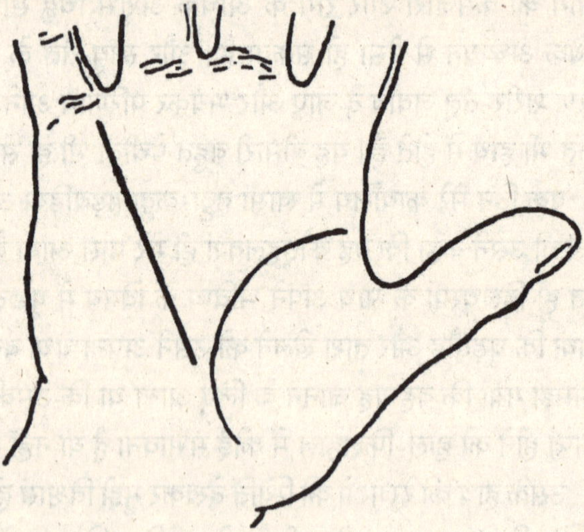

चित्र-5

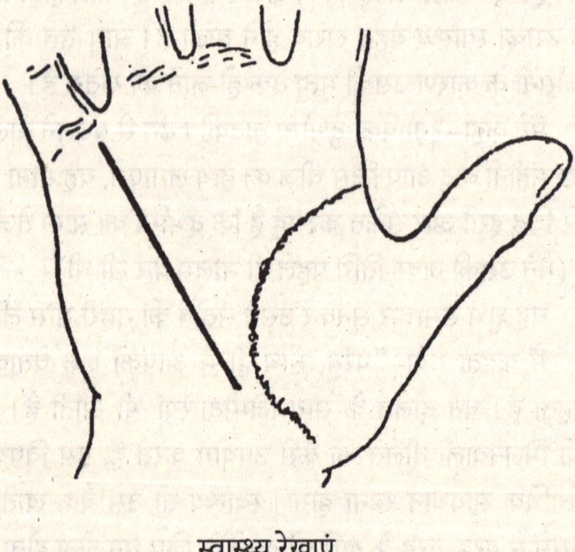

स्वास्थ्य रेखाएं

चित्र-6

वह बोला–"मैं बहुत चुस्त-तंदुरुस्त हूं। जिंदगी में कभी एक दिन के लिए भी मैं बीमार नहीं पड़ा। न ही, मैंने कभी रात का कुप्रभाव सवेरे अनुभव किया है। आप कहते हैं कि अब मेरा समय अच्छा है, तो मैं खूब मौजमस्ती करूंगा।"

ऐसे जिद्दी स्वभाव के नौजवानों को सलाह देने का लाभ ही क्या। वह चल दिया। आने वाले अच्छे दिनों की आशा से उसकी आंखें चमक रही थीं। पर जाने से पहले मैंने एक बार फिर पूरी सावधानी बरतने की आवश्यकता का भाव उसके मन में बैठाने की कोशिश की।

"जी हां", मैंने कहा, "आपका शरीर-स्वास्थ्य बहुत अच्छा है। फिर भी, मैं आपको जार्जियन युग के सबसे महान डॉक्टर एबरनेथी के शब्दों की याद दिला दूं–प्रकृति कभी नहीं भूलती और न कभी क्षमा करती है।"

कुछ क्षणों तक वह मेरी ओर देखता रहा; फिर बोला-"अगर मेरा शरीर जवाब दे गया तो आपको सूचित कर दूंगा ताकि आप देख सकें कि आपकी बात सच निकली।"

मैंने उसके आने की बात, कुछ ब्यौरों के साथ, अपनी डायरी में नोट कर ली और व्यस्तता के कारण जल्दी ही इस भेंट की बात मेरी स्मृति में धुंधली पड़ गयी।

मैं पेरिस गया। वहां बहुत सफल यात्रा के बाद मैं बांड स्ट्रीट स्थित अपने निवास में वापस आ गया।

एक दिन फ़ोन पर संदेश मिला जिसने मुझे आश्चर्य में डाल दिया।

"क्या आ ब्रुटन स्ट्रीट के नर्सिंग होम में आ सकेंगे?" किसी ने पूछा। मैंने कारण जानना चाहा तो उसने सिर्फ यह बताया कि ज़रूरी काम है। मैंने वहां जाने का निश्चय किया।

जब मैं उस बढ़िया नर्सिंग होम में पहुंचा तो पहले मेट्रन से मिला। उसने बताया कि उसने एक मरीज की तरफ से फोन किया था, जो बहुत सख्त बीमार है–पागलपन के किनारे पहुंच चुका है।

"आपने उसके बारे में सुना तो अवश्य होगा। लगभग हर समाचार-पत्र में 'भाग्यवान जुआडी' शीर्षक से इसका फोटो छपा था।"

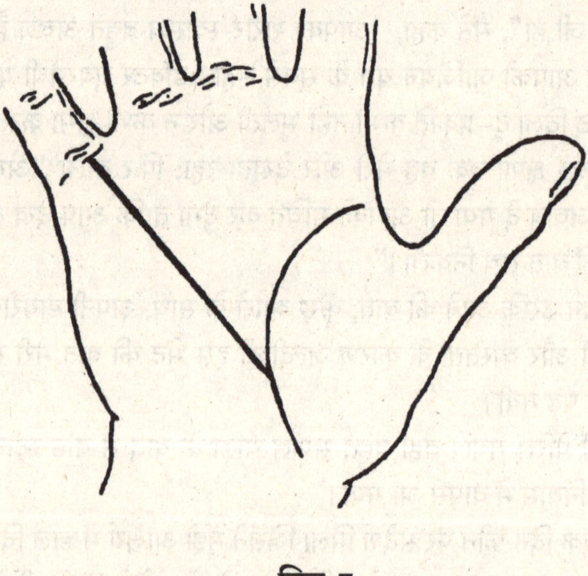

चित्र-7

हां, घुड़दौड़ के मैदानों और जुआ की मेजों पर इस नौजवान की अद्भुत जीत के चटपटे वर्णन मैंने पढ़े थे। साथ ही, उसकी फिजूलखर्ची के बारे में भी पढ़ा था। लेकिन यह नौजवान वही है, जो मेरे पास आया था, यह उस विवरण से नहीं समझ सका था। यह तो उसके कमरे में घुसने के बाद ही मालूम हुआ। वह पलंग पर लेटा था। पीले पड़े उस दुर्बलकाय व्यक्ति को मैं मुश्किल से पहचान पाया जिसने अपना मोम-सा हाथ बढ़ाकर मुझे आने

के लिए धन्यवाद दिया।

"हां, कीरो महोदय," वह धीमी आवाज़ में फुसफुसाया, "मैंने अपना वादा पूरा किया और आपको बुलवा भेजा ताकि आप देख सकें कि आपकी बात सच साबित हुई। मेरी किस्मत खूब चमकी थी। चकाचौंध करनेवाली चमक के साथ। लेकिन अब मैं उसकी भरपूर कीमत चुका रहा हूं। मैंने स्वास्थ्य के बैंक से ओवर ड्राफ्ट लिया और अब चेक मेरे पास वापस आ रहे हैं।"

मैं उसके पलंग के पास ही बैठ गया। उसने मुझको बताया कि आपसे मिलने के बाद मैं कुछ गलती नहीं कर सकता था। घोड़ों से मुझे हज़ारों की आमदनी हुई और मौंटे कार्लो में हर रोज जीतता था। मेरे पास एक लाख पौंड हो गये तो मौज मस्ती की जिंदगी शुरू हो गयी। सुरा-सुंदरी, दावतें, विलास में डूबी बरबादी की रातें चलने लगीं। इन सबने मेरे स्वास्थ्य पर प्रभाव डालना शुरू किया। आरंभिक लक्षण प्रकट होने पर भी मैंने उनकी परवाह नहीं की। फिर अचानक ही मेरी हालत गिर गयी। डाक्टरों ने लकवा होने या पागलपन के खतरों की बात की।

मुझे यह बताते हुए खुशी होती है कि भरपूर सेवा सुश्रूषा के बाद उसे मौत की घाटी के घने अंधेरे से निकाल लिया गया। बीमारी के बाद, वह एक नया ही आदमी बनकर उठा जो शरीर और मन दोनों से स्वस्थ था। उसकी सारी दौलत तो फुक गयी लेकिन अपने दृढ़ निश्चय से उसने नया कारोबार ही खड़ा कर लिया। आज उसका स्वास्थ्य खूब अच्छा है।

इससे प्रमाणित होता है कि हाथ ने तो चेतावनी दी थी लेकिन उसने उसकी ओर ध्यान नहीं दिया क्योंकि वह उसे समझ नहीं सका था। जब उसे बताया भी गया तो उसने उस पर विश्वास नहीं किया। लेकिन भाग्य ने साथ दिया और अच्छी चिकित्सा एवं देख-रेख से खतरा टल गया।

अब मैं एक ऐसा उदाहरण देता हूं जिसमें खतरा टल नहीं पाया।

एक बार एक महिला आयी। उसने बताया कि जल्दी ही वह दक्षिणी फ्रांस जाने वाली है। मैंने कहा कि, "मैं आपको यह यात्रा करने की सलाह नहीं दूंगा।"

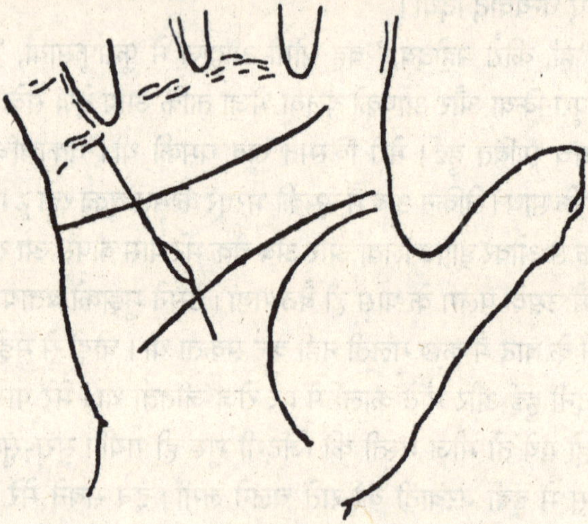

चित्र-8

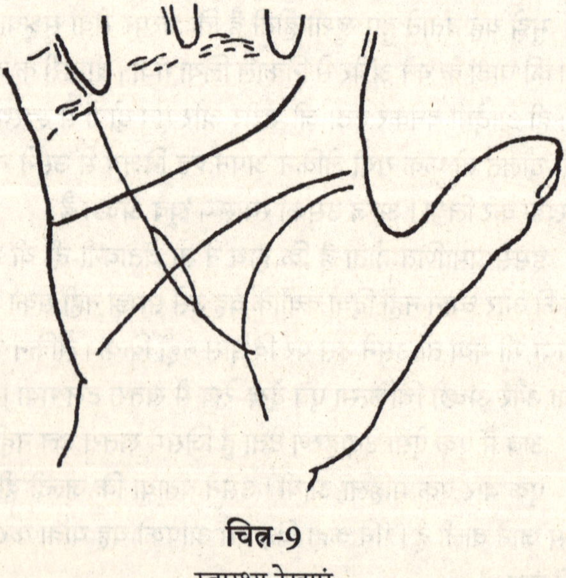

चित्र-9

स्वास्थ्य रेखाएं

यह सुनकर उसे बहुत अधिक आश्चर्य हुआ।

उसने कहा–"पर निश्चय ही, सर्दी के मौसम में दक्षिणी फ्रांस मेरे लिए आदर्श जगह होगी। मुझको नमीवाला वातावरण और कोहरा बरदाश्त नहीं होता। और इस समय तो इंग्लैण्ड का मौसम बहुत ही खराब है।"

मैंने पूछा–"आप अपनी ठीक-ठीक उम्र बताएंगी।"

उसने बताया कि उसकी उम्र अट्ठाईस वर्ष की है। उसकी स्वास्थ्य-रेखा मैंने देखी थी कि इस उम्र में उसको न्यूमोनिया के आकस्मिक आक्रमण या वैसी ही किसी अन्य बीमारी होने का खतरा है। जीवन-रेखा पर जो एक चिह्न देखा उससे मैंने निष्कर्ष निकाला कि वह एक ऐसे समय में प्रवेश कर रही है, जब उसके स्वास्थ्य के लिए गंभीर खतरा था। मुझको लगा कि विदेश प्रवास के दौरान उस पर रोग का दुष्प्रभाव होगा।

मैंने आग्रह किया–"मत जाइए। किसी भी कीमत पर घर ही रहिए।"

"कीरो, मैं तो खतरा उठाऊंगी।" वह हंसी और मुझसे विदा लेकर चली गयी। थोड़े ही दिनों बाद वह नीस पहुंची और वहां के मौजमस्ती के जीवन में डूब गयी। एक दिन उसने भव्य निचले आल्प्स पर्वत पर जाने का निश्चय किया जो कोटे डि एजूर की मोहक पार्श्वभूमि बनाते हैं।

जब उसने प्रस्थान किया तो खूब चटक धूप थी। कई हज़ार फुट ऊपर पहुंचने पर, दृश्य को अधिक अच्छी तरह देख पाने के इरादे से उसने कार की खिड़की का शीशा नीचे कर लिया। संयोग से शीशा टूटा हुआ था और रास्ते भर ठंडी पहाड़ी हवा लगती रही। कुछ ही घंटों में उसे डबल न्यूमोनिया हो गया और चार दिन बाद ही वह मर गयी।

मुझे कुछ महीने बाद ही इस बात का पता चला जब उसकी बहन मझसे मिलने आयी। उसने मेरी चेतावनी के विषय में सुना था। मेरी मुवक्किला ने अपनी बहन को लिखे पत्र में नीस के सुहावने मौसम का वर्णन करते हुए लिखा था कि वास्तव में मैं यह महसूस भी नहीं कर सकती कि मैं मरनेवाली हूं। कीरो ने गलत कहा था।

यदि स्वास्थ्य-रेखा में कोई फंदा या द्वीप मस्तिष्क की रेखा के समीप या उस पर हो तो इससे गले और नाक की तकलीफ होने का पता चलता है और नजला भी हो सकता है। (देखें चित्र 8)

यदि स्वास्थ्य-रेखा में मस्तिष्क-रेखा के ऊपर अथवा नीचे द्वीप हो तो यह उसके नाजुक स्वास्थ्य का सूचक है और छाती या फेफड़ों की बीमारी होने का खतरा होता है, खासकर जब नाखून लंबे तथा बादाम की शक्ल के हों। (देखिए चित्र सं. 9)

इन निष्कर्षों में कुछ बदलाव भी हो सकता है। फिर भी ये मूलतः विश्वस्त मार्गदर्शक का काम करता है।

जैसाकि मैं पहले बता चुका हूं, मुझे सम्राट एडवर्ड का हाथ देखने का सम्मान प्राप्त हुआ था। मैंने देखा कि सम्राट को गले और छाती का रोग होने का खतरा है। यह सर्वविदित बात है कि हाउस ऑफ विंडसर के सदस्य इस देश के अनिश्चित मौसम को बरदाश्त नहीं कर पाते और अधिक गर्म जगह की तलाश में रहते हैं। मैंने सम्राट को यह बताने का साहस किया तो उन्होंने शांत भाव से मेरी बात सुनी और कहा–"हां कीरो, मैं जानता हूं कि श्वास-नली का नजला मेरा दुश्मन है और हमेशा रहेगा। पर, निश्चित रहो, मैं अंत तक उसका मुकाबला करूंगा।"

शाही हाथ के चिह्नों को पढ़कर मुझे विश्वास हो गया कि अंतिम संघर्ष ज्यादा जोरदार लेकिन थोड़े समय का ही होगा। जैसा कि इतिहास में शोकाकुल शब्दों में लिखा गया है, सम्राट् एडवर्ड यूरोप से मरणासन्न अवस्था में वापस आये परंतु उनका साहस और संकल्प ऐसा दृढ़ था कि उन्होंने अपनी बीमारी को गंभीरता से नहीं लिया। लेकिन इस अवसर पर जारी स्वास्थ्य बुलेटिन से यह जानकर राष्ट्र स्तब्ध रह गया कि इस शांतिदूत के कुछ ही दिन शेष रह गये हैं। श्वास-नली की तकलीफ के बाद हृदय की गति रुक जाने से उनकी मृत्यु हो गयी। वह सचमुच अंतिम समय तक रोग से संघर्ष करते रहे।

जब जीवन-रेखा टूटी हुई हो और स्वास्थ्य-रेखा या उसकी कोई शाखा उस टूटे हुए स्थान पर जा मिलती हो, तो उस अवस्था में मृत्यु के खतरे का यह एक स्पष्ट संकेत होता है। (देखिए चित्र 10)

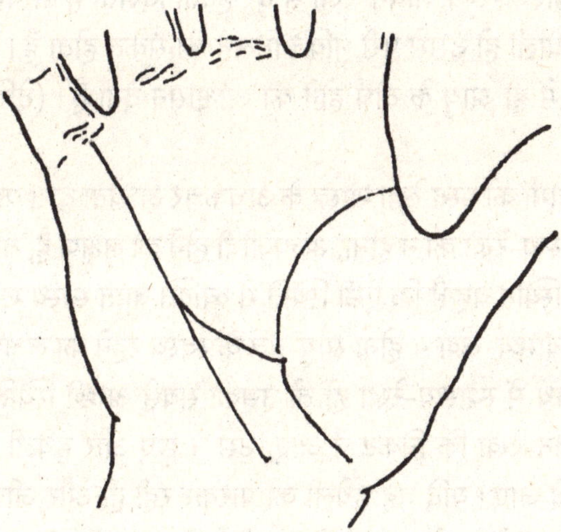

चित्र 10

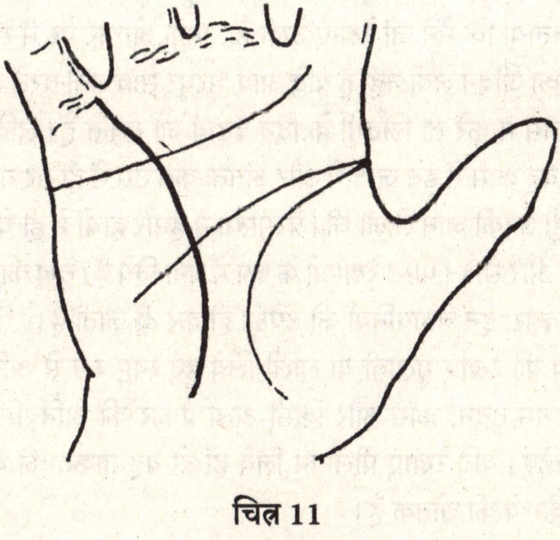

चित्र 11

स्वास्थ्य रेखाएं

जब स्वास्थ्य-रेखा जीवन-रेखा से दूर हटती दिखती है तो यह जो भी बीमारी होनेवाली हो उससे पूरी मुक्ति मिलने का संकेत होता है। यह चिह्न अपने आप में ही आयु के दीर्घ होने का आश्वासन देता है। (देखिए चित्र 11)

कुछ लोगों को हस्त रेखा शास्त्र के अधकचरे अध्येता द्वारा यह बताया गया कि स्वास्थ्य-रेखा का न होना, अल्पजीवी होने का लक्षण है, तो वे बहुत घबरा गये। स्थिति यह है कि ऐसी स्थिति में व्यक्ति बहुत स्वस्थ शरीरवाला होगा और स्वास्थ्य-रेखा न होना स्नायु-तंत्र के स्वस्थ रहने का लक्षण है।

यदि हाथ में स्वास्थ्य-रेखा हो तो उसकी सबसे अच्छी स्थिति यही है कि वह जीवन-रेखा कि निकट न जाए, उसे न छुए और हथेली में सीधी ऊपर से नीचे जाए। यदि वह हथेली को पारकर रही हो और जीवन-रेखा की ओर शाखाएं फेंके तो उनका संकेत यही है कि कुछ बीमारियां मौजूद हैं जो स्वास्थ्य को खराब कर रही हैं।

एक बार विख्यात थियेटर मैनेजर जॉर्ज एडवर्डेस मुझसे मिलने आये। उनके हाथ में मुझे ये रेखाएं दिखीं। उन्होंने पूछा कि मैं कब तक जिऊंगा तो मैंने बताया कि मैंने जो रेखाएं देखी हैं, उनके आधार पर मैं समझता हूं कि आपका जीवन लंबा नहीं है यदि आप भरपूर सावधानी बरतें और बहुत ज़्यादा काम न करें तो जिंदगी के दिन बढ़ाये जा सकते हैं। लेकिन इसके बावजूद वह काम में डूब जाते थे और अंततः कम उम्र में ही मर गये। उनके काम ने ही उनकी जान ले ली थी। परमात्मा ने हमारे हाथों में ही चेतावनियों के संकेत और साइन पोस्ट रेखाओं के रूप में बना दिये हैं। दुख की बात यही है कि अक्सर, इन चेतावनियों की उपेक्षा ही कर दी जाती है।

हाथ की रेखाएं गुलाबी या लाली लिये हुए स्पष्ट रूप से अंकित होनी चाहिए उनमें टूटन, क्रॉस और किसी अन्य प्रकार की अनियमितता नहीं होनी चाहिए। यदि रेखाएं पीलापन लिये हों तो यह ताकत की कमी तथा खराब स्वास्थ्य की द्योतक हैं।

यदि हाथ की रेखाएं बहुत ज़्यादा लाल हों तो वे अत्यधिक शक्ति

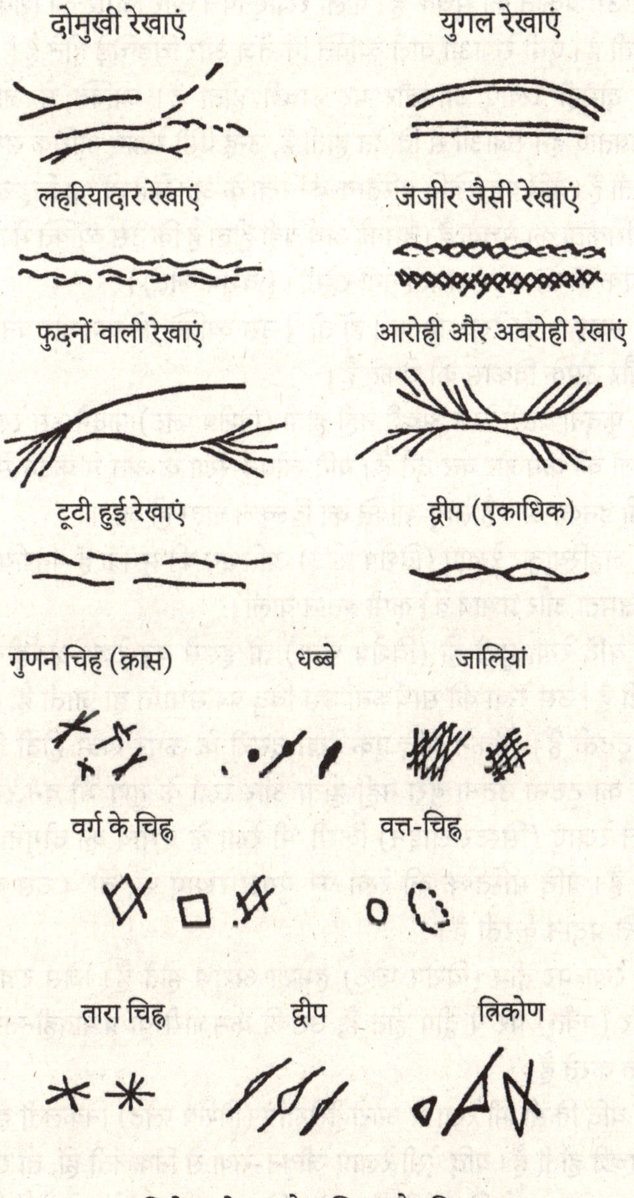

विशेष प्लेट : गौण चिह्न और निशान

और उग्र प्रकृति की सूचक हैं। पीली रेखाएं पित्त और जिगर की शिकायत बताती हैं। ऐसी रेखाओं वाले व्यक्ति निस्तेज और चिड़चिड़े होते हैं।

दोमुंही रेखाएं आमतौर पर अच्छी होती हैं। व्यक्ति में जो भी विशेषताएं इन रेखाओं से विदित होती हैं, उन्हें ऐसी रेखाएं अधिक सशक्त बनाती हैं। यदि यह स्थिति मस्तिष्क की रेखा के अंत में है तो यह चिह्न दोहरी मानसिकता का सूचक है। इसका अर्थ यही होता है कि उस व्यक्ति में किसी पर एक विषय पर एकाग्रता नहीं रहेगी। (विशेष प्लेट)।

स्वास्थ्य की रेखा पर धब्बे हों तो वे उस व्यक्ति को कमजोर बना देते हैं और उसके विकास को रोकते हैं।

फुदनों वाली रेखा अच्छी नहीं होती (विशेष प्लेट) फुंदने उस रेखा के संकेतों को कमजोर कर देते हैं। यदि जीवन-रेखा के अंत में फुंदने से बने हों तो इनका अर्थ है स्नायु-शक्ति का बिल्कुल खत्म हो जाना।

लहरियादार रेखाएं (विशेष प्लेट) अनिश्चय की सूचक हैं–निर्णय लेने की क्षमता और प्रभाव की कमी बताने वाली।

यदि रेखा टूटी हो (विशेष प्लेट) तो इससे यह रेखा अर्थहीन हो जाती है। उस रेखा की सार्थकता उस बिंदु पर समाप्त हो जाती है, जहां वह टूटती है। लेकिन यदि एक रेखा दूसरी के ऊपर खत्म होती है तो रेखा का टूटना उतना बुरा नहीं होता और रेखा के गुण भी बने रहेंगे। युगल रेखाएं (सिस्टर लाइन) किसी भी रेखा के प्रभाव को दोगुना कर देती हैं। यदि मस्तिष्क की रेखा पर युगल रेखाएं हों, तो वे उसे बहुत शक्ति प्रदान करती हैं।

रेखा पर द्वीप (विशेष प्लेट) हमेशा अशुभ होते हैं। जिस रेखा या उभार (पर्वत) पर ये द्वीप होते हैं, उसकी कमजोरी या प्रभावहीनता का संकेत करते हैं।

यदि किसी भी रेखा से आरोही रेखाएं (विशेष प्लेट) निकलती हों तो वे अच्छी होती हैं। यदि ऐसी रेखाएं जीवन-रेखा से निकलती हों, तो समय के जिस बिंदु पर वे निकलती हों, वहां अधिक ऊर्जा का संकेत देती हैं। यदि

वे किसी खास उभार या हाथ के किसी भाग की ओर जाती हैं, तो ये रेखाएं बताती हैं कि वह अधिक ऊर्जा या शक्ति किसी विशेष दिशा में प्रयुक्त होगी। अवरोही रेखाएं (विशेष प्लेट) शक्ति के कम होने का संकेत देती हैं।

जंजीर जैसी रेखाएं प्रभावहीनता और उद्देश्य में दृढ़ता की कमी दर्शाती हैं।

यदि समूचा हाथ छोटी-छोटी रेखाओं के जाल से ढका हो तो उससे बेहद घबरा जाने वाली प्रकृति का पता चलता है। ऐसे व्यक्ति चिंता अधिक करते हैं और चिंता के विषय से संबंधित कोई निश्चित निर्णय नहीं ले पाते।

यदि बायें हाथ में कोई चिह्न या निशान हों और दाहिने में नहीं तो प्रकृति तथा व्यक्ति की वह प्रवृत्ति तो होगी लेकिन जब तक वह चिह्न दायें हाथ में भी न हों, तब तक उसका फल प्राप्त नहीं होगा अथवा उसका वैसा परिणाम नहीं निकलेगा। यदि दोनों हाथ एक जैसे हों तो इसका अर्थ है कि व्यक्ति को जो कुछ प्रकृति दत्त है या वंशानुगत मिला है, उससे आगे उसने अपना विकास नहीं किया है।

इस संदर्भ में यह याद रखने वाली बात है कि हम मस्तिष्क के दाहिने भाग की अपेक्षा बायें भाग से अधिक काम लेते हैं और नाड़ियां दाहिने हाथ की ओर जाती हैं। इस कारण दाहिने हाथ से ही मस्तिष्क के सक्रिय विकास का ज्ञान होता है। बायां हाथ तो केवल प्राकृतिक गुण स्वभाव आदि ही बतलाता है।

सर्वथा वैज्ञानिक और ठीक-ठीक भविष्यवाणियां कर सकने के लिए इस विषय में अध्येताओं को सदैव इस नियम को पूरी तरह ध्यान में रखना चाहिए। यदि कोई व्यक्ति अपने बायें हाथ की किसी अद्भुत अच्छी रेखा की ओर ध्यान आकर्षित करे तो हाथ देखने वाले को उसकी बातों में आकर अपने निष्कर्ष निकालने में गलती नहीं करनी चाहिए। बायें हाथ में अंकित चिह्न का, यदि वह दाहिने हाथ में भी न हो तो कोई सार्थक परिणाम नहीं होता।

इतिहास में बेल्जियम के राजा लियोपोल्ड द्वितीय की मूर्खताओं

और वित्तीय मामलों एवं कूटनीति में उनकी स्वार्थपूर्ण चतुराई के विषय में काफी लिखा गया है।

मुझे उनका हाथ देखने का सम्मान प्राप्त हुआ था और मैंने उनको बताया था कि वह कब तक जियेंगे। लियोपोल्ड के लिए यह एक दिलचस्प अनुभव था। इस शासक को सम्राट एडवर्ड सप्तम 'फावड़े जैसी दाढ़ीवाला' कहते थे और वे एक पेचीदा व्यक्ति और बहुमुखी प्रतिभा वाले शासक थे।

लियोपोल्ड की याद करते समय, दो स्त्रियों की याद आना नितांत आवश्यक है। जिनका नाम उसके साथ जुड़ा था–बैरोनेस वॉहन, उनकी अस्वीकृत पत्नी और जिंदा दिल गेबी डेलिस, जिसके साथ लियोपोल्ड ने शाही तरीके से प्रेम किया था।

इस राजा के चुंबकीय व्यक्तित्व ने जिसकी उस समय यूरोप में सबसे अधिक चर्चा रही थी, मुझको बहुत आकर्षित किया था।

लायकेन खूबसूरत जगह है–पुराना महल, जिसका आधुनिकीकरण कर दिया गया था, चारों ओर घने पेड़ों से घिरा हुआ था। मैं मुख्य द्वार पर पहुंचा तो गार्ड ने मुझे रोक दिया और एक अफसर के सुपुर्द कर दिया। राजा ने मुझको जो कार्ड दिया था, उसने 'खुल जा सिमसिम' का काम किया। ठीक छः बजे मैंने अपने को एक छोटे कमरे में बैठा पाया जिसकी साज-सज्जा सादी थी। बहुत-कुछ किसी होटल के बैठने के कमरे की तरह।

अचानक भीतर एक दरवाज़ा खुला और महाराज निकलकर सामने आये। उनकी पोशाक बहुत सादी थी और सदा की तरह सिगार पी रहे थे। उन्होंने मुझे अपने अध्ययन कक्ष में बुलाया। कुछ देर तक तो बातचीत ब्रिटिश राजपरिवार के विषय में होती रही। उनकी जिस एक बात पर मुझको आश्चर्य हुआ था, यहां दोहरा सकता हूं, यदि सम्राट एडवर्ड विदेशी मामलों में अपना दिमाग लगाएंगे तो वे एक बड़े आश्चर्य सिद्ध होंगे। वह जन्मजात कूटनीतिज्ञ हैं। उन्होंने ड्यूक आफ आर्क, जो अब सम्राट जार्ज हैं, के चरित्र के बारे में भी कुछ गहरी बातें कहीं। मुझको आश्चर्य हुआ कि बेल्जियम के राजा ने विभिन्न राजाओं और राजकीय व्यक्तियों को कितनी

बारीकी से जांचा-परखा था।

"अच्छा कीरो," उन्होंने कहा, "मैं चाहता हूं कि अब आप मेरा हाथ देखें और जो कुछ बता सकते हों बतायें। मैंने अनेक लोगों से सुना है कि मृत्यु और महत्त्वपूर्ण वर्षों के विषय में भविष्यवाणी करने की आप में कमाल की योग्यता है। मैं चाहता हूं कि अगर आप मेरे हाथों के किसी खास घटना का संकेत देखें तो मुझे भी बतायें। निकट भविष्य की कोई खास घटना।"

यह कहते-कहते राजा बहुत गंभीर हो गये। मुझको लगा कि उनको ऐसा अहसास हो गया है कि उनके लंबे श्मशान काल पर मृत्यु की छाया मंडराने लगी है। उन्हें अज्ञात भविष्य में झांकने से डर लगता था और इच्छा भी हो रही थी।

उन्होंने अपना मजबूत हाथ एक छोटी-सी गद्दी पर रखा। जब मैं उनके हाथ की रेखाओं को ध्यान से देख-समझ रहा था, वह बिल्कुल चुपचाप बैठे रहे। बासठ वर्ष की भीड़ भरी जिंदगी उनके दाहिने हाथ में क्रमानुसार अंकित थी। बायें हाथ में मैंने उनके आनुवंशिक संकेत देखे जो आवेशों, उतार-चढ़ाव और शारीरिक कमजोरियों की कहानी स्पष्ट कर रहे थे। शाही हाथ में भी ये संकेत चिह्न उतने ही स्पष्टता से देखे जा सकते थे जितने किसी भी साधारण हाथ में। कम-से-कम शब्दों द्वारा मैंने उन चिह्नों को समझाया जो तेजस्वी दिमाग, असाधारण रूप से विकसित फेफड़ों, स्वस्थ स्नायु-तंत्र और उत्तम रक्त-संचार प्रणाली होने के संकेत कर रहे थे, मैं कह सकता हूं कि हाथ में स्वास्थ्य का पूरा चार्ट बना होता है। इसके विषय में मैं बाद में चर्चा करूंगा।

मेरे चेहरे पर आंखें गड़ाकर उन्होंने पूछा–"सब कुछ ठीक है कीरो ?" मैं समझ गया क्योंकि उनके हाथ में मुझे एक अनिष्टकारी दोष दिखा जो उनके शाही शरीर को धूल में मिला सकता था।

अत्यंत चतुराई के साथ मैंने कहा कि–"यदि कोई गड़बड़ी है तो पाचनतंत्र में है।"

"नहीं-नहीं," उन्होंने जोर देकर प्रतिवाद किया–"आप गलत हैं, कीरो–मैं तो कुछ भी खा सकता हूं।"

मैंने उत्तर में कुछ नहीं कहा और अन्य विषयों पर बातचीत करने लगा। लेकिन दो वर्ष बाद, 17 दिसंबर को राजा की मृत्यु हुई तो डाक्टरों ने अपने बुलेटिन में राजा की मृत्यु का कारण पाचन के अवयवों का पूरी तरह जवाब दे जाना और पेट में अवरोध होना बताया।

अपने व्यावसायिक जीवन के आरंभिक वर्षों में जो चेंबर-लेन का हाथ मैंने देखा था। बाद में उनके पुत्र सर आस्टन ने भी मुझे सम्मान प्रदान किया। मैंने पिता और पुत्र के हाथों की रेखाओं में अद्भुत् सा दृश्य देखा।

एक दिन शाम को मैं मेफेयर में श्रीमती वाल्टर पामर के घर गया। उनकी इच्छा थी कि मैं उनके कुछ मेहमानों के हाथ देखूं। सबसे पहले जिसने अपना हाथ मेरे सामने किया, वह थे, 'जो' चेंबरलेन। उनकी रेखाएं निर्णायक रूप से साफ-सही थीं। सूर्य या सफलता की रेखा एकदम स्पष्ट थी, खासी बड़ी थी और कहीं भी विचलित नहीं हुई थी। लेकिन 'है पाटिका' या स्वास्थ्य-रेखा पर बना अशुभ चिह्न मेरी निगाहों से बचा नहीं रह सका।

उसके अनुसार, पैंसठवें वर्ष में खतरा नज़र आ रहा था। दिमाग पर बहुत अधिक जोर डालने से स्वास्थ्य में अचानक गिरावट होने का संकेत स्पष्ट था। मैंने यथासंभव सतर्कता के साथ उनको यह बता दिया।

'जो' ने अधीरतापूर्वक उस बात को टाल दिया। यह तो अब राजनीतिक इतिहास की बात है कि तटकर-सुधार अभियान जब सर्वाधिक जोरों से चल रहा था, उन्हीं दिनों उनको लकवा मार गया और लंबी बीमारी के बाद उनकी मृत्यु हो गयी।

'जो' चैंबर लेन ने मुझसे कहा था–"मैं अपने पुत्र आस्टिन के भावी जीवन के बारे में बहुत चिंतित हूं। अगर मैं उसके हाथ की छाप मंगवा लूं तो क्या आप देखेंगे?" मैं इसके लिए सहमत हो गया।

यथा-समय वह छाप आ गयी। उसे देखने के बाद मैं उनके पिता से मिला। मैंने उनके पुत्र के हाथ के चिह्नों के बारे में मोटे तौर पर यह बताया–

संसदीय जीवन में वह उच्च पद ग्रहण करेंगे। मेरे हिसाब से 1925 में

वह अपने कार्य-क्षेत्र में शिखर पर पहुंचे होंगे। उस वर्ष में उन्हें कोई महान् अंतर्राष्ट्रीय सफलता प्राप्त होगी और एक दिन वह हाउस आफ कॉमन्स के नेता होंगे।

इन भविष्यवाणियों को 'जो' ने नोट कर लिया। और मुझे यह पता होने के कारण हैं कि अपनी मृत्यु के समय भी वह उस भविष्यवाणियों को अपने पास सावधानी के साथ रखे हुए थे।

मेरी भविष्यवाणियों के बाद, सर आस्टिन चेंबरलेन पोस्ट मास्टर जनरल, हाउस आफ कॉमन्स के नेता और विदेश सचिव बने। उन्हें ही लोकानों-संधि का प्रमुख प्रणेता माना जाता है।

परंतु सर आस्टिन की स्वास्थ्य-रेखा पर मैंने वही संकेत देखा जो उनके पिता की स्वास्थ्य रेखा पर था। निश्चित रूप से वह दिमाग और शरीर से अत्यधिक काम लेने और उसके फलस्वरूप स्वास्थ्य में गिरावट आने का संकेत था। सर आस्टिन को अतिश्रम न करने के लिए बहुत अधिक सावधान रहना होगा वर्ना पैंसठवें या छियासठवें वर्ष में खतरनाक परिणाम हो सकता है। यह मैंने उन्हें बता दिया था।

स्वास्थ्य और नाखूनों के संकेत

स्वास्थ्य-रेखा देखते समय, वह स्वास्थ्य या शारीरिक प्रकृति के विषय में जो कुछ बताती है, उस पर विचार करते समय नाखूनों को नहीं भूलना चाहिए। मेरे अनुभव ने मुझे सिखाया है कि हाथ के नाखून उल्लेखनीय संकेत देते हैं और अद्भुत रूप से शरीर की आंतरिक स्थिति को इतनी कुशलता से उजागर कर देते हैं, जो कि शायद डाक्टर की नज़रों से भी बच जाये।

हस्त-रेखा शास्त्र के इस अंग को अब अधिकांश डाक्टर स्वीकार करने लगे हैं और वे मरीजों के हाथों की उंगलियों को चुपके से देखना नहीं भूलते।

हाथ के नाखून वंशानुगत बीमारियों-खासकर फेफड़ों, हृदय, स्नायु तंत्र और रीढ़ के रोगों का संकेत देते रहते हैं। नाखून चार स्पष्ट वर्गों में विभाजित किये गये हैं–लंबे, छोटे, चौड़े और पतले।

लंबे नाखून सबल एवं तगड़े शरीर का संकेत नहीं देते हैं। छोटे नाखून अधिक मजबूत शरीर का संकेत करते हैं। लंबे नाखूनों वाले को अक्सर छाती और फेफड़ों की तकलीफ होती है, खासकर यदि उन पर उभरी हुई लकीरें भी हों। यदि नाखूनों पर नालीदार धारियां हों और वे नीचे से नाखूनों के ऊपरी सिरे तक जाती हों तो संबंधित व्यक्ति को इन रोगों की संभावना अधिक होती है।

नाखुन यदि इसी किस्म के हों लेकिन कुछ छोटे हों तो रोग छाती के ऊपरी भाग यानी गले में होगा। उसे गले की सूजन या श्वासनली की

तकलीफें हो सकती हैं। यदि नाखून विशेष रूप से लंबे हों लेकिन उनका रंग देखने में नीलापन लिये हो तो यह और भी अधिक खराब स्वास्थ्य का द्योतक है। ऐसे लोगों का रक्त-संचार भी ठीक नहीं होता।

छोटे नाखून बताते हैं कि दिल ठीक से काम नहीं कर रहा है। खासकर उन व्यक्तियों का जिनके नाखूनों पर छोटे 'चंद्रमा' हों या मुश्किल से दिखनेवाले चंद्रमा हों। यदि नाखून बहुत चपटे हों और सबसे निचला भाग, यानी आधार, मांस में घुसा हो तो समझना चाहिए कि स्नायु-रोगों का खतरा है। यदि ऐसे नाखूनों पर उभरी हुई धारियां पड़ी हों तो खतरा और भी स्पष्ट समझना चाहिए।

यदि नाखून खाचेंदार हों तो किसी भी किस्म के हाथ में यह लक्षित करते हैं कि हाल ही में हुई बीमारी ने उसके स्नायु-तंत्र पर बहुत प्रभाव छोड़ा है। यदि अधोलिखित नियमों को ध्यान में रखा जाए तो यह अनुमान आसानी से लगाया जा सकता है कि बीमारी कब हुई थी अथवा अतिश्रम कब करना पड़ा था।

नाखूनों को आधार से बाहरी सिरे तक बढ़ने में लगभग नौ महीने लगते हैं। इस दृष्टि से नाखूनों को कई भागों में बांटा जा सकता है। यदि खांचा या बहुत उभरी धारी ऊपर के सिरे पर हो तो बीमारी लगभग नौ महीने पहले, यदि यह धारी बीच में हो तो चार-पांच महीने पहले और यदि आधार या सबसे निचले भाग में हो तो एक महीना पहले हुई थी।

नाखूनों पर सफेद धब्बे सामान्यतः कमजोरी के चिह्न होते हैं। यदि पूरे नाखून पर नन्हें-नन्हें सफेद धब्बे हों तो समझना चाहिए कि समूचा स्नायु-तंत्र अस्वस्थावस्था से गुजर रहा है।

बहुत पतले नाखून रीढ़ की कमजोरी बताते हैं। नाखून यदि बहुत घुमावदार और पतले हों तो समझना चाहिए कि रीढ़ में कहीं घुमाव है। इससे कमजोर स्वास्थ्य की भी सूचना मिलती है।

यदि नाखून चपटे हों और मांस से बाहरी सिरे की ओर उठते हुए दिखते हों तो उस व्यक्ति को लकवे का खतरा हो सकता है। यदि उनका आकार त्रिकोणाकार हो (शंख जैसा) और वे नीचे की तरफ नोकदार हों तो खतरा और भी अधिक समझना चाहिए। यदि इन नाखूनों पर 'चंद्रमा'

के कोई निशान न हों और उनका रंग सफेद या नीलापन लिये हो तो समझ लीजिए कि रोग बहुत बढ़ चुका है।

नाखून पर बड़ा 'चंद्रमा' होना इस बात का संकेत है कि हृदय बखूबी सक्रिय है और रक्त-संचार तेज है। लेकिन यदि ये 'चंद्रमा' बहुत बड़े हों तो समझिए कि हृदय पर दबाव अधिक रहता है और वाल्वों को अधिक काम करना पड़ रहा है जिससे हृदय या दिमाग की रक्त वाहिका नाड़ी के फटने का खतरा है।

छोटे 'चंद्रमाओं' का होना इससे विपरीत स्थिति के परिचायक हैं। वे रक्त संचार में कमी, दिल की कमजोरी और मस्तिष्क में रक्त की कमी का संकेत देते हैं।

मरणासन्न अवस्था होने पर सबसे पहले ये 'चंद्रमा' नीले पड़ जाते हैं। बाद में पूरे नाखून नीले, बल्कि करीब-करीब काले पड़ जाते हैं।

अब मैं इन सिद्धांतों की विस्तार से उदाहरण देते हुए चर्चा करूंगा। 'सब वर्गों के लोगों के हाथ देखते हुए अनुभवों से ये उदाहरण लिये गये हैं।

मुझे एक मां की कृतज्ञता हमेशा याद रहेगी जो अपनी बेटी को मेरे पास लायी थी। वह बड़ी प्यारी जिंदादिल लड़की थी। वह अच्छे स्वास्थ्य की तस्वीर नज़र आती थी लेकिन मैंने तपेदिक के खतरे के चिह्न को पकड़ लिया। इस संबंध में मैंने निस्संकोच रूप से उसकी मां को सचेत कर दिया था। पहले तो उसको मेरे कथन पर विश्वास नहीं हुआ और उसने कहा भी कि यह रोग तो उसके परिवार में किसी को नहीं हुआ। लेकिन बाद में वह सर्दियों में लड़की का पूरा बचाव करने पर सहमत हो गयी।

कुछ समय तक वह इसके बाद नजर नहीं आयी। जब एक दिन आयी तो उसने बताया कि पहला जाड़ा मैंने मिस्र में बिताया था। दूसरे जाड़ों में मैं अपनी बेटी को किसी गर्म स्थान पर भेजने में लापरवाही कर गयी। लड़की को पहले तो मामूली-सा जुकाम हुआ। फिर उसे कुछ डराने वाले लक्षण प्रकट हुए तो मैंने एक मशहूर डाक्टर को बुलवाया तो उसने लड़की को तुरंत मिस्र भेज देने की सलाह दी। उसकी सलाह पर फौरन अमल करने

से निस्संदेह लड़की की जान बच गयी और वह बिल्कुल ठीक हो गयी। डाक्टर ने बाद में यह कहा कि मुझे ये देखकर आश्चर्य हुआ था कि कितनी जल्दी बीमारी की आशंका उपस्थित हो गयी थी। यदि मेरी चेतावनी के बाद उसकी मां ने अपने को पूरी तरह से तैयार न किया होता तो उसने जलवायु परिवर्तन में बहुत अधिक देर कर दी होती। मैं ऐसे कितने ही और उदाहरण दे सकता हूं।

एक दिन एक कर्नल का पुत्र, जो खुफिया पुलिस में योग्यतापूर्वक कार्यरत था, मेरे पास आया। उसका हाथ देखते ही मैंने इस बीमारी के संकेत पढ़ लिये थे। मैंने उसे बता भी दिया–शायद कुछ अधिक ही साफ-साफ, क्योंकि उसको मेरी बात बुरी लगी थी और उसने दबी जबान से कहा भी था कि 'आप कोई डाक्टर तो नहीं हैं।' मेरे लिए, इस बात का बुरा मानने का प्रश्न नहीं था लेकिन मैंने उसको सावधान कर दिया कि वह ठंड से बचे। फिर भी, यदि ठंडी लग ही जाये तो उसे दूर करने की हर संभव कोशिश करे।

"कीरो, मेरा स्वास्थ्य बहुत अच्छा है। आप जो कुछ कह रहे हैं, वह सब बकवास है।" उसने कहा।

"तब तो आप मृत्यु की ओर भाग रहे हैं। और जब आपको मेरी चेतावनी याद आयेगी, तब तक बहुत देर हो चुकी होगी।" मैं यह कहे बिना न रहा।

मुश्किल से एक वर्ष बीता होगा कि उसका पिता मेरे पास आया। उसका दिल टूट चुका था और शोक से वह बिल्कुल झुक गया था। उसने बताया कि उसका बेटा क्षय से मर गया। वह ऐसा विषाक्त किस्म का क्षय था, जिसने चटपट सब कुछ खत्म कर दिया। अधिक देखभाल किये जाने से उसे चिढ़ होती थी। वह हमेशा कह देता था कि मेरा स्वास्थ्य एकदम बढ़िया है। जुकाम की उसने परवाह नहीं की और वह प्रकृति के सबसे भयंकर जानलेवा रोग से ग्रस्त हो गया।

बहुत से लोग समझते हैं कि लंबे नाखून अच्छे स्वास्थ्य की निशानी है और छोटे नाखूनों का इससे विपरीत प्रभाव रहता है। यह मानना सर्वथा भ्रामक है जैसा कि मैंने कई बार सिद्ध कर दिया है। लंबे नाखूनों वाले लोगों

को छाती की दुर्बलता, फेफड़ों और श्वासनली में बलगम की शिकायत अधिक आसानी से हो सकती है। यदि नाखून मुड़े हुए हों तो यह तकलीफ ज़्यादा हो सकती है।

उभरी हुई धारियों या नालियोंदार नाखूनों का भी स्वास्थ्य से निकट संबंध है।

जिनकी छाती में तकलीफ होती है, उनके नाखून हमेशा नालीदार या धारीदार होते हैं। यदि विशेष बीमारियों का इलाज करने वाले अस्पतालों में मरीजों के नाखूनों की जांच की जाए तो मुझे विश्वास है कि उससे काफी दिलचस्प और उपयोगी जानकारी प्राप्त हो सकती है। मैं यहां फिर जोर देकर कहूंगा कि रोग आदि की पूर्व चेतावनी, रक्षा के लिए शस्त्रों से सज्जित होने के समान है। यदि किसी बीमारी की प्रकृति वंशानुगत हो या वह बीमारी आरंभिक जीवन में लग गयी हो तो समय रहते, सावधानी बरतने से उसकी रोकथाम की जा सकती है।

ऊपर से बहत चौड़े और नीलापन लिये हुए लंबे नाखून यह बताते हैं कि रक्त संचार दोषपूर्ण है। जो स्नायु-तंत्र की थकान या दिल की कमजोरी के कारण होता है। ऐसे नाखून अक्सर चौदह से इक्कीस और बयालीस से सैंतालीस वर्ष की उम्र की स्त्रियों के हाथों में अधिकतर देखे जाते हैं।

छोटे नाखून अक्सर आनुवंशिक होते हैं। ऐसे नाखून कभी-कभी उन परिवारों में पाये जाते हैं जिनके सदस्यों में हृदय दुर्बलता की प्रवृत्ति होती है। इस तथ्य का अजीब उदाहरण उस समय मेरे सामने आया, जब मैं न्यूयार्क में था।

एक दिन दोपहर को एक सज्जन मुझसे मिलने आये जो यह जानने के लिए व्यग्र थे कि उनकी जिंदगी कब तक रहेगी। अपने स्वास्थ्य के विषय में उन्होंने मुझसे असंख्य प्रश्न पूछे। साथ ही वे यह भी कहते जाते थे कि मैं सुपुष्ट शरीर का हूं। ऊपर से देखने पर उनके शरीर का गठन और चेहरे का रंग प्रभावित करने वाला था। उन्होंने जोर देकर मुझे यह तथ्य बताया कि जिंदगी भर मैं किसी डाक्टर के पास नहीं गया हूं।

उन्होंने आग्रह किया (यद्यपि मुझे लगा था उनके स्वर में उत्कंठा छिपी

हुई है) कि अब कीरो महोदय, आप मुझे बताएंगे कि क्या मैं सौ साल की उम्र पाऊंगा ?

मैंने उनकी उम्र पूछी।

“पचपन वर्ष और मैं अभी पचास वर्ष और आराम से निकाल सकता हूं।” परंतु शब्दों का कोई महत्त्व नहीं होता। शब्द तो अक्सर चिंता पर पर्दा ही डालते हैं। मैंने देखा कि उन सज्जन के हाथ में कुछ चिह्न हैं जिनकी पुष्टि उनके विशेष रूप से छोटे नाखून कर रहे थे।

“आपके परिवार के किसी सदस्य–जैसे आपके पिता या माता की एकदम आकस्मिक मृत्यु हुई है?”

“यह आप क्यों पूछ रहे हैं?” उसने धीमे स्वर में पूछा।

“क्योंकि मुझे प्रतीत होता है, बल्कि मुझे विश्वास है कि आपके परिवार में आकस्मिक मृत्यु कोई अनहोनी बात नहीं है।”

वह कुछ क्षणों तक कुछ भी कहने में संकोच में पड़ गया।

आप ठीक कहते हैं। मेरे पिता की मृत्यु अचानक हृदयगति रुक जाने के कारण हुई थी। उसके पहले वह कभी, एक दिन के लिए भी बीमार नहीं पड़े थे। मेरे दादाजी भी ऐसे ही चले गये थे जैसे एक फूंक से मोमबत्ती बुझ जाती है।

“तो आप भी इस भय से ग्रस्त हैं...” मैंने प्रश्न कर डाला।

“ईश्वर जानता है कि आपकी बात सच है। मैं आपके पास इसीलिए आया हूं कि आप मेरा हाथ देखकर यह बता सकें कि क्यों मेरे भाग्य में भी ऐसी ही दुखद मृत्यु लिखी हुई है ? मैं अमीर हूं, मैंने तीन सफल कारोबार चला रखे हैं। मेरे बहुत अच्छी पत्नी और कई बढ़िया बेटे हैं। अब मैं व्यवसायी जीवन से अवकाश लेकर आनंदपूर्ण जीवन बिताना चाहता हूं। लेकिन मेरे मन पर इस भय का साया मंडराता रहता है। क्या आप उस भय को दूर कर सकते हैं?”

मैंने उन सज्जन को स्पष्ट रूप से बता दिया कि आपकी हृदयगति अकस्मात् रुक जाने के स्पष्ट संकेत हैं। आपकी जीवन-रेखा बताती है कि निकट भविष्य में ही कोई खतरा होगा, “मैंने उन्हें आगे बताया कि आप अति परिश्रम खासकर उत्तेजना से बचें। अगर आप यह कर सके तो

वृद्धावस्था तक आपके जीवित न रहने का मैं कोई कारण नहीं देखता।"

मुझे ऐसा लगा कि मेरे इस कथन से उसे बहुत राहत मिली। धन्यवाद कहकर और हस्ताक्षर पुस्तिका में हस्ताक्षर करने के बाद वह चला गया।

अमरीका की बहुत सफल यात्रा के बाद मैं वापस न्यूयार्क आया हुआ था। उन्हीं दिनों एक शाम को एक सज्जन के साथ भोजन कर रहा था जो वित्तीय जगत की एक बड़ी हस्ती थे। हमारी बातें इस मुद्दे पर आ गयीं कि न्यूयार्क के दलालों का जीवन कितना कठोर और श्रम साध्य है। बात-बात में वह कह गये–"उस दबाव को सहन कर पाने के लिए लोहे की नाड़ियां और बर्फ-सा ठोस दिल होने की ज़रूरत होती है। कल 'बैट-यू-ए-मिलियन गेट्स' ग्रुप के हथकंडों के कारण शेयर बाज़ार में बहुत उतार-चढ़ाव आये। मेरे एक मित्र ने अपनी सब जमा पूंजी इनके शेयरों में लगा दी थी। जब उन्होंने सुना कि इन शेयरों के दाम औंधे मुंह गिर पड़े हैं तो वह बहुत उत्तेजित था। उसे दिल का दौरा पड़ा और वहीं मर गया।"

यह वही व्यक्ति था जो आकस्मिक मृत्यु से आशंकित हुआ मेरे पास आया था।

मैंने कभी-कभी ऐसे छोटे-छोटे नाखून देखे हैं जो छोटे, बहुत धंसे हुए और सपाट होते हैं, मानों नाखूनों के नीचे वाले भाग के अंदर घुसे जा रहे हों। ऐसे नाखून स्नायु रोगों के लक्षण होते हैं।

जो छोटे-चपटे नाखून जो किनारों पर ऊपर की ओर मुड़े या उठे हुए होते हैं, लकवा होने का पूर्व लक्षण है–खासकर अगर वे सफ़ेद और जल्दी टूटने वाले हों। नाखून इस तरह के हो जाएं तो समझना चाहिए कि रोग अधिक बढ़ गया है।

मैं पहले ही बता चुका हूं कि मुझे 'जो' चैंबरलेन के हाथ की रेखाएं और नाखून देखने का सौभाग्य प्राप्त हुआ था। उनकी सूर्य रेखा या सफलता की रेखा असाधारण रूप से विकसित थी। परंतु लकवा होने या स्नायु तंत्र के अचानक गड़बड़ा जाने के सुस्पष्ट संकेत उस सूर्य

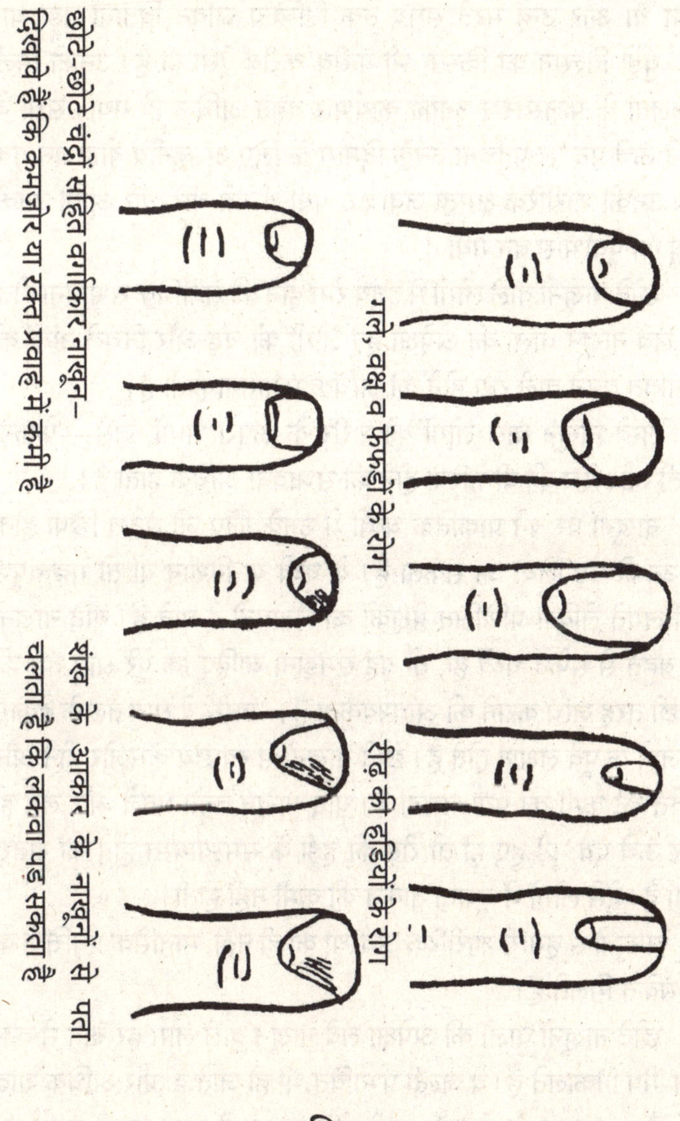
छोटे-छोटे चंद्रों सहित वर्गाकार नाखून–
दिखावे हैं कि कमजोर या रक्त प्रवाह में कमी है
गले, वक्ष व फेफड़ों के रोग
रीढ़ की हड्डियों के रोग
शंख के आकार के नाखूनों से पता
चलता है कि लकवा पड़ सकता है

चित्र-12

के प्रभाव को व्यर्थ बना रहे थे। जैसा कि सर्वविदित है, जब वह अपनी सफलता के शिखर पर थे तो लकवे ने उन्हें पूर्ण रूप से असमर्थ बना दिया था और उन्हें मरते समय तक निष्क्रिय जीवन बिताना पड़ा था।

वुड्रो विल्सन का किस्सा भी करीब-करीब ऐसा ही है। उनको मिली सफलता के फलस्वरूप उनका कार्यभार बहुत अधिक हो गया। सत्ता के इतने ऊंचे पद पर पहुंचना उनके दिमाग के लिए असहनीय बोझ बन गया था। उनकी शारीरिक क्षमता जवाब दे गयी थी जो धीरे-धीरे आयी उनकी मृत्यु का पूर्वाभास बन गयी।

छोटे नाखूनों वाले लोगों में हृदय रोग होने की सर्वाधिक संभावना होती है। लंबे नाखून वालों की अपेक्षा इन लोगों को धड़ और निचले अंगों को प्रभावित करने वाले रोग होने की अधिक संभावना होती है।

लम्बे नाखून वाले लोगों को शरीर के ऊपरी भागों, जैसे—फेफड़े, छाती और सिर की बीमारियां होने की संभावना अधिक होती है।

नाखूनों पर बने प्राकृतिक धब्बों में उनके लिए जो संदेश छिपा होता है, उनको पढ़ लिया जा सकता है। ये धब्बे या निशान यों तो महत्त्वपूर्ण नहीं लगते लेकिन प्रशिक्षित प्रेक्षकों को चेतावनी दे पाते हैं। यदि नाखूनों पर बहुत से सफेद धब्बे हों, तो यह समझना चाहिए कि पूरे स्नायु तंत्र की अच्छी तरह जांच कराने की आवश्यकता है। अक्सर ये स्नायु तंत्र के बेकाम हो जाने के पूर्व लक्षण होते हैं। छोटे नाखूनों से स्वास्थ्य कमजोर होने और शक्ति की कमी का पता चलता है। यदि नाखून बहुत पतले और लंबे हों और ऊंचे एवं मुड़े हुए हों तो रीढ़ की हड्डी के समस्याग्रस्त होने का खतरा होता है। ऐसे लोगों में ज़्यादा ताकत की कमी नहीं होती।

नाखूनों से हमारी शारीरिक अवस्था का ही नहीं, मानसिक प्रवृत्तियों के भी संकेत मिलते हैं।

छोटे नाखूनों वालों की अपेक्षा लंबे नाखून वाले लोग हर बात में कम मीन-मेष निकालते हैं। वे जल्दी प्रभावित भी हो जाते हैं और अधिक शांत एवं सौम्य स्वभाव के होते हैं। मुसीबतें आने पर वे बहुत जल्दी संघर्ष की

राह छोड़ देते हैं और जो भाग्य में होगा, उसे स्वीकार करने लगते हैं। इसके विपरीत, छोटे नाखून आदर्शवादी और कलात्मक प्रवृत्ति का परिचय देते हैं जिनके ऐसे नाखन होते हैं, कविता चित्रकारी और ललितकलाओं के प्रेमी होते हैं।

मैंने अक्सर पाया है कि लंबे नाखूनों वाले लोग कल्पना लोक में अधिक विचरते हैं और यथार्थ–खासकर अप्रिय यथार्थ का सामना करने से कतराया करते हैं।

छोटे नाखूनों वाले आलोचनापरक किंतु व्यावहारिक होते हैं। निर्णय करने में ऐसे लोग तेज और फुर्तीले होते हैं। उन्हें बहस करना भी प्रिय होता है और अपने पक्ष के समर्थन में अंत तक डटे रहते हैं। जिन बातों के विषय में उनको पूरी जानकारी नहीं होती, उनके विषय में वे संदेहवादी हो जाते हैं।

नाखून चबाने की आदत के कारण नाखून जब छोटे हों तो ऐसे व्यक्ति अशांत मनःस्थिति और घबराने वाली प्रकृति का परिचय देते हैं।

हाथ के नाखूनों की विशिष्टताओं को समझना बहुत दिलचस्प है। इनसे स्वास्थ्य का ही नहीं, मानसिक विशेषताओं का भी पता चलता है, यह मैं पहले भी कह चुका हूं।

विभिन्न प्रकार के हाथ

जीवन और स्वास्थ्य से संबंधित हस्त रेखाओं को पढ़ते समय एक आश्चर्यजनक बात सामने आती है, वह है हाथों के आकार की विभिन्नता।

जिस एक बात पर मैं हमेशा जोर दिया करता हूं वह यह है कि हाथ की रेखाओं को पढ़ते समय केवल एक रेखा को ही देखकर कोई राय नहीं दी जा सकती। इसके लिए पूरे हाथ पर विचार करना आवश्यक है। महान डा. एबरनेथी ने हाथ को 'भाग्य की छाप वाला विशेष अंग' बताया है। मनुष्य के हाथों की विभिन्न किस्मों को, जिनमें वे वर्गीकृत किये जाते हैं, जान लेना बहुत रोचक होगा। हाथ की बनावट, उस पर बनी रेखाओं से घनिष्ठ रूप से संबद्ध होती है।

जैसे किसी जानवर के अंग अलग-अलग आकार, रंग और अनुपात के होते हैं और उनसे उसकी नस्ल और वर्गगत विशेषताओं को समझा जा सकता है; ठीक उसी प्रकार व्यक्तियों के हाथ का आकार और उंगलियों की बनावट उसकी शारीरिक एवं स्वभावगत विशेषताएं दर्शाते हैं। जिस प्रकार एक घोड़े के अंगों को देखकर जानकार व्यक्ति उसकी नस्ल के विषय में जान लेता है उसी प्रकार हाथों की बनावट की विशेषताएं देखकर उसके अतीत को जाना जा सकता है।

हाथों को सात मान्य वर्गों में विभाजित किया गया है जो बहुत कुछ मानव जाति की सात जातियों के अनुरूप होती हैं। यह वर्गीकरण महत्त्वपूर्ण हैं, जो इस प्रकार है–

1. प्राथमिक अथवा सबसे निचली किस्म,
2. चौकोर या उपयोगी हाथ,
3. चपटे हाथ अथवा सक्रिय घबराने वाला हाथ,
4. गांठ गठीला या दार्शनिक का हाथ,
5. त्रिकोणाकार अथवा कलात्मक हाथ,
6. भावना प्रवण अथवा आदर्शवादी हाथ और,
7. मिला-जुला हाथ।

इस सूची के पहले वर्ग के हाथ–प्राथमिक श्रेणी के हाथ से (चित्र 13) से आरंभ करते हैं। ऐसा हाथ निश्चित रूप से, एकदम नीची कोटि के व्यक्तित्व की सूचना देता है–सच कहा जाए तो ऐसे हाथ वाला व्यक्ति मनुष्य और पशु कोटि के बीच का व्यक्ति होता है।

इस प्रकार के हाथ बहुत ही छोटे, मोटे और भद्दे होते हैं। इनका अंगूठा भी बहुत छोटा होता है, जो तर्जनी उंगली के नीचे के भाग तक मुश्किल से पहुंचता है। मैंने हमेशा पाया है कि ऐसे हाथों में बहुत कम रेखाएं होती हैं–ज़्यादातर बस तीन रेखाएं ही देखने में आती हैं। हृदय, मस्तिष्क और जीवन की रेखाएं।

ऐसे हाथ वालों की मानसिक क्षमता बहुत कम होती है। ऐसे लोगों का क्रोध तो बहुत उग्र होता है किंतु वे बहादुर नहीं होते। इनको अपने मनोवेगों पर या तो बहुत कम नियंत्रण होता है या होता ही नहीं है। इनकी इच्छाएं बर्बर अथवा पाशविक होती हैं।

पेरिस में एक बार मेरा एक मित्र मुझे हत्या के एक मुकदमे में ले गया। अभियुक्त बहुत ही घिनौना-सा आदमी था जो देखने में ही मवाली लगता था। उसका मुकदमा बहुत ही सनसनी खेज था। उसके खिलाफ यह आरोप था कि उसने अपनी पत्नी को आग में झोंककर उसे आग में जबर्दस्ती दबाये रखकर मार डाला। साक्ष्यों से पता चला कि वह, दुबली-पतली नाजुक-सी औरत थी जो वर्षों से उस व्यक्ति के साथ गुप्त दहशत में किसी तरह जी रही थी। मैं उस अभियुक्त के हाथों पर नज़र डाले बिना नहीं रह सका जो अभियुक्त के कठघरे में भद्दे ढंग से बैठा हुआ था। उसके हाथ गोलमटोल और भद्दे थे–

बिल्कुल वैसे ही जिसकी इस आदमी के हाथ होने की अपेक्षा की जा सकती थी। जिसका संबंध इतने जघन्य अपराध से था। जैसा कि अक्सर होता है, इस बर्बर व्यक्ति ने ऐसी दुबली-पतली नाज़ुक-सी पत्नी ढूंढ़ी थी।

चौकोर हाथ (चित्र सं. 14) इसलिए चौकोर कहलाता है क्योंकि उसकी हथेली कलाई पर और उंगलियों के आधार पर भी चौकोर होता है। ऐसे हाथ की उंगलियां भी चौकोर होती हैं, खासकर पोरों पर। ऐसे हाथ को इसलिए उपयोगी हाथ कहते हैं क्योंकि ऐसे हाथ वाले लोग अनेक उपयोगी एवं रुचिकर व्यवसायों से जुड़े होते हैं।

सभी किस्मों के हाथों में इस वर्ग का हाथ अर्थात् चौकोर हाथ सबसे व्यावहारिक और तर्कसंगत व्यक्तियों का होता है। ऐसे हाथ वाले लोग अपना हर काम कायदे से और व्यवस्थित रूप से करते हैं। वे ऐसा अधिकतर आदत होने या परंपरा पालन के कारण करते हैं, इसलिए नहीं कि ऐसा करना औचित्यपूर्ण ही मानते हों।

ऐसे हाथ वाले लोग देश की व्यवस्था और कानून का सम्मान करने वाले होते हैं। वे जो कछ करते हैं, सव्यवस्थित रूप से करते हैं। वे बहत अध्यवसायी और धैर्यवान होते हैं किसी भी काम में हाथ डालते हैं तो दृढ़ निश्चय के साथ और हर चीज़ नियम तथा तर्क से तोलकर विवेकपूर्वक करते हैं। आदर्शवादी बातों के विषय में वे संयम बरतते हैं। किसी भी बात पर विश्वास करने के लिए उसे तर्क पर भली प्रकार तोलते हैं और अपनी मान्यताओं के विषय में कट्टर होते हैं।

ऐसे व्यक्तियों में मौलिकता या कल्पनाशीलता बहुत कम पायी जाती है लेकिन काम करने के मामले में ये लोग घोर परिश्रमी होते हैं और इसी कारण वे साधारणतया सफलता अर्जित करते हैं।

ऐसे व्यक्ति अच्छे पति और पत्नियां सिद्ध होते हैं क्योंकि वे ईमानदार और वायदों के सच्चे होते हैं। परंतु वे प्रेम का दिखावा नहीं कर पाते, इसलिए उन्हें अक्सर गलत समझ लिया जाता है।

डाक्टरों, वकीलों, वैज्ञानिकों या बड़े-बड़े औद्योगिक नेताओं के हाथ प्रायः ऐसे (चौकोर) होते हैं। उनका सबसे बड़ा दोष यही देखा गया है कि वे इस सीमा तक तर्क के उपासक हो जाते हैं कि उनके चिंतन

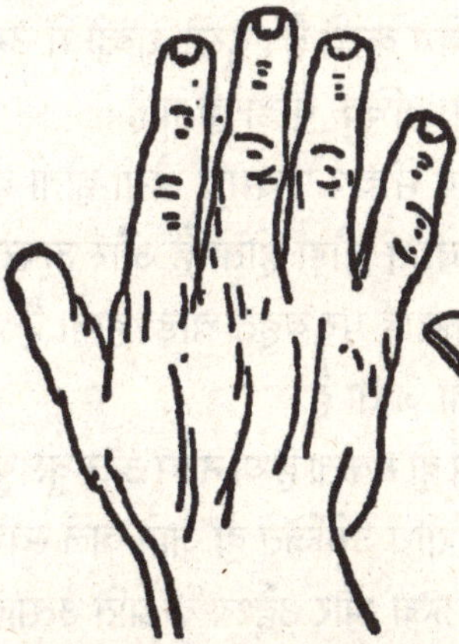

चित्र-13 प्राथमिक हाथ

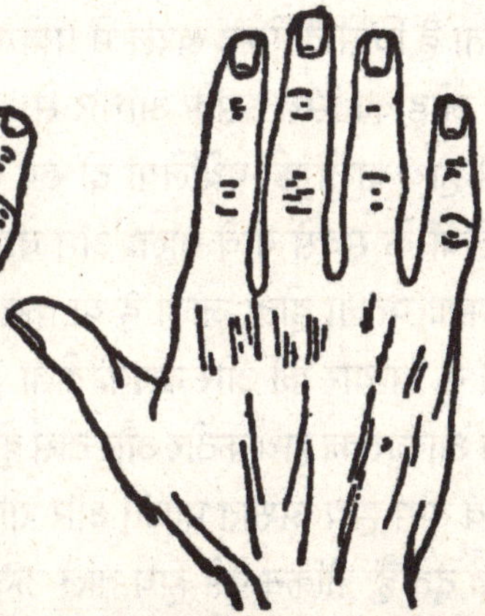

चित्र-14 चौकोर हाथ

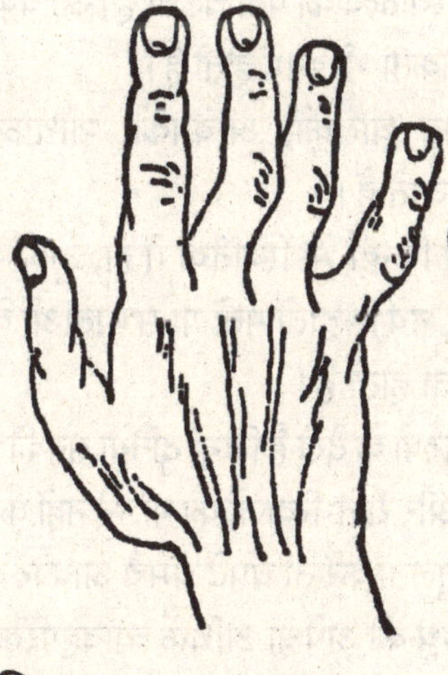

चित्र-15 चपटा हाथ

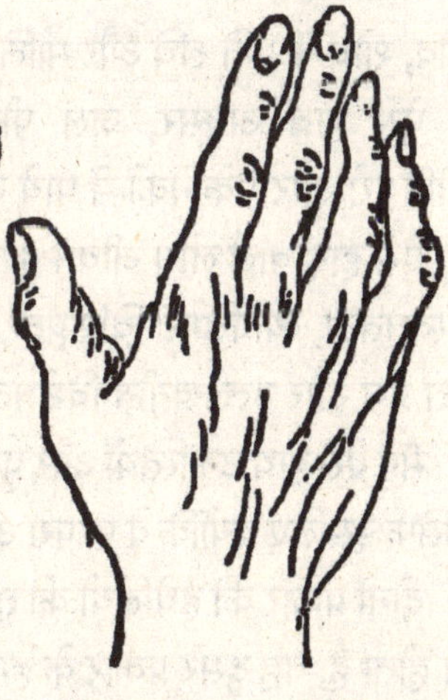

चित्र-16 दार्शनिक हाथ

में कल्पना के लिए कोई स्थान नहीं रह जाता। इस प्रकार वे भौतिक सफलता की खोज में जीवन के अनेक रहस्यों को समझने या अनुभव करने से वंचित रह जाते हैं।

चपटे चम्मच के आकार (चित्र सं. 15) के हाथ की आकृति अनियमित होती है। हर एक उंगली के पोर का आकार उस चपटे चम्मच (स्पेचुला) जैसा होता है जिसे कैमिस्ट खरल में प्रयोग करते हैं। दूसरे शब्दों में उंगली के पहले जोड़ का सिरा उसके आधार से अधिक चौड़ा होता है।

ऐसे हाथ वालों की हथेलियां दो रूप में चपटे-चमचे जैसी होती हैं या तो उंगलियों के सबसे नीचे वाला अंग बहुत चौड़ा होता है और ऊपर की ओर क्रमशः पतला होता जाता है या कलाई पर बहुत चौड़ा होता है और उंगलियों के आधार की ओर ढलवां होता जाता है।

इस आकार का हाथ कठोर और ठोस हो सकता है या नरम और थुलथुल। कठोर एवं ठोस हाथ अशांत प्रकृति और शीघ्र उत्तेजित हो जाने वाले स्वभाव का संकेत देते हैं, लेकिन ऐसे हाथ वाले ऊर्जा और उद्देश्य के प्रति उत्साह से पूर्ण होते हैं। ऐसे हाथ का प्रायः बहुत अच्छा होना पाया जाता है। इससे काम के प्रति अगाध प्रेम, शक्ति और आत्म स्वातंत्र्य का पता चलता है। आविष्कार से लगाव, शोध के प्रति रुचि और मौलिकता भी इनमें होती है।

ऐसे हाथ अक्सर, जल पोत चालकों, अन्वेषकों, शोधकर्ताओं, इंजीनियरों और मैकेनिकों में पाये जाते हैं।

ऐसे हाथ वाले लोग जीवन की किन्हीं भी स्थितियों में हो, उनमें आत्मा की स्वतंत्रता, व्यक्तिगत विशिष्टता, नये सिद्धांतों मतों या सभ्यताओं के प्रति गहरा प्रेम और उल्लेखनीय विशेषता होती है।

मैंने ऐसे हाथ उन स्त्रियों और पुरुषों के देखे हैं जिन्हें दुनिया सनकी कहती है–सिर्फ इसलिए क्योंकि वे परंपरा और रीति-रिवाजों का पालन नहीं करते।

दोनों प्रकार की हथेलियों की तुलना करें तो चपटे चमचे आकार का जो हाथ होता है, वह दूसरे प्रकार के हाथ की अपेक्षा अधिक व्यावहारिक होता है। ऐसी हथेली वाला व्यक्ति अगर आविष्कारक है तो वह अपनी योग्यता

को, जीवन की उपयोगी वस्तुओं के आविष्कार में लगाएगा। यदि किसी व्यक्ति के हाथ का नीचे वाला भाग चौड़ा हो तो उसके द्वारा आविष्कृत चीज़ें जीवनोपयोगी या व्यवहार में लायी जाने वाली नहीं होंगी बल्कि वह उसके आदर्श से संबंधित होंगी।

इस प्रकार के हाथ यदि नरम और थुलथुल हों तो इससे अशांत और चिड़चिड़े स्वभाव का पता चलता है। ऐसे व्यक्ति स्वभाव से अशांत होते हैं, उनके मत जल्दी-जल्दी बदलते हैं और किसी भी चीज़ में उनकी दिलचस्पी अधिक समय तक नहीं बनी रहती। उनमें किसी काम को लगातार करते रहने की प्रवृत्ति नहीं होती।

सभी वर्गों के हाथों में गांठदार और दार्शनिक हाथ संभवतः सबसे आसानी से पहचाने जा सकते हैं। (चित्र सं 16)। ऐसे हाथ लंबे और कोणिक होते हैं और उंगलियां चौड़ी हड्डी वाली एवं विकसित जोड़ों वाली होती हैं।

जिनके हाथ ऐसे होते हैं, उनका व्यक्तित्व विशिष्ट होता है और अन्य प्रकार के लोगों से सर्वथा भिन्न होता है। वे अपनी आदतों, विचार तथा सोच आदि में साधारण लोगों से भिन्न होते हैं।

वे किसी-न-किसी रूप में दार्शनिक होते हैं। वे सबसे मित्रता का व्यवहार करते हैं किंतु सहयोगी नहीं बनाते। उनको महान सफलता और धन दौलत भी प्राप्त नहीं होती। वे मानवता के अध्येता होते हैं और अक्सर तरह-तरह के लोगों के जीवन का सूक्ष्मता से अध्ययन करते हैं। उनको सफाई और व्यवस्था बहुत प्रिय होती हैं।

स्वभाव से वे चुप्पे और रहस्यमय होते हैं। वह कुछ अहंवादी होते हैं, क्योंकि उन्हें अपने व्यक्तित्व पर भरपूर विश्वास होता है।

दार्शनिक हाथ वाले की उंगलियों के ऊपरी पोर तिकोने, चौकोर अथवा चपटे हो सकते हैं। इन्हीं के अनुसार व्यक्तियों के काम और विचार भी हुआ करते हैं।

तिकोने या कोणिक और कलात्मक हाथ (चित्र सं. 17) वाले लोगों को इस नामकरण के कारण अक्सर लोग भ्रम में पड़ जाते हैं। कलात्मक

हाथ का अर्थ यही नहीं है कि वह व्यक्ति चित्रकार या गायक होगा। इससे कला के प्रति प्रेम का संकेत तो मिलता है लेकिन कलात्मक हाथ वाले शायद ही अपनी आकांक्षाएं पूरी कर पाते हैं। ऐसे हाथ को कभी-कभी भावनाप्रवण हाथ भी कहा जाता है। स्वभाव से कलात्मक होने के कारण ऐसे हाथ वाले लोग सोचते-विचारते नहीं हैं और अपने विवेक से काम लेने की प्रतीक्षा नहीं करते। विचारों की दृष्टि से ये फुर्तीले और चतुर होते हैं, परंतु किसी काम से जल्दी ही ऊब भी जाते हैं। इनमें एकाग्रता की कमी होती है।

बातचीत करने में ऐसे लोग बहुत कुशल होते हैं और विषय के प्रवाह या उसकी दिशा को जल्दी ही पकड़ लेते हैं। ऐसे लोग कुछ भी नया सीख लेते हैं लेकिन सच्चे अध्येता की भांति गहन अध्यवसायी नहीं होते।

ये लोग छोटी-छोटी बातों का बुरा मान जाते हैं। जिन लोगों से मिलते हैं उनका प्रभाव भी इन पर आसानी से पड़ जाता है।

जिन स्त्रियों के ऐसे हाथ होते हैं, उनको अपनी खुब प्रशंसा सुनना बहुत अच्छा लगता है और दिल के मामलों में बहुत जल्दी प्रभावित हो जाती हैं। प्रेम के बिना वे रह नहीं सकतीं लेकिन अपने मूड की शिकार भी होती हैं। उनका प्रेम तभी स्थायी माना जा सकता है, जब वह बहुत गहरा हो।

ऐसे हाथ वाले कुछ हद तक उदार और सहानुभूतिपूर्ण होते हैं, लेकिन तभी तक जब तक उनकी अपनी सुविधा में कोई बाधा न आये। ऐसे हाथ भरे हुए और ढीले होने की बजाय ठोस और लचीले हों तो अधिक अच्छा रहता है। भरे हुए और ढीले-ढाले या थुलथुले हाथ वाले लोग स्वार्थी होते हैं वे अपनी ही सुख-सुविधा की बात सोचते हैं और प्रायः आलसी होते हैं।

अब हम भावना प्रवण हाथ (चित्र 18) पर आते हैं। ऐसा हाथ सबसे खूबसूरत और सांसारिक मामलों की दृष्टि से शायद सबसे अधिक भाग्यहीन होता है।

ऐसा भावना प्रवण हाथ बहुत कम देखने में आता है, जिसमें कुछ मिश्रण न हो। आधुनिक सभ्यता उस तरह की प्रकृति और स्वभाव को प्रोत्साहित नहीं करती जिसका पूर्व संदेश ऐसे हाथ दिया करते हैं। ऐसे हाथों की बनावट से ही पता चलता है कि ऐसे हाथ वाले जीवन के आंचल को पकड़े रहने या प्रत्येक मौके का लाभ उठाने योग्य नहीं होते। ऐसे हाथ वाले लोग स्वप्नद्रष्टा और आदर्शवादी होते हैं। वे अपना आधा जीवन किसी विचार या लक्ष्य की खोज में और शेष आधा जीवन उन सूत्रों को समेटने में लगा देते हैं जो हाथ से छूट गये होते हैं भावना प्रवण या नोकदार हाथों वाले व्यक्तिधर्म के मामले में कट्टर और रूढ़िवादी होते हैं या वे अपनी धार्मिक प्रवृत्ति का प्रयोग रहस्यवाद में करते हैं और मंत्र-तंत्र या अन्य गुह्य विद्याओं के अनुयायी बन जाते हैं।

अंतिम प्रकार के हाथ यानी मिले-जुले हाथ का वर्णन करना सबसे कठिन है। यह ऐसा होता है मानों सब प्रकार के हाथों से थोड़ा-थोड़ा लेकर इस हाथ की रचना की गयी हो। उदाहरण के तौर पर पहली उंगली तर्जनी नोकदार हो, दूसरी उंगली (मध्यमा) चौकोर हो या तीसरी (अनामिका) चपटी हो, आदि आदि। यदि किसी का ऐसा हाथ हो तो इसका अर्थ यह है कि वह व्यक्ति बहुमुखी प्रतिभा वाला है लेकिन उसके उद्देश्य समुद्र तट की बालुका के कणों के समान जल्दी-जल्दी बदलते हैं। ऐसा व्यक्ति सभी प्रकार के विचारों या परिस्थितियों के अनुरूप अपने को ढाल सकता है किंतु अपनी योग्यता का उपयोग करने में चूकता है या प्रयोग के विषय में अनिश्चित होता है। ऐसा व्यक्ति शायद थोड़ा खेल सकता है, थोड़ा बहुत गा सकता है, थोड़ी-बहुत चित्रकारी भी कर सकता है परंतु किसी भी क्षेत्र में दक्षता प्राप्त नहीं कर पाता।

मिला-जुला हाथ वास्तव में सतही प्रतिभावाले का होता है जो किसी भी चीज़ पर देर तक टिके रहकर महान सफलता प्राप्त नहीं कर पाता।

हाथों की किस्मों या प्रकारों की चर्चा समाप्त करते हुए मैं यह बताना चाहूंगा कि जातियों या नस्लों की मिलावट के कारण ऐसा हाथ बड़ी कठिनाई से देखने में आता है जो केवल एक ही वर्ग का हो जिसमें कोई मिलावट न हो। अक्सर एक हाथ में दो-तीन प्रकार मिले होते हैं।

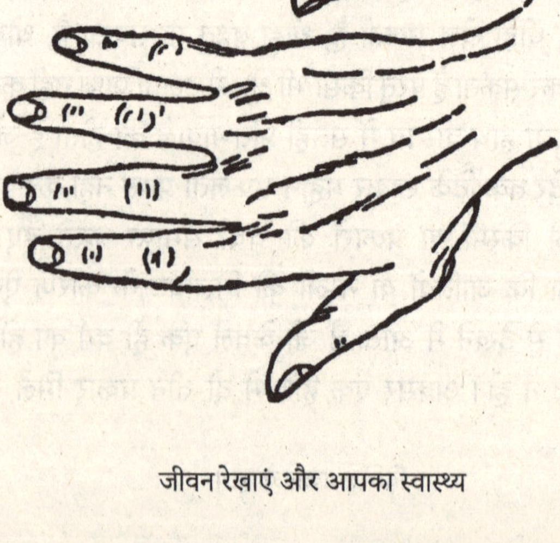

चित्र-17 कोणिक या कलात्मक हाथ

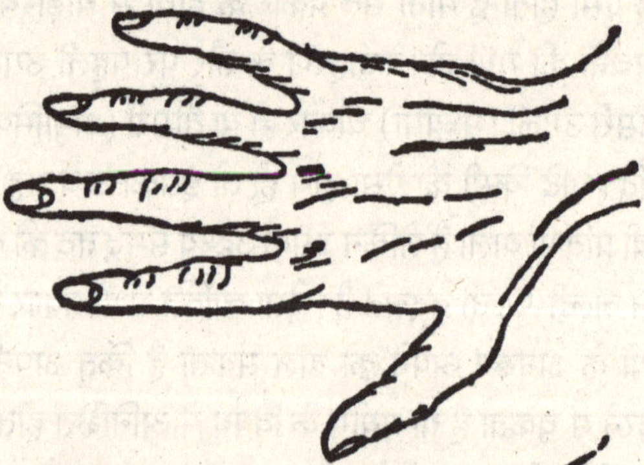

चित्र-18 भावना प्रवण या आदर्शवादी हाथ

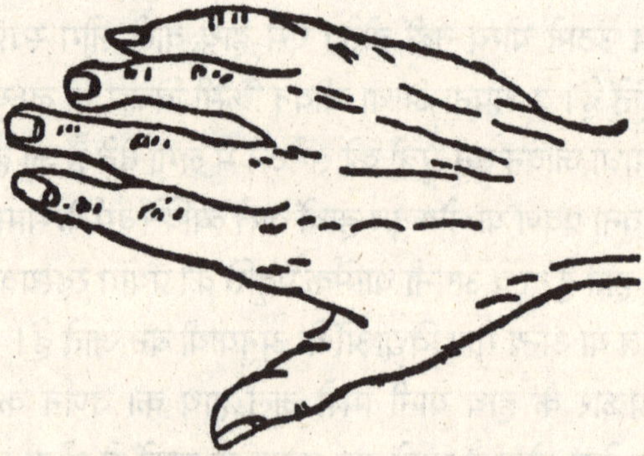

चित्र-19 मिला-जुला हाथ

हो सकता है कि हथेली का आकार चौकोर हो, परंतु उंगलियां नोकदार या दार्शनिक किस्म की हों। या तीनों प्रकार मिले-जुले हों, जैसे हथेली चौकोर हो हथेली के पास और दूसरे जोड़ पर उंगलियां दार्शनिक हों और उनके पोर नोकदार या चपटे हों। यदि यह ध्यान में रखा जाए तो किसी के चरित्र, स्वभाव आदि के विषय में ठीक-ठीक राय दे पाने में बहुत सहायता मिलेगी।

हस्तरेखाओं से घटनाओं का समय और तिथि-निर्धारण

इस शास्त्र के अध्ययन में सबसे रोचक प्रश्नों में से एक प्रश्न होता है समय का निर्धारण अर्थात् यह बताना कि व्यक्ति के जीवन में परिवर्तन कब आया या घटनाएं कब घटीं अथवा कब घटने वाली हैं।

इस पुस्तक में जिसके विषय में यह सोचने का कारण है कि यह हस्त रेखा शास्त्र पर लिखी जाने वाली मेरी अंतिम पुस्तक होगी– मैं समय-सात की पद्धति का उल्लेख करूंगा जिसका मैंने अपने व्यावसायिक कार्य में प्रयोग किया है। यहां मैं यह बताऊंगा कि इस सिद्धांत का कैसे प्रयोग करें अर्थात् जीवन के सबसे प्रभावपूर्ण वर्षों का निर्धारण करें।

अब मैं पहले समय-सात की पद्धति पर विचार करता हूं।

गहन अध्ययन और शोध से यह साफ हो चुका है कि सारी व्यवस्था हर सात वर्ष के बाद पूर्ण रूप से परिवर्तित हो जाती है। चिकित्सा विज्ञान हमको बताता है कि हर सात वर्षों के बाद शरीर की समूची व्यवस्था में बदलाव आ जाता है।

गर्भाधान के क्षण से जन्म के समय तक, भ्रूण सात अवस्थाओं से गुजरता है।

विश्व के इतिहास और धर्मों में भी सात की संख्या की सर्वाधिक महत्त्व की भूमिका रही है।

यहां मैं इसके कुछ उदाहरण दे देता हूं–

मानव की सात जातियां हैं।

संसार के सात आश्चर्य हैं।

क्रियाशील ग्रह सात हैं।

वृषराशि के प्लीएडेज तारापुंज में सात तारे हैं।

चंद्रमा सात दिनों तक बढ़ता है, सात दिनों में पूर्ण होता है, सात दिनों तक घटता है और सात दिनों में नवोदय के लिए तैयार होता है अर्थात् चार बार सात कुल अट्ठाईस दिन।

सप्ताह में सात दिन होते हैं।

मनुष्य की आवाज़ सात प्रकार की होती है।

वाद्य यंत्रों के सात सुर होते हैं।

सितार के सात तार होते हैं।

प्रमुख रंग भी सात होते हैं।

सतमासा बच्चे की बचने की उतनी ही संभावना होती है, जितनी नौ महीने के पूरे बच्चे की होती है।

गर्भावस्था में गर्भस्थ शिशु निर्माण के साथ स्पष्ट भिन्न-भिन्न चरण होते हैं।

मानव शरीर के सात स्पष्ट भाग होते हैं–सिर, छाती, पेट, दो टांगें और दो हाथ।

सिर में भी सात द्वार होते हैं दो नथुने, दो आंखें, दो कान और मुख। सिर के ये सात द्वार सात ग्रहों के परिचायक हैं।

शरीर में सात आंतरिक अंग हैं। दिल, जिगर, पेट, फेफड़े, प्लीहा और दो गुर्दे।

महिलाओं को मासिक धर्म सात के चार चक्रों अर्थात् अट्ठाईस दिनों बाद होता है।

जब बच्चा जन्म लेता है तो पहले सात घंटों के बाद ही निर्णय होता है कि वह जीवित रहेगा अथवा नहीं।

सात दिनों के बाद नाभि से नार गिर जाता है।

चौदह दिनों (सात+सात) के बाद बच्चा रोशनी पहचानना शुरू करता है।

इक्कीस दिनों (सात+सात+सात) में बच्चा सिर इधर-उधर घुमाने लगता है। सातवें महीने में बच्चा दांत निकालना शुरू करता है।

सात सालों के बाद उम्र का दूसरा चक्र आरंभ होता है।

सात सालों के दूसरे चक्र (अर्थात् चौदह वर्ष) में लड़की रजस्वला होती है।

सात सालों के तीसरे चक्र (अर्थात् 21 वर्ष) में लड़का पुरुष बनता है।

सात सालों के चौथे चक्र (अर्थात् 28 वर्ष) के बाद शारीरिक विकास होना बंद हो जाता है।

सात सालों का पांचवां चक्र (अर्थात् 35 वर्ष) शारीरिक शक्ति का चरम बिंदु होता है।

सात सालों के छठे चक्र (अर्थात् 42 वर्ष की आयु में) मानसिक परिपक्वता आती है।

सात सालों के सातवें चक्र (अर्थात् 49 वर्ष की आयु में) शारीरिक और मानसिक दोनों रूप से व्यक्ति अपनी सर्वोत्तम क्षमता वाला होता है।

सात सालों का आठवां चक्र (अर्थात् 56 वर्ष की आयु) में व्यक्ति की शक्तियों का ह्रास आरंभ होता है।

सात साल के दशम चक्र (अर्थात् 70 वर्ष की आयु) बाइबिल का कथन–सत्तर साल के बाद व्यक्ति जीवन का भार ढोता है।

शाश्वत नगर कहलाने वाला रोम सात पहाड़ियों पर बना है।

विश्व के सात महाद्वीप हैं।

सात स्वर्ग हैं।

सात सिंहासन हैं।

सात महासागर हैं।

सात चर्च हैं।

जेरिचो की दीवारें सातों दिन चक्कर काटती हैं और सातवें दिन दीवारें गिर जाती हैं।

न्यू टैस्टामेंट की अंतिम पुस्तक 'रिवेलेशन' के अनुसार परमात्मा ने सात आत्माओं को पृथ्वी पर भेजा।

एजेकील का कथन है कि प्रभु ने सात देवताओं को समस्त पृथ्वी पर भ्रमण करने के लिए भेजा। संभवतः यह सात क्रियाशील ग्रहों के चुंबकीय प्रभावों का संकेत है।

ईसामसीह के जन्म के समय पूर्व से आये प्राचीन मैगी ने पृथ्वी से बहुत दूर घूमने वाले सात क्रियाशील ग्रहों से सात 'स्वर' निकाले जो सभी भाषाओं का मूल हैं–जैसे, चंद्रमा से 'ए' (a) बुध से 'ई' (e) शुक्र से 'ई ई' (ee) सूर्य से 'आई' (i) मंगल से 'ओ' (o) वृहस्पति से 'यू' (u) और शनि से 'ऊ' (oo)।

सात ग्रहों से मिलती सात धातुएं पृथ्वी पर हैं–चंद्रमा से मिलती चांदी, बुध से क्विक सिलवर, शुक्र से तांबा, सूर्य से सोना, मंगल से लोहा, बृहस्पति से टीन और शनि से जस्ता।

यहूदी धर्म में संख्या सात पर आधारित रहस्यमय काल का वर्णन है और संपूर्ण हिब्रू इतिहास में इसे देखा जा सकता है। इस प्रकार हम यह समझ सकते हैं कि जिस सात की संख्या ने हिब्रू इतिहास में इतनी महत्त्वपूर्ण भूमिका निभायी हो, उसका सृष्टि की दैवीय विराट योजना में विशिष्ट अर्थ होना ही चाहिए।

सात की संख्या के इस महत्त्व के कारण मैंने व्यक्ति के जीवन को उसकी हस्त रेखाओं पर सात की संख्या में विभक्त किया है। हृदय रेखा, मस्तिष्क रेखा और भाग्य रेखा को घटनाओं के वर्ष या दिन निकालने के लिए देखिए, चित्र संख्या 20।

प्राचीन यूनानी लोगों ने हस्त रेखा शास्त्र में इक्कीस वर्ष की आयु को व्यक्ति द्वारा जीवन संग्राम में उतरने का वर्ष माना है, इसी के अनुसार मैंने इक्कीसवें वर्ष को मंगल के क्षेत्र के बाहरी छोर पर रखा है। इक्कीस वर्ष से पैंतीस वर्ष तक की आयु व्यक्ति के अस्तित्व के लिए संघर्ष की दृष्टि से सबसे गंभीर समय होता है। वास्तव में पैंतीसवां वह नींव बनता है जिस पर व्यक्ति अगले पैंतीस वर्षों का भवन निर्माण करता है। यदि जीवन के इस केंद्रीय वर्ष तक वह अपने अस्तित्व की सार्थकता के लिए कुछ नहीं कर पाता तो

वह जीवन के उत्तरार्द्ध में अधिक कुछ कर पाएगा, इसकी प्रायः संभावना नहीं होती।

किसी व्यक्ति का हाथ देखते समय इस पैंतीस वर्ष की अवधि को सर्वाधिक संघर्षपूर्ण समझना चाहिए। यदि इस समय के बाद भाग्य या सूर्य रेखा या दोनों स्पष्टतः कमजोर होती दिखें तो यह इस बात का संकेत है कि उस पुरुष या महिला ने अपनी शक्तियां खर्च कर डाली हैं और वह जीवन के ढलान पर आगे बढ़ रहा है।

इसके विपरीत यदि रेखाएं इस केंद्र बिंदु से सशक्त होती हों तो यह प्रकट होता है कि व्यक्ति ने जीवन संग्राम में अच्छी शुरुआत की है और भाग्य जीवन के उत्तरार्द्ध में उसके अनुकूल ही रहेगा।

जीवन रेखा के माध्यम से बीमारी, स्थान बदलने सरीखी बातों का समय जानने के लिए यह मानना अधिक तर्कसंगत होगा कि बुध के पर्वत से (मस्तिष्क) से प्रभाव किरणें जीवन-रेखा की ओर आती हैं। देखिए प्लेट 21।

यहां याद रखने की बात यह है कि स्वास्थ्य के संबंध में विचार करते समय (अध्याय 6) मैंने बताया था कि बुध से निकलकर स्वास्थ्य रेखा जब जीवन-रेखा की ओर आये तो जहां ये दोनों रेखाएं एक-दूसरे को काटती हैं, वह समय जीवन मृत्यु की दृष्टि से गंभीर बिंदु होता है। मानों अवचेतन मन पहले से ही जान लेता है या प्राण शक्ति के शत्रु रूपी रोग के कीटाणुओं का अनुभव कर लेता है।

इसमें किसी प्रकार का संदेह नहीं है कि जब बुध से निकली स्वास्थ्य रेखा हाथ में स्पष्ट रूप से अंकित हो तो वह व्यक्ति तनाव ग्रस्त, मानसिक रूप से चिंता करने वाला और घबराहट वाले स्वभाव का होता है।

जिन लोगों के हाथ में स्वास्थ्य रेखा बुध से निकलकर जीवन रेखा की ओर आती है, उनके लिए मैं आशा और उत्साहवर्द्धक यह बात अवश्य कहना चाहता हूं कि स्वास्थ्य की रेखा किसी अन्य रेखा की अपेक्षा सबसे अधिक बदलने और सुधरने वाली रेखा होती है।

कुछ सालों के अंतराल से ली गई हाथ की छापों से प्रकट होता है

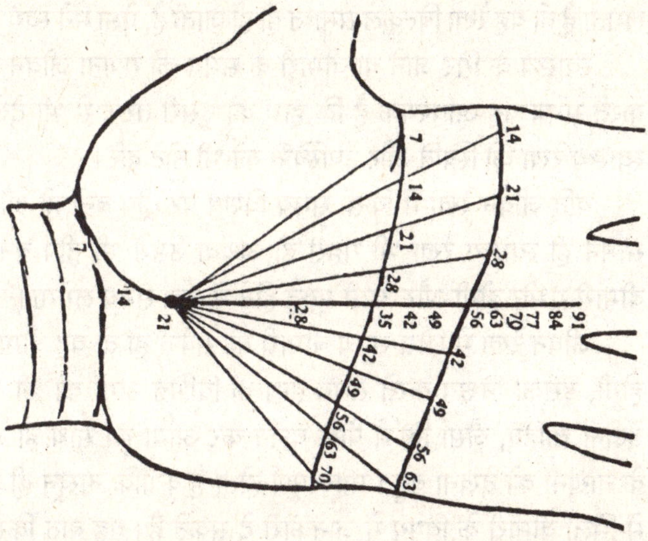

चित्र-20 घटनाओं का समय वर्ष

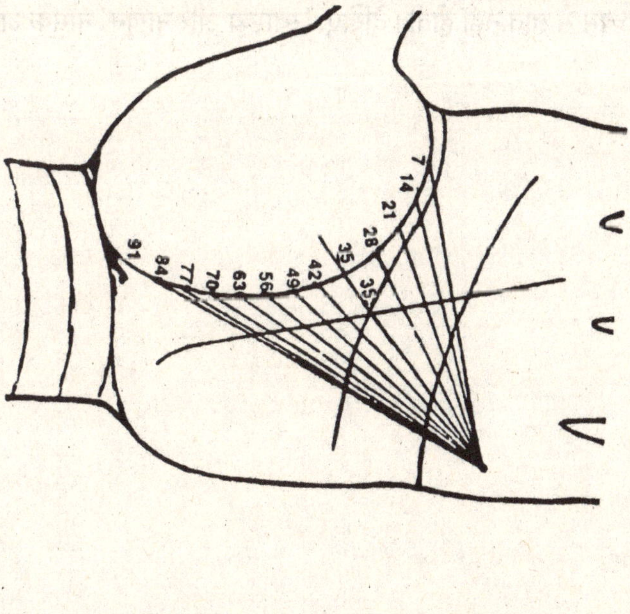

चित्र-21 जीवन रेखा पर घटनाओं के वर्ष

कि यह रेखा या तो बढ़ती है या घटती है। अगर व्यक्ति अपनी चिंतापूर्ण मानसिकता त्याग देता है और सभी बातों को दार्शनिक के अंदाज में लेने लगता है तो यह रेखा बिल्कुल समाप्त ही हो जाती है, ऐसा मैंने स्वयं देखा है।

स्वास्थ्य के गिर जाने या बीमारी के समय की गणना जीवन रेखा पर करते समय यह आवश्यक है कि हाथ को दूसरी तरफ से भी देखें। और स्वास्थ्य रेखा की स्थिति और उपस्थिति को भी नोट करें।

यदि जीवन रेखा में किसी समय विशेष पर द्वीप बना हो और उसके सामने ही स्वास्थ्य रेखा भी गहरी हो अथवा उसमें भी द्वीप बना हो तो बीमारी गंभीर होगी और उससे मुक्त होने में लंबा समय लगेगा।

जीवन रेखा में जिस समय बीमारी का संकेत हो तो वह बीमारी कैसी होगी, इसका निश्चय करते समय हाथ के विभिन्न अंगों को भी ध्यान से देखना चाहिए, जैसा कि मैं पीछे वर्णन कर आया हूं। साथ ही उंगलियों के नाखूनों को देखना बहुत महत्त्वपूर्ण होता है क्योंकि नाखून ही विरासत में मिली बीमारी के विषय में जानकारी दे सकते हैं। यह बात किसी अन्य माध्यम से ज्ञात नहीं होती। देखिए, 'स्वास्थ्य और नाखून' नामक अध्याय।

भाग-2

जीवन और स्वास्थ्य संबंधी ज्योतिष

अंक-विज्ञान और ज्योतिष

आगामी पृष्ठों पर ज्योतिष की जिस पद्धति का मैं वर्णन करने जा रहा हूं, वह ज्योतिष की सामान्य अवधारणाओं पर आधारित नहीं है। जन्म का एकदम सही समय–यदि संभव हो तो मिनट तक के आधार पर जन्म कुंडली और गोचर-चक्र बनाना गणितीय कार्य है जिसके लिए पर्याप्त प्रशिक्षण और सतत अभ्यास होने की आवश्यकता होती है।

जन्म-कुंडली बना लेने के बाद फलित ज्योतिष का कार्य आरंभ होता है जो जन्म-कुंडली का फलाफल समझने का विज्ञान या कला है। यदि कुंडली में पड़े ग्रहों की स्थिति की सही-सही व्याख्या न की जा सके तो सर्वोत्तम गणना करके बनाई गई जन्म कुंडली अधिकांश अध्येताओं के लिए बंद किताब की भांति अनजानी रह जाएगी या उसमें इतने विरोधाभास होंगे जिन्हें सुलझाना चीनी गोरखधंधे को सुलझाने से भी अधिक दुष्कर होगा।

जन्म के एकदम सही जन्म-समय के आधार पर जातक की प्रकृति, व्यवहार आदि के विषय में अगर वास्तव में किसी अच्छे ज्योतिषी ने जो निहितार्थ निकाले हैं, उनकी उपयोगिता या शुद्धता के विषय में एक क्षण के लिए भी उंगली नहीं उठाएगा। ऐसा ज्योतिषी जन्म कुंडली बनाकर ग्रहों की स्थिति और महादशा, अन्तर्दशा एवं प्रत्यन्तर्दशा के आधार पर जातक के भविष्य की घटनाओं के विषयों में जो भविष्यवाणियां करेगा, उनकी विश्वसनीयता भी संदेह से परे होगी।

मैंने अपने व्यवसाय-काल और अन्य लोगों की भविष्यवाणियों के दौरान भविष्यवाणी की समान सत्यता के अनेक उदाहरण देखे हैं। इसका अर्थ क्षण भर के लिए भी उन ज्योतिष-अध्येताओं के प्रति किसी प्रकार की अवमानना का भाव लाना नहीं है। ये अध्येता गणितीय गणना के द्वारा ग्रह-नक्षत्रों के एक राशि से दूसरी राशि में जाने, सूर्य या चन्द्र-ग्रहण के समय का निर्धारण, ग्रहों की मित्रता, शत्रुता, क्रूर या कृपा-दृष्टि के आधार पर मानव के भविष्य विषयक फलादेशों की ठीक-ठीक भविष्यवाणी कर पाते हैं।

इस पुस्तक को लिखते समय मेरा उद्देश्य 'आम लोगों' की इस विषय के प्रति रुचि जगाना और उनको जानकारी प्रदान करना है। मेरा लक्ष्य वह छोटा-सा वर्ग नहीं है। ज्योतिष-शास्त्र के अध्ययन में खासा समय लगा चुका है।

इस गहन अध्येता वर्ग के लिए जो संभवतः कुछ प्राचीन सत्यों को नई दृष्टि से प्रस्तुत कर पाऊं, यही मेरा सौभाग्य होगा। इससे सभी विद्याओं की अपेक्षा इस सर्वाधिक रुचिकर विद्या के प्रति उनकी दिलचस्पी और बढ़ाना तथा उसे उत्तेजित करना संभव हो सकेगा किन्तु जन-साधारण में जिन लोगों को ज्योतिष तथा ज्योतिष शास्त्र की शिक्षाओं का कोई ज्ञान नहीं है अथवा नगण्य ज्ञान है, वे यदि इस पुस्तक के द्वारा सीधे-सीधे तरीकों से तथ्यों और सचाइयों को जान सके और जहां तक मैं उन्हें ले जा सका हूं, उससे आगे का ज्ञान प्राप्त करने की प्रेरणा मिल सके तो मैं स्वयं को धन्य समझूंगा। यही मेरे जीवन की सबसे बड़ी सफलता होगी।

इस पुस्तक के लेखन में मेरा प्रयास यथा-संभव सीधी साफ और सहज भाषा में विषय को प्रस्तुत करना होगा क्योंकि मैं यह मानकर चलता हूं कि आज का प्रत्येक अध्यापक किसी समय विद्यार्थी रहा था और आज जो विद्यार्थी हैं, वे कल को शिक्षक बनेंगे।

मेरे पास जो असंख्य पत्र आते हैं, उनसे यही प्रकट होता है कि मनुष्य के जीवन और उसके चरित्र पर ग्रहों का क्या प्रभाव पड़ता है, स्त्री-पुरुषों के संबंधों का कार्य प्रभाव क्या है तथा अन्य सैकड़ों बातें तथा स्थितियां किन ग्रह-नक्षत्रों के प्रभावों के परिणाम होते हैं; इन सबके विषय में अधिकांश

लोग अधिकतम जानकारी हासिल करना चाहते हैं।

ज्योतिष शास्त्र में इतनी सत्यता है–इतना कुछ है कि यह विद्या सृष्टि-रचना के अज्ञात रहस्यों की तह तक जाने में समर्थ है और विराट के महत् आयोजन के अगणित आश्चर्यों पर प्रकाश डाल सकती है। यदि ज्योतिष शास्त्र के समग्र ज्ञान को एक पुस्तक माना जाए तो मेरा यह प्रयास उसका केवल एक पृष्ठ मात्र है। लेकिन चाहे जिस दृष्टि से देखा जाए, यह पृष्ठ इतना महत्त्वपूर्ण अवश्य है कि इसे नींव का पत्थर कहा जा सकता है।

मेरे अधिकांश पाठक इस शास्त्र के इतिहास के सर्वथा अनभिज्ञ होंगे अथवा इसकी मोटी-मोटी बातों को ही जानते होंगे, इसलिए इस विषय में कुछ चर्चा करना औचित्यपूर्ण ही होगा। यहां मैं इसका संक्षिप्त इतिहास देकर उनकी प्राचीनता तथा इस शास्त्र से जुड़े कुछ लोगों की चर्चा ही करूंगा।

सूर्य, चन्द्रमा और ग्रहों का अध्ययन करने वाला यह ज्योतिष शास्त्र निस्संदेह मानवता का प्राचीनतम विज्ञान है। इस विषय का सबसे प्राचीन ज्ञात लेख है अगादी के सरगौन प्रथम के शिलालेख जो ईसा से 3800 वर्ष पूर्व के हैं।

पारम्परिक मान्यता है कि आदम का तीसरा पुत्र सेथ इस विद्या में इतना पारंगत था कि उसे भविष्य में आने वाली प्रलयकारी बाढ़ का पूर्व ज्ञान हो गया था। उसने फिलिस्तीन में दो स्तंभ बनवाए जिन पर उसने राशि चक्र के चिह्न और ज्योतिषीय ज्ञान की प्रमुख बातें अंकित कर दी थीं ताकि यदि उस समय तक ज्ञात पृथ्वी प्रलय में नष्ट हो जाए तो यह ज्ञान नष्ट न होने पाए ईसा के 70 वर्ष बाद जोजेफस ने इस बात की पुष्टि की और लिखा कि 'मैंने सेथ द्वारा बनवाए गए दो स्तंभों में से एक स्तंभ सीरिया में देखा है।' हिब्रू के विख्यात इतिहासकार जोजेफस ने अपनी पहली पुस्तक के तीसरे अध्याय में लिखा है कि प्रलयकारी बाढ़ से इतने पहले से मानव पृथ्वी पर रह रहा था कि उसने अनेक प्रकार की कलाओं तथा विज्ञानों विशेषतः ज्योतिष का बहुत ज्ञान अर्जित कर लिया था। उसने यह भी लिखा कि अपने मिस्र प्रवास

के दौरान इब्राहम ने 'मिस्रवासियों को ज्योतिष की शिक्षा दी थी।'

इंग्लैंड के महान खगोलविद् सर आइजक न्यूटन ज्योतिष शास्त्र के प्रारंभ के विषय में लिखते हैं कि मिस्रवासियों ने सूर्य-वर्ष का समय निर्धारित किया और ज्योतिष की सहायता से आमोन और मैमोन के शासन काल का निर्धारण किया। साइस के राजा ने मिस्र के एक धर्माचार्य की सहायता से ग्रह-नक्षत्रों की स्थिति के आधार पर ज्योतिष-विज्ञान की नींव रखी।

प्राच्य अभिलेखों के अनुसार ज्योतिष विद्या का जन्म मानव-जाति के जन्म के साथ-साथ ही हुआ है उनमें लिखा है कि मिसराइम का पुत्र नैकरावौंश ज्योतिष का प्रकांड विद्वान था। उसने ऐसे राजवंश की स्थापना की जिसके सभी शासक इस रहस्यमय विद्या के कुशल प्रयोगकर्ता थे। इस मिसराइम वंश के सबसे प्रसिद्ध व्यक्ति राजकुमार नेराश ने बारह राशियों की प्रतिनिधि आकृतियां और चिह्न निश्चित किए।

उस वंश के आखिरी युवराज फराओ ने नोआ को खत्म करने की कोशिश की क्योंकि उसका विश्वास था कि ऐसा करने से जल-प्रलय को रोकना संभव हो सकेगा। किन्तु वह अपने पूरे परिवार के साथ उस प्रलयंकर बाढ़ में स्वयं भी बह गया।

इतिहास बताता है कि उस समय के सबसे प्रसिद्ध ज्योतिषविद् एफिलमाइन को आने वाली बाढ़ की विभीषिका का पूर्व ज्ञान हो गया था। उसने नोआ की चेतावनी को सत्य माना। नोआ ने जल-प्रलय से बचने के लिए जो 'आर्क' (विशाल नाव) बनवाई, उसमें उसे सपरिवार स्थान दिया गया।

नोआ और उसके उत्तराधिकारियों के साथ समझौता करके उसने मिस्र के दूसरे राजवंश की स्थापना की, जिसका वह पहला राजा बना। इस वंश में बाद में 26 राजा हुए। इसी ने मैमफिस नगर की स्थापना की। इसके पुत्र मिस्स राइम ने संसार के पूर्वकाल के सभी चमत्कारों और ज्योतिष के रहस्यों का ज्ञान प्राप्त किया। विश्वास किया जाता है कि खगोल-विद्या के सर्वकालीन अजूबे-महान पिरामिड का वास्तुशिल्पी और निर्माणकर्ता यही था।

इतिहास यह भी बताता है कि जब सिकंदर ने डेरियस तृतीय को पराजित किया तो विजेता सिकन्दर को कैलिस्थनीज ने बेबिलोनवासियों द्वारा ईसा पूर्व 2300 से ई. पू. 1500 वर्षों तक ज्योतिष विद्या के विषय में की गई समस्त खोजों का पूरा रिकार्ड भेंट किया था। इन अभिलेखों में सूर्य और चन्द्र की स्थिति के अनुसार नक्षत्रों के उदय और अस्त, पूर्णिमा और ग्रहणों आदि से संबंधित ज्ञान और अन्य ढेर सारी जानकारी दी गई थी। इस सबसे यह प्रकट होता है कि ये प्राचीन अंतरिक्ष अध्येता ग्रहों और नक्षत्रों की गतिविधि के विषय में गहन ज्ञान के स्वामी थे।

इधर कुछ समय से यह माना जाने लगा है कि मिस्रराइम ने महान पिरामिड किसी ज्योतिष के उद्देश्य से ही बनवाया था। इसाया के अध्याय 19 के 19वें पद में लिखा है कि उस दिन मिस्र की धरती के मध्य में प्रभु की वेदी और उसकी चारदीवारी पर एक स्तंभ का निर्माण होगा। पिछले सौ वर्षों के दौरान इस खोज से यह भविष्यवाणी सत्य सिद्ध हुई है कि यह पिरामिड 30' अक्षांश पर बना हुआ है जो उत्तरी और दक्षिणी मिन को दो समान भागों में विभाजित करता है इस विभाजन को अब आधिकारिक रूप से स्वीकारा जाता है, हालांकि यह बात पिरामिड के निर्माण के समय बताई नहीं गई थी लेकिन इसके निर्माण के समय यह बात वास्तुकारों को पता थी और उन्होंने पिरामिड बनाने के लिए उस स्थान को जानबूझकर चुना था।

इस पिरामिड के आधार की चारों दीवारों को नापा जाए तो कुल लम्बाई 36, 524 इंच है। उष्ण कटिबंधीय क्षेत्र के सौ वर्षों में इतने ही दिन होते हैं और एक सौ वर्ष में ठीक 365.24 दिन होते हैं। संसार के सभी ज्ञात निर्माणों में पिरामिड दोष रहित दिक-विन्यास का सर्वोत्तम उदाहरण है।

यद्यपि अब्राहम को यहूदी जाति का पिता माना जाता है, किन्तु वह जन्म से चाल्डियन था। बाइबिल के अनुसार उसका जन्म 'चाल्डीस' के उर नामक नगर में हुआ था। उस समय यह नगर ज्योतिष विद्या के लिए प्रसिद्ध था और वहां उसने निस्संदेह इस विद्या का ज्ञान प्राप्त किया होगा। उर नगर

प्राचीन काल के प्रसिद्ध नगरों बेबिलोन, निनेवा तथा अन्य शहरों की अपेक्षा ज्योतिष ज्ञान के लिए अधिक महत्त्वपूर्ण माना जाता था।

जैनेसिस के प्रथम अध्याय के 16वें पद में कहा गया है कि, 'ईश्वर ने दो महान ज्योतियां बनाईं–दिन के लिए अधिक प्रकाश वाला सूर्य और रात के कम प्रकाश वाला चंद्रमा। उसी ने अन्य ग्रह भी बनाए।'

इतिहास की ओर मुड़ें तो फारस (ईरान) के प्राचीन काल के इतिहास से ज्ञात होता है कि वहां कुछ महान शासक स्वयं ज्योतिष का श्रेष्ठ ज्ञान तो रखते ही थे। उन्होंने ज्योतिष के अध्ययन को भी खूब प्रोत्साहन दिया। स्वयं जोरोस्टर ने ज्योतिष का गहन अध्ययन किया था और इस विद्या के प्रयोग में भी ख्याति प्राप्त की थी। फारस के विद्वान दार्शनिक अलहकी मर (जो शाह गुस्ताफ का भाई बताया जाता है) राज के वजीरे आला के रूप में सारे काम-काज ज्योतिष की सहायता से ही चलाता था। 'एन्शिएन्ट यूनिवर्सल हिस्ट्री' में उल्लेख है कि अब भी उनके नाम से लिखे कुछ ग्रंथ सुलभ हैं। 'जुड़ीशिया जमास्विस' नामक पुस्तक उसी की लिखी हुई है। जिससे ग्रहों के मित्र-शत्रु भाव के परिणामों पर उसकी सम्मति का वर्णन है। इस पुस्तक में उसने पहले ही भविष्यवाणी की थी कि फिलिस्तीन में एक महान धर्मोपदेशक क्राइस्ट का जन्म होगा, उसके बाद मोहम्मद होंगे और 'मैजियन' धर्म समाप्त हो जाएगा।

बहुत प्राचीन काल में ही चीन में ग्रह-नक्षत्र संबंधी विज्ञान गहरी जड़ें जमा चुका था। कुछ उदाहरण ऐसे भी मिलते हैं जिनमें राजाओं का चुनाव तक इस आधार पर होता है कि उसे ज्योतिष विद्या का कितना ज्ञान है। 2513 ई. पू. में सम्राट च्युंएनी को इसी आधार पर राजा बनाया गया था।

सभ्यता और शक्ति के चरम उत्कर्ष काल में प्राचीन यूनान में भी उसके बहुत से श्रेष्ठतम दार्शनिक ज्योतिषी भी हुआ करते थे। अनावसागोरस ने तो अपना सारा जीवन ही ज्योतिष-विद्या के अध्ययन में लगा दिया था। पाइथागोरस, प्लेटो, अरस्तू और प्रोकलस जैसे महान विद्वान ज्योतिष शास्त्र के भी ज्ञाता थे।

चिकित्साशास्त्र के जनक हिपोक्रीट्स ने तो यहां तक कह डाला कि "जिस चिकित्सक को ज्योतिष का ज्ञान नहीं वह चिकित्सक कहलाने की अपेक्षा मूर्ख कहलाने का अधिक अधिकारी है।"

प्राचीन रोम के विख्यात एवं सम्मानित व्यक्ति ज्योतिष शास्त्र में विश्वास करते थे जिनमें वरजिल, सिसरो, होरेस और सिसरो के मित्र फिलूगस की गणना की जा सकती है।

सक्टोनियस ने लिखा है कि उसने आक्टेवियस के जन्म के समय ही भविष्यवाणी कर दी थी कि जन्म के समय के आधार पर वह सारे संसार पर राज्य करेगा। इतिहासकार स्ट्रैबो का कहना है कि उस समय के ज्योतिषियों को 'चाल्डेई' अथवा 'बेबीलोनी' कहा जाता था क्योंकि वे लोग मूलतः चलडिया अथवा बेबीलोनिया से आए थे।

तो सन् 815 में छठवें खलीफ मामोनोर्रशीद ने जो साहित्य और विज्ञान का निष्णात विद्वान् था, टोलेमी की ज्योतिष शास्त्र संबंधी पुस्तकों का अरबी में अनुवाद कराने का आदेश दिया था।

यूरोप में तेरहवीं शताब्दी में सम्राट फ्रेडरिक द्वितीय के आदेश पर टोलेमी की रचनाओं का अरबी से लैटिन में अनुवाद कराया गया। कासिली के राजा अलफौन्सो ने इन रचनाओं को स्पेनिश भाषा में तैयार कराया। 1538 ई. में टोलेभी के सम्पूर्ण साहित्य को बेसली में प्रकाशित कराया।

रोम साम्राज्य के पराभव के बाद इटली के एक संन्यासी प्लेसिडस दि टाइटस ने अपनी 'अन्तरिक्ष दर्शन' (सेलेस्शियल फिलोसफी) नामक पुस्तक प्रकाशित कराई जिसमें यूरोप के तीस प्रमुख व्यक्तियों की जन्म पंक्तियां दी गई थीं जिससे टोलेमी की ज्योतिष-विद्या संबंधी रचनाओं की सत्यता प्रमाणित की जा सके।

हाल के जमाने की बात करें तो हम पाते हैं कि प्रसिद्ध व्यक्तियों की ज्योतिष पर गहरी आस्था थी। महारानी एलिजोबेथ अपने निजी कोष से नेक और बुद्धिमान डा. जान डी का भरण-पोषण करती थी। वेकन और केपलर जाने-माने ज्योतिर्विद थे। सर आइजक न्यूटन और फलेमस्टेड भी ऐसे ही ज्योतिष शास्त्री थे। इंग्लैंड के

इस प्रथम शाही खगोल शास्त्री ने ग्रीनविच वेधशाला की आधारशिला रखने का सर्वोत्तम समय निकालने के लिए एक ग्रह-कुंडली बनवाई थी।

चार्ल्स प्रथम ने सर एलियस एशमोल से ज्योतिष शास्त्र के मूल सिद्धांत सीखे थे। सर एलियस आक्सफोर्ड के विख्यात एश्मोलियन पुस्तकालय के संस्थापक थे।

महारानी एन्ने हालैण्ड से वान गाल्गे ब्रोक को साथ लाई थीं और अपने दरबार में रखती थीं। इसने उनकी मृत्यु के सही वर्ष और महीने की पहले ही भविष्यवाणी कर दी थी।

रिचबरो के डॉ. जान बटलर ने पहले ज्योतिष के घोर विरोधी थे लेकिन जब ज्योतिष का गहन अध्ययन किया तो न केवल उनके विचार बदल गए, वरन वे स्वयं ज्योतिष के जबर्दस्त समर्थक बन गए।

1644 में विलियम लिली ने अपने अंतरिक्षीय अध्ययन के आधार पर भविष्यवाणियों वाली एक पुस्तक प्रकाशित कराई। 1647 में सम्राट चार्ल्स प्रथम ने यह परामर्श करने के लिए लिली को बुलवाया कि 'अपने राजसी व्यक्तित्व को छिपाने के लिए कौन-सा स्थान उपयुक्त रहेगा।' 1648 में सम्राट ने उनको फिर परामर्श करने के लिए बुलवाया लेकिन दोनों ही अवसरों पर सम्राट ने लिली की सलाह नहीं मानी। लेकिन लिली ने बाद में लिखा कि 'इस वर्ष में मंत्रिपरिषद ने मुझे पचास पाउण्ड दिये और सौ पाउण्ड प्रतिवर्ष की पेन्शन बांध दी। यह पेन्शन मुझे दो वर्षों तक ही मिली, उसके बाद नहीं।*

1651 में लिली ने भविष्यवाणी की कि 1666 में लंदन में प्लेग फैलेगी और अनेक अग्नि कांड होंगे। इन भीषण घटनाओं के बाद उसे हाउस आफ कामन्स की एक समिति के समक्ष 25 अक्तूबर, 1666 को अपराह्न में दो बजे बुलाया गया, ताकि स्पीकर के कक्ष में पूछे गए प्रश्नों के सही उत्तर दे सकें।

उससे पूछा गया कि अग्निकांड होने का क्या कारण था ? क्या वह ज्योतिष विद्या के माध्यम से बता सकता है कि क्या इस अग्निकांड के पीछे

---

* लिली का इतिहास।

कोई दुष्टतापूर्ण साजिश थी या यह मात्र एक दुर्घटना थी। उसका उत्तर था कि अग्निकांड ईश्वर की इच्छा से हुआ किन्तु उसने इसके लिए किन निमित्तों का प्रयोग किया, इसके बारे में उसने अनभिज्ञता प्रकट की। उसने आगे लिखा कि मेरे उत्तरों से समिति संतुष्ट प्रतीत हुई और उसने मुझे बाइज्जत छोड़ दिया।

इस घटना से सभी यह मानने लगे कि यह भविष्यवाणी सर्वथा चमत्कारपूर्ण थी जिसके कारण लोगों का ज्योतिष में विश्वास बहुत बढ़ गया। 9 जून, 1681 को लिली का देहान्त हो गया। उसके मित्र और सहयोगी ज्योतिषी सर एलियास एशमोल ने उसे वाल्टन गिरजाघर के कब्रिस्तान में दफनाया।

यह तो सभी को विदित है कि जब नैपोलियन मामूली-सा कारपोरल था तो संन्यासी पियरे ले क्लर्क के आश्रम तक चढ़कर गया था और उसने अपने चमत्कारपूर्ण भविष्य की पत्री बनवाई थी। यह भी लिखा हुआ है कि जिस विख्यात 'सत्ता पलट' के कारण वह फर्स्ट कौंसल बना था, उसके कुछ दिन पहले वह उसी संन्यासी के पास फिर गया था ताकि वह अपने उद्देश्य–सत्ता पलट के लिए सर्वाधिक अनुकूल दिन जान सके कि उसे कब सत्ता पलट का प्रयास करना चाहिए क्योंकि उस प्रयास पर ही उसका सब कुछ निर्भर था।

महान नैपोलियन की यह खूबी रही कि जिस व्यक्ति का परामर्श उसके लिए इतना लाभप्रद रहा, उसे उसने कभी नहीं भुलाया। सम्राट बन जाने के कुछ सप्ताहों के बाद ही उसने उस संन्यासी को ढूंढ़वाकर अपने पास बुलाया, उसे आजीवन अच्छी-खासी पेन्शन देने की व्यवस्था कर दी और बरसाई के राजमहल के अहाते में ही उसके रहने का सुविधापूर्ण प्रबंध करवा दिया।

इस घटनाक्रम का सबसे दुःखद चरण यही रहा कि वाटरलू के युद्ध के पांच दिन पूर्व वह वृद्ध संन्यासी लड़खड़ाता हुआ नैपोलियन की खोज में निकला ताकि वह उसके हाथ में वह कुंडली दे सके जिसमें आगे आने वाले दिनों के विषय में भविष्यवाणी की गई थी। वाटरलू की निर्णायक लड़ाई से पहले की रात को वह नैपोलियन के मुख्य कार्यालय तक पहंच भी

गया। इसके बाद क्या हुआ होगा, इसका अनुमान ही लगाया जा सकता है लेकिन कुछ भी हो नहीं पाया। मुख्यालय के बाहर खड़े उजड संतरियों ने उसे इधर से उधर धकियाकर परे कर दिया और उस वृद्ध संन्यासी को वह संदेश नैपोलियन तक पहुंचाने का अवसर नहीं मिल पाया। नैपोलियन की सेना के हार कर पीछे लौटने के कुछ दिनों के बाद उसका शव एक नाले में पड़ा मिला। उस समय भी वह भविष्यदर्शी कुंडली को कसकर पकड़े हुए था। उस कुंडली के कुछ फटे हुए पन्ने आज भी पेरिस के अभिलेखागार में सुरक्षित रखे हुए है।

इस संबंध में मैं खासा भाग्यशाली रहा हूं कि मैंने अपनी भविष्यवाणियां घटना घटित होने के बहुत पहले ही लिखकर रख दी है। मेरे पास ऐसे सैकड़ों पत्र हैं जिनमें लिखा है कि अमुक-अमुक घटनाएं मेरी भविष्यवाणियों के अनुसार घटित हुई हैं–कुछ तो मेरे बताए हुए स्थान पर और कुछ ठीक उसी वर्ष या उसी महीने में घटीं। मैं विनम्रतापूर्वक इन तथ्यों को इस बात के प्रमाणस्वरूप पेश करता हूं कि आस्थापूर्वक अध्ययन करने से ज्योतिष विद्या द्वारा सही भविष्यवाणियां करना संभव है।

अब मैं इस सर्वाधिक महत्त्वपूर्ण प्रश्न पर आता हूं जो आगे या पीछे प्रायः सभी व्यक्तियों के मन को कहीं गहरे कुरेदा करता है, क्या सचमुच भाग्य नाम की कोई चीज़ होती है ? जो भाग्य हमारे जीवन-उद्देश्यों को रूपाकार देता है। उसे हम कैसे जाने-समझें ?

ये प्रश्न युग-युगों से दार्शनिकों तथा चिन्तकों के विचार-विवेचन का विषय रहा है और भविष्य में भी सुदीर्घकाल तक चिन्तन-मनन का कारण रहेगा।

अपने अनुभवों के आधार पर मैं तो यही कह सकता हूं कि जिस प्रकार सूर्य तथा ग्रहों से लेकर सूक्ष्मतम अणु-परमाणु के संचरण में एक निश्चित व्यवस्था और एक पूर्व-योजना का आभास मिलता है, ठीक उसी भांति सभी राष्ट्र और समग्र मानव-जाति एक अदृश्य व्यवस्था और पूर्व-योजना में बंधी चलती है, लोग भाग्य में जो लिखा है उसे भोगते हैं और चलते चले जाते हैं।

हर मानव को अलग-अलग ईश्वर के जैसा या उसके प्रतिरूप की भांति सिरजा गया है। अतः मनुष्य ज्ञान-देवता का प्रतिरूप है क्योंकि ऐसा सृजन ईश्वर ही कर सकता है और मानव में ही 'ब्रह्मास्मि' होने की शक्ति है, भले ही वह संसार के किसी भाग में हो।

ज्ञान-प्राप्ति की अदम्य कामना ही आदमी की विद्यमानता का प्रमाण है और ज्ञान ही वह विभाजक रेखा है जो मनुष्य को अन्य प्राणियों–पशु जगत–से भिन्नता प्रदान करती है। आत्म-ज्ञान के द्वारा मनुष्य ही मुक्त हो सकता है। ज्ञान के द्वारा मनुष्य 'होनी' पर विजय पा सकता है जो उसे अज्ञान की अवस्था में भुगतनी ही पड़ती है।

अब मैं एक उदाहरण देता हूं। मान लीजिए कि किसी को यह पता चल जाए कि उस क्षण एक भारी पत्थर छत से गिरकर उसके सिर की तरफ आ रहा है। ऐसी स्थिति में समझदार व्यक्ति छलांग लगाकर एक तरफ हट जाएगा और अपने आपको बचा लेगा। लेकिन पत्थर गिर रहा है तो उसे गिरना ही है। दूसरे शब्दों में उसकी मृत्यु का कारण तो मौजूद था, पहले से ही उसका ज्ञान होने के कारण वह अपना बचाव कर पाता है।

अब मान लीजिए के ज्योतिष के अध्ययन से किसी को पता चल जाता है कि किसी खास उम्र में उसका स्वास्थ्य गंभीर रूप से खराब होगा। एक समझदार व्यक्ति इस चेतावनी की गंभीरता समझेगा और उस खतरे से बचने की कोशिश करेगा; यह कोशिश तो अवश्य करेगा कि उसके कम-से-कम कुपरिणाम उसे भोगने पड़ें।

जिन लोगों को यह विश्वास नहीं होता कि कुछ ऐसी विद्याएं भी हैं, जिनसे भविष्य में होने वाली घटनाओं की पहले से जानकारी हो पाना संभव है। ऐसे लोगों से मेरा यही कहना है कि वे लोग कुछ उदारमना होकर थोड़ा-सा समय इन विद्याओं को जांचने-समझने में लगाएं और मेरी तरह यह विश्वास करें कि इस प्रकार अर्जित ज्ञान न केवल भौतिक दृष्टि से लाभप्रद रहेगा, बल्कि अदृष्ट के प्रति विश्वास-भाव भी जगाएगा और उस दैवी-आयोजन का आभास भी कराएगा जिसके अनुरूप मानव का विकास

हुआ। ज्ञान की प्राप्ति ही मनुष्य की सबसे बड़ी आकांक्षा होती है।

आगामी पृष्ठों में मैंने यह बताने का प्रयास किया है कि मानव जाति के पूर्व काल से लेकर आज तक, ज्योतिष के अध्ययन द्वारा स्पष्ट है कि प्रत्येक मास का एक मूलभूत अर्थ होता है और चाल्डीन के अंक-विज्ञान के अनुसार हर महीने के हर दिन पर भी ग्रहों का प्रभाव पड़ता है। मैंने अपने दीर्घकाल के अनुभव द्वारा इस जानकारी को प्रामाणिक पाया है। हर व्यक्ति के जीवन के हर वर्ष का ग्रह स्थिति के अनुसार अलग-अलग प्रभाव पड़ता है।

जहां तक मुझे ज्ञात है, संसार में ग्रह-नक्षत्रों के क्रमिक प्रभाव को यहां पहली बार प्रस्तुत किया जा रहा है ताकि राशि-चक्रों पर आधारित ज्योतिष विद्या उस विशाल जनता की सहायता कर सके जिनके पास ज्योतिष पद्धति के अनुसार भविष्य में झांकने के लिए न तो गणित के लम्बे-चौड़े पचड़े में पड़ने की दिलचस्पी है और न इसके लिए पर्याप्त समय ही होता है।

–कीरो

स्वास्थ्य और आपकी जन्म-तिथि

1, 10, 19, 28 जनवरी को जन्मे व्यक्ति

(इस मास के अंक 1 के व्यक्ति)

यदि आपका जन्म ऊपर बताई गई किसी तारीख को हुआ है तो ज्योतिष शास्त्र के नियमों और चाल्डीन अंक-विज्ञान पर आधारित मेरी गणना-पद्धति के अनुसार आप सूर्य, अरुण (यूरेनस) और शनि के प्रभाव में आते हैं। आपकी राशि मकर है–शनि का घर अनुकूल पृथ्वी त्रैविध्य का तीसरा घर।

स्वास्थ्य : यदि आपका जन्म 1, 10, 19 या 28 जनवरी को हुआ है तो आपमें बहुत शारीरिक शक्ति होगी, बशर्ते कि आप किसी भी प्रकार के नशे की लत न डालें या नशीला पदार्थ सेवन न करें। आपको ठंड लगने से परेशानी हो सकती है। जिससे गठिया और जोड़ों का दर्द भी हो सकता है। इन रोगों से बचने के लिए आप ऊंचाई वाली जगह और यथासंभव शुष्क जलवायु वाले क्षेत्र में रहें।

आपके लिए सबसे महत्त्वपूर्ण अंक 1 (जो सर्य का प्रतिनिधि है) और 4 (अरुण का प्रतिनिधि है)। आपको अपने सारे काम इन्हीं महत्त्वपूर्ण तारीखों के या जिन तारीखों का जोड़ 1 या 4 हो करना चाहिए जैसे किसी माह की 1, 4, 10, 13, 19, 22.28 और 31 तारीखें।

2, 11, 20, 29 जनवरी को जन्मे व्यक्ति

(इस मास के अंक 2 के व्यक्ति)

यदि आपका जन्म ऊपर बताई किन्हीं तारीख को हुआ है तो ज्योतिष शास्त्र नियमों और चाल्डीन अंकविज्ञान पर आधारित मेरी गणना-पद्धति के अनुसार आप चंद्र और वरुण (नैप्चून) के प्रभाव में आते हैं। आपकी राशि मकर है शनि का घर (अनुकूल), पृथ्वी त्रैविध्य का तीसरा घर।

स्वास्थ्य : आपमें ज़रूरत से ज्यादा दिमागी काम अपने सिर पर लेने की प्रवृत्ति होगी जिससे स्नायु-तंत्र में अधिक तनाव के कारण आपके स्वास्थ्य में गड़बड़ी हो सकती है। इस अवस्था में थोड़ा-सा तनाव कम करना या विश्राम कर लेना आपके स्वास्थ्य को फिर से सामान्य बना देगा। आपको किसी खास किस्म का ही भोजन करने में विश्वास हो जाएगा जो आपके लिए लाभदायक ही रहेगा। आपको सभी प्रकार की गठिया या जोड़ों के दर्द से अपने स्वास्थ्य की रक्षा करनी चाहिए और अगर संभव हो तो शुष्क जलवायु वाले स्थान पर रहना आपके लिए हितकर होगा। कभी-कभी आपके आंख में तकलीफ हो सकती है और रीढ़ की हड्डी में टेढ़ापन या कमजोरी होना संभव है।

आपके लिए सबसे महत्त्वपूर्ण अंक 2 (चंद्र का प्रतिनिधि) और 7 (वरुण का प्रतिनिधि) है। आपको अपने सारे काम इन्हीं महत्त्वपूर्ण तारीखों को या उन तारीखों को करना लाभप्रद होगा। जिनके अंकों का जोड़ 2 या 7 हो जैसे किसी मास की 2, 7, 11, 16, 20, 25 और 29 तारीखें।

3, 12, 21, 30 जनवरी को जन्मे व्यक्ति

(इस मास के अंक 3 के व्यक्ति)

यदि आपका जन्म ऊपर लिखी किसी तारीख को हुआ है तो ज्योतिष शास्त्र

के नियमों और चाल्डीन अंक-विज्ञान पर आधारित मेरी गणना-पद्धति के अनुसार आप वृहस्पति के प्रभाव में आते हैं और आपकी राशि मकर, शनि (उच्च) का घर और पृथ्वी-त्रैविध्य का तीसरा घर है।

स्वास्थ्य : वैसे तो आपका शरीर स्वस्थ और सशक्त रहेगा; लेकिन दिमाग पर निरन्तर बोझ रहने और ज़रूरत से ज़्यादा काम करने के कारण स्वास्थ्य पर प्रतिकूल प्रभाव पड़ सकता है। अगर आपने अपनी शक्ति को बचाकर न रखा तो आपको लकवा मार सकता है या दिल की धड़कन अचानक बंद हो सकती है। यदि आप औसत आयु तक जीवित नहीं रहते तो इसमें दोष आपका ही होगा।

आपके लिए सबसे महत्त्वपूर्ण अंक हैं 3 या इस शृखला के अंक (जो वृहस्पति के प्रतिनिधि है) और 8 (जो शनि का प्रतिनिधि) है। आपकी अपनी योजनाएं अंक 3 की तारीखों–जैसे 3, 12, 21 और 30 को आरंभ करना चाहिए।

यदि आपका जन्म 30 जनवरी को हुआ है तो आपकी राशि कुंभ होगी जो शनि (नीच) का घर है। परन्तु शनि के नकारात्मक प्रभाव के कारण आप पर बंधन कम होंगे और इस कारण आप जीवन से अधिकाधिक ग्रहण कर सकेंगे।

4, 13, 22, 31 जनवरी को जन्मे व्यक्ति

(इस मास के अंक 4 के व्यक्ति)

यदि आपका जन्म ऊपर लिखी किसी तारीख को हुआ है तो ज्योतिष शास्त्र के नियमों और चाल्डीन अंक-विज्ञान पर आधारित मेरी गणना-पद्धति के अनुसार आप अरुण (यूरेनस), सूर्य और शनि के प्रभाव में आते हैं आपकी राशि मकर है, शनि (उच्च) का और पृथ्वी त्रैविध्य का तीसरा घर।

स्वास्थ्य : इस मामले में आप अपने को विचित्र स्थिति में पाएंगे। किसी बीमारी की अपेक्षा दुर्घटनाओं के कारण आपके अस्वस्थ होने की संभावना अधिक रहेगी। आपके शरीर का निचला भाग और पैरों का

अधिक प्रभावित होना संभव है।

आपके सबसे महत्त्वपूर्ण अंक 4 और इस श्रंखला के अन्य अंक हैं जो अरुण (यूरेनस) का प्रतिनिधित्व करते हैं। अंक 1 और उसकी श्रृंखला के अंक जो सूर्य का और 8 तथा उसकी शृंखला के अंक भी जो शनि का प्रतिनिधित्व करते हैं, महत्त्वपूर्ण होंगे।

अंक 4 और 1 आपके लिए शुभ हैं। 8 का अंक अपने-आप ही आगे के जीवन में खिंच आएगा, लेकिन जहां तक संभव हो, इस अंक का प्रयोग न करें। 8 की श्रृंखला के अंक हैं। किसी भी महीने की 8, 17 और 26 तारीखें।

आपको पूरा प्रयत्न करना चाहिए कि आप 1 या 4 तारीख को या उन महत्त्वपूर्ण तारीखों को जिनका योग 1 या 4 हो, अपने आवश्यक काम करें। ये तारीखें हैं : 1, 4, 10,13, 19, 22, 28 और 31।

5, 14, 23 जनवरी के जन्मे व्यक्ति

(इस महीने के अंक 5 के व्यक्ति)

यदि आपका जन्म ऊपर बताई हुई किसी तारीख को हुआ है तो ज्योतिष शास्त्र के नियमों और चाल्डीन अंक-विज्ञान पर आधारित मेरी गणना-पद्धति के अनुसार आप बुध और शनि के प्रभाव में आते हैं। आपका घर शनि (उच्च) अर्थात् पृथ्वी त्रैविध्य का तीसरा घर।

स्वास्थ्य : यदि आपका जन्म 5, 14 या 23 जनवरी को हुआ है तो आपको विश्राम करने और स्नायु-तंत्र का तनाव कम रखने की सबसे अधिक चिन्ता करनी चाहिए। आपको हर अनुभूति शिद्दत के साथ होगी और मिजाज़ में बहुत उतार-चढ़ाव हुआ करेगा। कभी-कभी आप गहरी निराशा में डूब जाते हैं। जिसका आपकी पाचन-क्रिया पर खराब असर पड़ता है जिससे रक्तता में अम्लता बढ़ जाने के कारण जोड़ों, हड्डियों, खासकर घुटनों में दर्द रह सकता है।

आपके लिए सबसे महत्त्वपूर्ण अंक हैं 5 और उसकी श्रृंखला के अन्य अंक

जैसे 5, 14, 23। वैसे आपके लिए आमतौर पर सभी अंक शुभ हैं। केवल 4 और 8 की श्रृंखला की तारीखों को छोड़कर जो 4, 13, 22, 31, 8, 17 और 26 हैं।

आपको कोशिश यही करनी चाहिए कि अपनी योजनाओं पर अपने अंक 5 या उसकी श्रृंखला की तारीखों यथा 5, 14 और 23 (किसी भी महीने की) तारीखों को ही करें।

6, 15, 24 जनवरी को जन्मे व्यक्ति

(इस महीने के अंक 6 के व्यक्ति)

यदि आपका जन्म ऊपर बताई गई किसी तारीख को हुआ है तो ज्योतिष शास्त्र के नियमों और चाल्डीन अंक-विज्ञान की मेरी गणना पद्धति के अनुसार आपकी राशि मकर है, शनि (उच्च) का घर जो पृथ्वी त्रैविध्य का तीसरा घर है। आप शुक्र और शनि के प्रभाव में आते हैं।

स्वास्थ्य : यदि आपका जन्म 6, 15 या 24 जनवरी को हुआ है तो आप जीवन भर अधिक अच्छे स्वास्थ्य की आशा कर सकते हैं। आपको आग और मोटर कार जैसी चीज़ों से खतरा होगा। आपको अपने जीवन और सम्पत्ति का बीमा करा लेना चाहिए।

आपके लिए सर्वाधिक महत्त्वपूर्ण अंक और संख्या है 6 तथा उसकी श्रृंखला की अन्य तारीखें जैसे 6, 15 और 24। आपको अपने लिए कोई भी महत्त्वपूर्ण कार्य इन्हीं तारीखों को करना चाहिए।

4 तथा 8 अंक वाली या इनकी श्रृंखला वाली तारीखों जैसे 4, 8, 13, 17, 22, 26 तथा 31 को बहुत सावधानी बरतनी चाहिए।

7, 16, 25 जनवरी को जन्मे व्यक्ति

(इस महीने के अंक 7 के व्यक्ति)

यदि आपका जन्म ऊपर लिखी किसी तारीख को हुआ है तो ज्योतिष शास्त्र

और चाल्डीन अंक-विज्ञान पर आधारित मेरी गणना-पद्धति के अनुसार आप वरुण, चंद्र और शनि के प्रभाव में आते हैं। आपकी राशि मकर है–शनि का घर (उच्च) जो पृथ्वी त्रैविध्य का तीसरा घर है।

स्वास्थ्य : जीवन के आरंभिक वर्षों में आपका स्वास्थ्य कुछ नाज़ुक ही रहेगा। आपको कोई ऐसी विचित्र बीमारी हो सकती है जिसका साधारण तरीकों से पता लगाना कठिन होगा। आपको अपने गले, फेफड़ों और हृदय का विशेष ध्यान रखना चाहिए।

आपके लिए सबसे महत्त्वपूर्ण, अंक 7 और 2 तथा उनकी श्रृंखला के अंक हैं। इन्हीं तारीखों को आप अपने सभी ज़रूरी काम करें। ये तारीखें हैं 7, 11, 16, 20, 25 और 29।

आपको 4 और 8 अंकों वाली तारीखों को जन्मे लोगों से अधिक से अधिक कष्ट तथा अप्रसन्नता प्राप्त होगी जैसे 4, 8, 13, 17, 22, 26 और 31।

8, 17, 26 जनवरी को जन्मे व्यक्ति

(इस माह के अंक 8 के व्यक्ति)

यदि आपका जन्म ऊपर लिखी किसी तारीख को हुआ है तो ज्योतिष शास्त्र के नियमों और चाल्डीन अंक-विज्ञान पर आधारित मेरी गणना-पद्धति के अनुसार आपकी राशि मकर है; शनि (उच्च) का घर है। जो पृथ्वी त्रैविध्य का तीसरा घर है। आप उच्च शनि के प्रभाव में आते हैं।

स्वास्थ्य : आपको आकस्मिक और अनपेक्षित बीमारियां होने की संभावना है। कोई आंतरिक अंग अचानक कार्य करना बंद कर देगा या कुछ गड़बड़ी होगी और शल्य-क्रिया की आवश्यकता भी पड़ सकती है। इसके साथ ही लम्बी अवधि तक स्वास्थ्य अच्छा रहने का भी अनुभव होगा।

आपको खान-पान (पथ्य-कुपथ्य) के विषय में औसत व्यक्ति से अधिक जानकारी रखनी चाहिए और आपको नमी वाले निचले इलाके में अधिक समय तक नहीं रहना चाहिए।

आपके निचले अंगों में चोट लगने की संभावना है कमजोरी हो सकती है या पांव में मोच आ सकती है। गिरने या किसी दुर्घटना के कारण रीढ़ की हड्डी को भी चोट पहुंचने की संभावना है।

8 और 4 तथा इनकी श्रृंखला के अंक आपके सबसे महत्त्वपूर्ण अंक हैं। इन अंकों वाली तारीखों की आपके जीवन में महत्त्वपूर्ण भूमिका रहेगी।

9, 18, 27 जनवरी को जन्मे व्यक्ति

(इस महीने के अंक 9 के व्यक्ति)

यदि आपका जन्म ऊपर लिखी किसी तारीख को हुआ है तो ज्योतिष शास्त्र के नियमों और चाल्डीन अंक-विज्ञान की मेरी गणना-पद्धति के अनुसार आपकी राशि मकर है। आप मंगल और शनि के प्रभाव में आते हैं शनि (उच्च) का घर पृथ्वी त्रैविध्य का तीसरा घर है।

स्वास्थ्य : आरंभ से ही आपका स्वास्थ्य अच्छा रहेगा और शारीरिक गठन भी उत्तम होगा। यह स्थिति वृद्धावस्था तक चलेगी लेकिन आयु-वार्धक्य के साथ अधिक दबाव के कारण हृदय रोग की समस्या उठ खड़ी होगी। यदि आप पूरा विश्राम कर सकें तो संभव है कि दिल के दौरे की स्थिति कुछ समय के लिए टल जाए। परन्तु संकेत यही है कि आपकी आकस्मिक मृत्यु होगी बिना किसी पूर्व सूचना के।

आपके सबसे महत्त्वपूर्ण अंक 9 और उसकी शृंखला के अन्य अंक हैं। आपको अपनी योजनाएं अथवा महत्त्वपूर्ण काम इन्हीं अंकों की तारीखों 9, 18 तथा 27 को करने का प्रयत्न करें।

अंक 8 और 4 की तथा किसी भी मास की 4, 8, 13, 17, 22 और 26 तारीख को जन्मे लोगों की आपके जीवन में महत्त्वपूर्ण भूमिका होगी। परन्तु ये अंक और ये लोग आपके लिए शुभ नहीं होंगे।

व्यक्तिगत रूप से आपको यथा-संभव 4 और 8 तथा इनकी शृंखला के अंकों वाले लोगों के चक्कर में नहीं पड़ना चाहिए।

1, 10, 19, 28 फरवरी को जन्मे व्यक्ति

(इस माह के अंक 1 के व्यक्ति)

अब हम फरवरी मास के अलग-अलग दिनों में जन्मे व्यक्तियों के विषय में विचार करेंगे।

मैं पहले ही इस बात की ओर ध्यान आकृष्ट कर चुका हूं कि मकर राशि जनवरी का स्वामी शनि (उच्च का) है और कुंभ (फरवरी) का स्वामी शनि (नीच का) है।

प्रत्येक राशि के आरंभ और अन्त के 7 दिन संक्रांति काल के होते हैं। इस काल में एक राशि-चिह्न की दूसरे राशि के चिह्न पर छाया पड़ती रहती है। क्योंकि एक का अन्त हो रहा होता है और दूसरे का आरंभ।

इस प्रकार जनवरी 21 से 28 तक का समय मकर और कुंभ राशि का संधिकाल है। 21 जनवरी के बाद प्रतिदिन मकर राशि का प्रभाव घटता है और कुंभ की शक्ति बढ़ती है। लगभग 28 जनवरी से 19 फरवरी तक कुंभ राशि अपने पूरे प्रभाव में रहती है। 19 फरवरी के बाद अगली राशि मीन का प्रभाव शुरू हो जाता है और अगले 7 दिनों तक कुंभ और मीन राशि का संधिकाल रहता है।

इसलिए हमें याद रखना होगा कि फरवरी का लगभग पूरा महीना कुंभ राशि से प्रभावित रहता है जिसका स्वामी शनि (नीच का) है जो पृथ्वी त्रैविध्य का तीसरा घर है। इस कारण फरवरी के सभी दिनों को जन्मे लोगों पर जनवरी की उन्हीं तारीखों के संदर्भ में दिए गए वर्णन लागू होते हैं। लेकिन अब शनि (नीच का) प्रभाव के कारण उनका फल उतना अशुभ नहीं होगा।

यदि आपका जन्म 19 फरवरी तक ऊपर बताई गई तारीखों में से किसी तारीख को हुआ है तो ज्योतिष शास्त्र के नियमों और चाल्डीन अंक विज्ञान की मेरी गणना पद्धति के अनुसार आप कुंभ राशि के अरुण (यूरेनस), सूर्य और शनि के प्रभाव में आते हैं। इसका घर नीच के शनि का है जो वायु त्रैविध्य का तीसरा घर है।

स्वास्थ्य : यदि आपका जन्म 1, 10 या 19 फरवरी को हुआ है तो आपमें अत्यधिक बौद्धिक स्फूर्ति होगी लेकिन आपका शरीर उतना सशक्त नहीं होगा, जितना 28 फरवरी को जन्मे व्यक्तियों का। आपकी पाचन क्रिया अक्सर गड़बड़ रहेगी। आपको थोड़ा-थोड़ा करके कई बार खाना चाहिए। और लोगों की अपेक्षा आपको नींद की भी अधिक आवश्यकता रहेगी। आपका शरीर छरहरा होगा और किसी भी रोग को जल्दी दूर कर सकेंगे।

आपके सबसे महत्त्वपूर्ण अंक हैं 1 (सूर्य का प्रतिनिधि) और 4 (अरुण अर्थात् यूरेनस का प्रतिनिधि) आपको अपने सारे काम इन्हीं तारीखों को या इनके योग वाली तारीखों को करने चाहिए। ये तारीखें हैं–1, 4, 10, 13, 19, 22, 28 और 31।

2, 11, 20, 29 फरवरी को जन्मे व्यक्ति

(इस महीने के अंक 2 के व्यक्ति)

यदि आपका जन्म ऊपर बताई गई फरवरी मास की किसी तारीख को हुआ है तो ज्योतिष शास्त्र के नियमों और चाल्डीन अंक-विज्ञान की मेरी गणना-पद्धति के अनुसार आप चंद्र और वरुण (नैप्चून) के प्रभाव में आते हैं शनि नीच का है, इसलिए उसका प्रभाव अधिक अशुभ और प्रतिकूल नहीं होगा। आप अपनी योजनाओं पर अमल करने और महत्त्वाकांक्षाओं को पूरा करने की दृष्टि से अधिक अनुकूल स्थिति में होंगे।

स्वास्थ्य : स्वास्थ्य के मामले में आपको अधिक शिकायत नहीं रहेगी। आपका स्वास्थ्य सामान्य रूप से अच्छा रहेगा और सादा जीवन बिताने के नियमों का पालन करने के कारण आपके दीर्घायु होने की संभावना है।

आपके शुभ रंग और रत्न वही हैं जो जनवरी की इन्हीं तारीखों को जन्मे व्यक्तियों के लिए बताए गए हैं परंतु आपको अंक 8 के दुष्प्रभावों से डरने की आवश्यकता नहीं है। पर अंक 8 और 4 तथा इस श्रृंखला के अन्य

अंकों से आपको बचना चाहिए।

जिन लोगों का जन्म 20, 29 फरवरी को हुआ है, वे मीन राशि में संक्रांति काल के कारण और वृहस्पति (नीच के) घर के अन्तर्गत होने के कारण उनके सबसे महत्त्वपूर्ण अंक हैं 2, 7, 11, 16, 20, 25, 29 और 3, 12, 21 और 30।

3, 12, 21 फरवरी को जन्मे व्यक्ति

(इस महीने के अंक 3 के व्यक्ति)

यदि आपका जन्म ऊपर बताई किसी तारीख को हुआ है तो ज्योतिष शास्त्र के नियमों और चाल्डीन अंक विज्ञान की मेरी गणना पद्धति के अनुसार, आपकी राशि कुंभ वायु त्रैविध्य का तीसरा घर है और आप वृहस्पति और शनि के प्रभाव में आते हैं।

स्वास्थ्य : अत्यधिक काम की थकान के कारण स्नायु तंत्र की गड़बड़ी होने का खतरा रहेगा। न्यूराइटिस, साइटिका, जिगर में सूजन, एक ही धमनियों या एक शिराओं के सख्त हो जाने और उच्च रक्त-चाप की शिकायतें हो सकती हैं। इसलिए आपको अपने स्नायु-तंत्र के तनाव को यथा-संभव कम रखना चाहिए और सादा भोजन करें एवं पूरी नीद लें।

आपके सबसे महत्त्वपूर्ण अंक 3 और 8 तथा उनकी श्रृंखला के सारे अंक हैं जैसे 3, 8, 12, 17, 21, 26 और 30।

यदि आपका जन्म कुंभ राशि में हुआ है, जिसका स्वामी शनि (नीच का) है तो इस ग्रह के क्षीण होते प्रभाव के कारण आप उन लोगों की अपेक्षा अधिक भाग्यशाली रहेंगे जिनका जन्म जनवरी की इन्हीं तारीखों को हुआ हो।

लेकिन आप 4 और 8 अंकों के प्रभाव को भी आकर्षित करेंगे। इन तारीखों और इनकी श्रृंखला की तारीखों को जन्मे व्यक्ति भी अपनी ओर खिचेंगे। ये तारीखें हैं–4, 8, 13, 17, 22, 26 और 31।

4, 13, 22 फरवरी को जन्मे व्यक्ति

(इस मास के अंक 4 के व्यक्ति)

यदि आपका जन्म इनमें से किसी तारीख को हुआ है तो ज्योतिष-शास्त्र के नियमों और चाल्डीन अंक-विज्ञान की मेरी गणना-पद्धति के अनुसार आपकी राशि कुभ है, वायु त्रैविध्य का तीसरा घर। आप अरुण (यूरेनस), सूर्य और शनि (नीच) के प्रभाव के अधीन आते हैं।

स्वास्थ्य : आपके शरीर पर दिमाग हावी रहेगा। यदि आपका मन काम में लगता है और खुशगवार, मानसिकता में रहेंगे तो आप चाहे जो भी काम करें, आपका स्वास्थ्य भी ठीक रहेगा और रोग भी पास न फटकेंगे। लेकिन यदि आपने मन को उदास और निराशायुक्त होने दिया, उदासी और निराशा को बढ़ाने वाले विचारों में डूबे रहे तो आपका स्वास्थ्य भी ठीक नहीं रहेगा। इस स्थिति के अधिक समय तक बने रहने पर, पाचन-तंत्र के स्नायुओं में ऐसे गड़बड़ी हो सकती है। जिसे ठीक करना कठिन होगा।

आपके जीवन के सबसे महत्त्वपूर्ण और उत्कर्ष वाले वर्ष हैं–1, 4, 10, 13, 19, 22, 28, 31, 37, 40, 46, 49, 55, 58, 64, 67, 73 और 76।

22 फरवरी को जन्मे लोगों को अक्सर अपने विचारों के काफी विरोधों का सामना करना पड़ेगा। ये लोग बहुत अधिक गलतफहमियों के भी शिकार हो सकते हैं। ये अपने आप में ही खोये रहते हैं। ये लोग दिखावा पसंद नहीं करते और अपने आंतरिक भावों को शब्दों में व्यक्त भी नहीं करते। ये अच्छे संगठन-कर्ता होते हैं, वक्ता कम। ये न तो परम्परा की परवाह करते हैं और न दूसरों की राय की। जीवन के प्रति उनकी दृष्टि दार्शनिकतापूर्ण होती है।

5, 14, 23 फरवरी को जन्मे व्यक्ति

(इस माह के अंक 5 के व्यक्ति)

यदि आपका जन्म ऊपर बताई गई किसी तारीख को हुआ है तो ज्योतिष शास्त्र के नियमों और चाल्डीन अंक-विज्ञान की मेरी गणना-पद्धति के अनुसार आपकी राशि कुंभ है, वायु त्रैविध्य का तीसरा घर। आप पर बुध और शनि (नीच) का प्रभाव है।

स्वास्थ्य : सामान्यतः आप स्वस्थ और स्फूर्तिवान रहेंगे लेकिन कभी-कभी जिगर, गुर्दे और पित्ताशय में खराबी की शिकायत हो सकती है। इन तारीखों को जन्मे कुछ लोग ऐसे भी होंगे जो अमीर घरों में जन्मे होने पर शराब और नशे की अन्य वस्तुओं के सेवन और भोग-विलास की जिन्दगी बिताकर अपना शरीर खराब कर लेंगे। ऐसे लोगों को पहचानना कठिन नहीं है क्योंकि वे सुस्त, चिड़चिड़े और उद्देश्यहीन होते हैं। इन्हें गुस्सा भी बहुत जोर से आता है।

यदि आपका जन्म 5, 14 और 23 फरवरी को हुआ है तो आपके लिए सबसे शुभ अंक हैं 5 और उसकी श्रृंखला के अंक। आपकी शुभ तारीखें भी किसी महीने की 5, 14 और 23 होंगी, खासकर फरवरी, जून और सितंबर मास में।

6, 15, 24 फरवरी को जन्मे व्यक्ति

(इस माह के अंक 6 के व्यक्ति)

यदि आपका जन्म ऊपर बताई गई किसी तारीख को हुआ है तो ज्योतिष शास्त्र के नियमों और चाल्डीन अंक-विज्ञान की मेरी गणना-पद्धति के अनुसार आपकी राशि कुंभ है, वायु त्रैविध्य का तीसरा घर। आप शुक्र और शनि (नीच) के प्रभाव में आते हैं।

स्वास्थ्य : भाग्य ने आपको स्वस्थ शरीर दिया है और रोगों की चिन्ता आपको नहीं सताएगी। बदलते मौसम में या आपकी अपनी लापरवाही से

स्वास्थ्य को कुछ खतरा हो सकता है। श्वसन प्रणाली और फेफड़े आपके शरीर के कमजोर अंग हैं। स्नायु-तंत्र में तनाव और न्यूमोनिया का खतरा संभव है।

आपका शुभ अंक 6 और उसकी शृंखला के अंक हैं। कोई भी महत्त्वपूर्ण काम करने के लिए 6, 15 और 24 तारीखें सबसे अच्छी हैं।

7, 16, 25 फरवरी को जन्मे व्यक्ति

(इस माह के अंक 7 के व्यक्ति)

अगर आपका जन्म 7, 16, 25 फरवरी को हुआ है तो, ज्योतिष शास्त्र के नियमों और चाल्डीन अंक-विज्ञान की मेरी गणना-पद्धति के अनुसार आपकी राशि कुंभ है, वायु त्रैविध्य का तीसरा घर। आप अंक 7, 2, 4 और 8 के प्रभाव में आते हैं, जिनका ज्योतिष में प्रतिनिधित्व वरुण (नेप्चून) (1), चंद्र (2), अरुण (यूरेनस) (4) और शनि (8) करते हैं।

इन तारीखों में जन्मे व्यक्तियों को स्वास्थ्य संबंधी विचित्र अनुभव होंगे। जीवन के आरंभिक दिनों में उनका स्वास्थ्य नरम रहेगा। उनके रोग का पता लगाने के लिए डाक्टर उन पर तरह-तरह के प्रयोग करेंगे लेकिन वे उनके लिए एक पहेली ही बने रहेंगे। वे स्वयं भी कई 'राम-बान' औषधियों का उपयोग करने को तत्पर रहेंगे और इसके लिए पैसा भी बरबाद करेंगे। उनको हमेशा पेट की कोई रहस्यमय बीमारी रहेगी। उनका खान-पान और खाद्य पदार्थों का चयन भी अजीब ही होगा। वे दूसरे लोगों की निकटता के प्रति तीक्ष्ण प्रति वाले होंगे और यदि किसी ऐसे व्यक्ति के साथ रहना पड़ जाए जिसे वे पसंद न करते हों तो अक्सर बीमार पड़ जाएंगे।

फरवरी 7, 16, 25 को जन्मे व्यक्तियों को यथा-संभव दवाइयों या भेषजों से बचना चाहिए। ताजा पानी डटकर पीना, खूब सोना और सादा भोजन उन्हें संसार के तमाम विशेषज्ञों की अपेक्षा जल्दी स्वस्थ कर सकते हैं।

आपके शुभ रंग और रत्न वही होंगे जो जनवरी को 7, 16 या 25 तारीखों को जन्मे व्यक्तियों के लिए शुभ हैं। परन्तु इसमें एक अंतर होगा। यदि आपका जन्म 25 फरवरी को हुआ है तो कासनी रंग के सभी शेड और बैंगनी रंग भी शुभ होगा।

यदि आपका जन्म 25 फरवरी को हुआ है तो आपको साधारण लीक से हटकर किसी असामान्य कार्य-क्षेत्र का चुनाव करना चाहिए। बौद्धिक स्तर पर जीने के कारण, आप उन लोगों से धोखा खा सकते हैं जो हमेशा अधिक से अधिक धन कमाने के भौतिक जीवन स्तर वाले हैं और स्वर्ण को ही अपना भगवान समझते हैं।

आपके लिए महत्त्वपूर्ण अंक हैं 7 और 2 तथा इनकी श्रृंखला के अन्य अंक। आपको इन्हीं अंकों वाली तारीखों को अपने महत्त्वपूर्ण कार्य करने चाहिए। ये शुभ तारीखें हैं 2, 7, 11, 16, 20, 25 और 29।

आपको इस बात के लिए बहुत ही सावधान रहना चाहिए कि 4 और 8 या इनके योग वाली तारीखों, जैसे–4, 8, 13, 17, 22, 26 और 31 को कोई महत्त्वपूर्ण काम न करें।

8, 17, 26 फरवरी को जन्मे व्यक्ति

(इस माह के अंक 8 के व्यक्ति)

यदि आपका जन्म ऊपर बताई गई किसी तारीख को हुआ है तो ज्योतिष शास्त्र के नियमों चाल्डीन अंक-विज्ञान की मेरी गणना-पद्धति के अनुसार आपकी राशि कुंभ है, वायु-त्रैविध्य का तीसरा घर। आप शनि (नीच के) और अरुण (यूरेनस) के प्रभाव में आते हैं।

स्वास्थ्य : फरवरी की इन तारीखों को जन्मे लोग जितने स्वस्थ दिखते हैं, वे वास्तव में उतने स्वस्थ होते नहीं। उन्हें बीमारी का कोई पूर्व संकेत भी नहीं मिलेगा। अक्सर दिल की धड़कन रुकने या दिमाग में खून के थक्के जमने के कारण उनकी अचानक मृत्यु हो सकती है।

जो व्यक्ति 4 या 8 को या ये अंक बनाने वाली तारीखों को जैसे 13, 22, 31, 17, 26 को जन्मे हैं, उनके जीवन में इन अंकों का बहुत महत्त्व होगा। इस मास में 4, 13 और 22 तारीखों का इतना प्रभाव इस कारण है क्योंकि ग्रह स्वग्रही राशि कुंभ में है और नीच के शनि का ही नहीं, अरुण अर्थात् यूरेनस ग्रह और उसके उत्कर्ष का घर भी है।

जब हम 26 फरवरी को जन्मे व्यक्तियों के भविष्य का विचार करते हैं, तो हम पाते हैं कि यह अवधि मीन राशि का संधि-काल होने के कारण (मीन राशि का स्वामी वृहस्पति है) 8 और 3 अंकों का प्रभाव बढ़ जाता है जो उन्हें जनवरी की इसी तारीख अथवा 8 या 17 फरवरी को जन्मे लोगों की अपेक्षा अपना भाग्य विधाता स्वयं बनने की अधिक क्षमता प्रदान करते हैं।

मैं इसे इस प्रकार कहना चाहूंगा कि उनकी पीठ पर वृहस्पति के प्रभाव का हाथ होता है। इसलिए 8 और 17 फरवरी को जन्मे लोगों की अपेक्षा उनको परिस्थितियों, पारिवारिक बंधनों आदि के झगड़े कम झेलने पड़ते हैं और वे अपनी आकांक्षाओं को पूर्ण करने के लिए अपने को अपेक्षाकृत अधिक स्वतंत्र पाते हैं।

सामान्य नियम के अनुसार 8 अंक के व्यक्तियों में, चाहे वे किसी भी मास में जन्में हों, अपनी ही कुछ विशिष्टताएं होती हैं। वे लोग या तो बहुत ही सफल होते हैं या बिल्कुल असफल। उनके साथ जो कुछ भी होता है, वह चरम सीमा तक होता है। वे या तो जीवन के रंगमंच पर बहुत महत्त्वपूर्ण भूमिका निभाते हैं; फिर वह भूमिका चाहे अच्छी हो या दुष्टतापूर्ण। या फिर उनकी आत्मा बंदी बनी रहती है–बंधनों में जकड़ी, अपने को मुक्त करने के लिए छटपटाती हुई।

अंक 8 के व्यक्ति विशेषकर वे जिनका जन्म इस अंक वाली किसी तारीख को जनवरी या फरवरी मास में हआ हो, उनका जीवन असाधारण होने की संभावना रहती है। चाहे भाग्य के कारण हो या अपने स्वभाव के कारण, उन्हें अपने विधान की सीमाओं में रहते हुए, अपने उद्देश्य की पूर्ति के लिए उसका सदुपयोग करने का प्रयत्न करना चाहिए।

यदि आपका जन्म 8, 17 या 26 फरवरी को हुआ है तो अपने जीवन या व्यवसाय में किसी असाधारण काम के लिए आपका नाम आने वाली

पीढ़ियों तक याद किया जाएगा।

अपने घरेलू जीवन या परिवेश में आप बहुत सुखी नहीं रहेंगे लेकिन आप चाहे जहां हों आपका विशिष्ट व्यक्तित्व सबसे अलग पहचाना जाएगा।

आप जो भी काम करेंगे, उससे धन अर्जित करेंगे लेकिन अधिक संभावना इसी बात की है कि इस धन को या तो परिस्थितियां खर्च करा लेंगी या आपके आस-पास के लोग। इसलिए मेरी तो यही सलाह रहेगी कि आप अपने बुढ़ापे के लिए समुचित व्यवस्था अवश्य कर लें।

आपको सट्टेबाजी या खतरे वाला कोई व्यवसाय नहीं करना चाहिए। ऐसा मैं इसलिए नहीं कह रहा कि आपका निर्णय गलत होगा, बल्कि इसलिए कि ऐसी परिस्थितियों के कारण, जिन पर आपका कोई नियंत्रण नहीं होगा, आपकी आर्थिक निश्चितता छिन जाएगी।

आपके लिए सबसे महत्त्वपूर्ण अंक 4 और 8 तथा उनकी शृंखला की तारीखें होंगी जैसे 4, 8, 13, 17, 22, 26 और 31।

यदि आपका जन्म दिन 26 फरवरी है तो अंक 3 और उसकी शृंखला के सारे अंक आपके लिए 4 और 8 से भी अधिक महत्त्वपूर्ण होंगे। अंक 3 और उसके योग वाले अंक भी आपके लिए शुभ होंगे जैसे 3, 12, 21 और 30।

9, 18, 27 फरवरी को जन्मे व्यक्ति

(इस महीने के अंक 9 के व्यक्ति)

यदि आपका जन्म ऊपर बताई किसी तारीख को हुआ है तो ज्योतिष शास्त्र के नियमों और चाल्डीन अंक-विज्ञान की मेरी गणना-पद्धति के अनुसार आप मंगल और नीच के शनि के प्रभाव क्षेत्र में आते हैं लेकिन यदि आपका जन्म दिन 27 फरवरी है तो मीन राशि के प्रारंभ हो चुकने के कारण आप मंगल और नीच के बृहस्पति के प्रभाव में आते हैं।

स्वास्थ्य : स्वास्थ्य के विषय में आपको किसी प्रकार की चिंता करने की ज़रूरत नहीं है। आप उसके विषय में बहुत कम सोचेंगे और शायद इसी

कारण आप लोगों से बचे रहेंगे। परंतु आपको दिल और फेफड़ों के बारे में सावधान रहना चाहिए।

आपके सबसे महत्त्वपूर्ण अंक हैं 9 और उस शृंखला के सारे अंक। अपनी इच्छा का काम करने की दृष्टि से आपके लिए किसी भी महीने की 9, 18 और 27 तारीखें शुभ हैं।

1, 10, 19, 28 मार्च को जन्मे व्यक्ति ।

(इस मास के अंक 1 के व्यक्ति)

आज यदि आपका जन्म ऊपर बताई गई किसी तारीख को हुआ है, तो वो ज्योतिष शास्त्र के नियमों और चाल्डीन अंक-विज्ञान की मेरी गणना पद्धति के अनुसार आपकी राशि मीन है, नीच के बृहस्पति का घर जो जल त्रैविध्य का तीसरा घर है। आप सूर्य और अरुण (यूरेनस) के प्रभाव क्षेत्र में आते हैं।

स्वास्थ्य : आपका स्वास्थ्य अच्छा, शरीर सशक्त और स्फूर्तिवान है परंतु अपनी शारीरिक ऊर्जा का आवश्यकता से अधिक उपयोग करने की आपकी स्वाभाविक प्रवृत्ति होगी। आपका सूर्य बृहस्पति के मानसिक घर में है जिसके प्रभाव के कारण अपनी उच्चाकांक्षाओं को पूरा करने के लिए बौद्धिक श्रम अधिक करेंगे। आप आशावान व्यक्तियों में से हैं और अधिक समय तक अपने को दबाए नहीं रख सकते। कभी-कभी आप अपनी स्नायविक शक्ति को खत्म कर डालेंगे और ज़रूरत से ज़्यादा प्रयुक्त डायनमों की तरह पस्त हो जाएंगे।

आपके सबसे महत्त्वपूर्ण अंक हैं 1, 4 और 3। आपको अपने सारे आवश्यक काम इन्हीं तारीखों को या इनके यौगिक अंकों वाली तारीखों को करने चाहिए। ये तारीखें हैं–1, 3, 4, 10, 12, 13, 19, 21, 22, 28, 30 और 31।

2, 11, 20, 29 मार्च को जन्मे व्यक्ति

(इस मास के अंक 2 के व्यक्ति)

यदि आपका जन्म ऊपर बताई किसी तारीख को हुआ है तो ज्योतिष शास्त्र के नियमों और चाल्डीन अंक विज्ञान की मेरी गणना पद्धति के अनुसार, आपकी राशि मीन है। बृहस्पति (नीच) का घर या जल त्रैविध्य का तीसरा घर। आप चंद्र और बुध के प्रभाव में आते हैं।

स्वास्थ्य : स्वास्थ्य के मामले में आपके परिचितों के लिए आपका स्वास्थ्य एक पहेली रहेगा। आपके सभी रोग मानसिक होंगे। यदि आप संतुष्ट और सुखी होंगे तो आप स्वस्थ रहेंगे। यदि आपके आस-पड़ोस के लोग आपको अप्रिय लगेंगे तो आप अस्वस्थ रहेंगे और संसार की कोई भी दवा आपको ठीक नहीं कर पाएगी।

आपके स्वास्थ्य की मुख्य समस्या कुपोषण, रक्त की कमी, खराब रक्त संचार और रीढ़ कमर तथा गुर्दे की तकलीफ रहेगी। यह बस कुछ इस बात पर निर्भर करता है कि आपकी मानसिक स्थिति कैसी रहती है।

आपके सबसे महत्त्वपूर्ण अंक हैं : 2 (चंद्र का प्रतिनिधि),7 (बुध का प्रतिनिधि) और 3 (बृहस्पति का प्रतिनिधि)। आपको हर संभव प्रयास करना चाहिए कि आप अपने सभी महत्त्वपूर्ण कार्य इन अंकों या इनकी शृंखलावासी तारीखों को करें जैसे 2, 3, 7, 11, 12, 16, 20, 21, 25, 29 और 30।

यदि आपका जन्मदिन 29 मार्च है तो अंक 3 का स्थान 9 और उसकी शृंखला के अंक ले लेंगे।

3, 12, 21, 30 मार्च को जन्मे व्यक्ति

(इस मास के अंक 3 के व्यक्ति)

यदि आपका जन्म ऊपर लिखी किसी तारीख को हुआ है तो, ज्योतिष शास्त्र

के नियमों और चाल्डीन अंक विज्ञान की मेरी गणना पद्धति के अनुसार आपकी राशि मीन है, बृहस्पति (नीच) का घर और वायु त्रैविध्य का तीसरा घर। आप बृहस्पति के प्रभाव में आते हैं।

स्वास्थ्य : जीवन के प्रति आपकी दृष्टि कैसी है, इसी बात पर आपका स्वास्थ्य निर्भर करता है। जब तक आप सक्रिय रूप से क्रियाशील रहेंगे आप स्वस्थ रहेंगे। यदि किसी कारण से आपने काम करना बंद कर दिया तो आप आरामतलब हो जाएंगे, आपका वजन बढ़ जाएगा और जिंदगी की लगाम अपने हाथों से छूट जाने देंगे।

आप घर में या वैवाहिक जीवन में अधिक सुखी नहीं रहेंगे क्योंकि आप स्वभाव से अत्यधिक अधिकारपूर्ण होकर व्यवहार करेंगे। दूसरों के दृष्टिकोण को न समझना भी इस स्थिति के लिए उत्तरदायी होगा।

आपका सबसे महत्त्वपूर्ण अंक है 3 और उसकी श्रृंखला के अंक। आपको इस अंक वाली तारीखों को ही अपने कार्य तथा संपर्क सूत्र साधन करने की चेष्टा करनी चाहिए जैसे 3, 12, 21 और 30 तारीखें।

4, 13, 22, 31 मार्च को जन्मे व्यक्ति

(इस मास के अंक 4 के व्यक्ति)

यदि आपका जन्म ऊपर लिखी किसी तारीख को हुआ हो, तो ज्योतिष शास्त्र के नियमों और चाल्डीन अंक विज्ञान की मेरी गणना पद्धति के अनुसार, आपकी राशि मीन है–बृहस्पति (नीच) का या। जल त्रैविध्य का तीसरा घर। आपकी राशि अरुण (यूरेनस), बृहस्पति और सूर्य के प्रभाव में है।

स्वास्थ्य : स्वास्थ्य के मामले में आप अपने डाक्टर स्वयं ही बन जाएंगे। सही खान-पान और रहन-सहन के बारे में आपके विचित्र विचार होंगे जिससे लोग आपको झक्की समझेंगे। इस आदत के कारण आप झगड़े और नाराजगियां, खासतौर पर घर में हो सकते हैं क्योंकि आप अपने

विचारों को दूसरों पर थोपना चाहेंगे।

संभव है कि आप सशक्त और पूर्ण स्वस्थ महसूस न करें, लेकिन इसका प्रमुख कारण यही होगा कि उम्र के बढ़ने के साथ-साथ आप में रोग ग्रस्त होने का वहम रहने लगे और आप आलोचना के प्रति बहुत ही असहिष्णु हो जाएं।

आपके लिए सबसे शुभ अंक 4, 1 और 3 होंगे। आप अपने सब महत्त्वपूर्ण काम 4, 8, 13, 17, 22, 26 और 31 तारीखों को करें। यदि आपका जन्मदिन 31 मार्च है तो 9, 18 और 27 तारीखें भी शुभ हैं। मंगल का अंक 9 बृहस्पति के अंक 3 का स्थान ले लेगा।

5, 14, 23 मार्च को जन्मे व्यक्ति

(इस मास के अंक 5 के व्यक्ति)

यदि आपका जन्म मार्च की इन तारीखों में से किसी तारीख को हुआ है, तो ज्योतिष शास्त्र के नियमों और चाल्डीन अंक विज्ञान की मेरी गणना पद्धति के अनुसार आपकी राशि मीन है, बृहस्पति (नीच) का, जल त्रैविध्य का तीसरा घर। आप मंगल के प्रभाव में भी आते हैं।

स्वास्थ्य : आपको स्नायु तंत्र की गड़बड़ी की समस्या होगी। विरोधी स्वर सुनते ही आप चिड़चिड़ा उठेंगे। आपको इस प्रवृत्ति पर काबू पाना चाहिए अन्यथा यह मानसिकता आपके उन बौद्धिक कार्यों के आड़े आएगी, जिन्हें आप करना चाहते हैं। आपकी प्रतिभा इतनी बहुमुखी है कि आपके लिए यह जानना कठिन होगा कि आपकी योग्यता वास्तव में किस काम के लिए सर्वाधिक उपयुक्त है। इन सबका दुष्प्रभाव आपके स्वास्थ्य पर पड़ेगा। अगर आप अपने स्नायु तंत्र पर पूर्ण नियंत्रण नहीं रखेंगे तो आपका स्नायु तंत्र या मानसिक स्थिति बिगड़ जाने का खतरा उपस्थित हो जाएगा।

यदि आपका जन्म 5, 23, 14 मार्च को हुआ है तो आपके सबसे महत्त्वपूर्ण अंक पांच और तीन तथा इनकी श्रृंखला के अंक होंगे। आपको अपने सभी

महत्त्वपूर्ण काम 3, 5, 12, 21, 23 और 27 तारीखों को करने चाहिए।

6, 15, 24 मार्च को जन्मे व्यक्ति

(इस मास के अंक 6 के व्यक्ति)

यदि आपका जन्म ऊपर बताई गई किसी तारीख को हुआ है तो ज्योतिष शास्त्र के नियमों और चाल्डीन अंक विज्ञान की मेरी गणना पद्धति के अनुसार आपकी राशि मीन है बृहस्पति (नीच) का और जल त्रैविध्य का तीसरा घर आप शुक्र ग्रह के प्रभाव में होंगे।

स्वास्थ्य : आरंभिक वर्षों में आपका शरीर बहुत स्वस्थ रहेगा लेकिन बाद में विलासितापूर्ण जीवन के कारण आप उसे नष्ट कर देंगे। स्वभावतः आपको पूर्ण आत्मसंयम की आवश्यकता होगी।

ढलती उम्र में आपको दिल की बीमारी और उच्च रक्त चाप रहने की संभावना है। आपके लिए सबसे महत्त्वपूर्ण अंक 6, 3 तथा इनकी शृंखला के अंक जैसे 3, 6, 12, 15, 24 और 30 हैं। आपको अपने महत्त्वपूर्ण काम इन्हीं तारीखों को कर डालने चाहिए।

7, 16, 25 मार्च को जन्मे व्यक्ति

(इस मास के अंक 7 के व्यक्ति)

यदि आपका जन्म ऊपर बताई गई किसी तारीख को हुआ है तो ज्योतिष शास्त्र के निमयों और चाल्डीन अंक-विज्ञान की मेरी गणना पद्धति के अनुसार आपकी राशि मीन है। जो बृहस्पति (नीच) का और जल त्रैविध्य का तीसरा घर है। आप बुध, चंद्र और बृहस्पति के प्रभाव में आते हैं।

स्वास्थ्य : आप देखने में जितने शक्तिवान लगते हैं, असल में उतने हैं नहीं। आप लगातार मानसिक तनाव में जीते हैं और कभी-कभी बेहद थकान का अनुभव करते हैं। परिवर्तन करने की आपकी इच्छा होगी।

आपको समुद्र तट और जल का विस्तार बहुत पसंद है। यदि आप गिरा-गिरा या अस्वस्थ अनुभव करें तो समुद्री यात्रा आपको तरोताजा बना देगी।

आपके सबसे महत्त्वपूर्ण अंक 7, 2, 3 और इनकी श्रृंखला के अंक होंगे।

आपको इन्हीं तारीखों को अपने खास-खास काम करने चाहिए जैसे 2, 3, 7, 11, 12, 16, 20, 21, 25, 29 और 30 तारीखें।

8, 17, 26 मार्च को जन्मे व्यक्ति

(इस मास के अंक 8 के व्यक्ति)

यदि आपका जन्म ऊपर बताई गई किसी तारीख को हुआ है तो ज्योतिष शास्त्र के नियमों और चाल्डीन अंक-विज्ञान पर आधारित मेरी गणना-पद्धति के अनुसार आप पर शनि और बृहस्पति का प्रभाव होगा। आपकी राशि मीन है, बृहस्पति (नीच) का घर या जल त्रैविध्य का तीसरा घर।

स्वास्थ्य : आपकी मानसिक स्थिति का आपके स्वास्थ्य पर सदा ही प्रभाव रहेगा। हर चिंता और फिक्र आपको कमजोर बना देगी और बीमारी से जूझने की आपकी क्षमता नष्ट हो जाएगी। आपको घोर उदासी और निराशा के दौरे समय-समय पर पड़ते रहेंगे।

आपमें नजला, ठंड और मंद रक्त संचार के शिकार होने की प्रवृत्ति बनी रहेगी, विशेषकर यदि आपका जन्म 8 या 17 मार्च को हुआ है। आपको शुष्क जलवायु में रहना चाहिए। आपको अधिक-से-अधिक बाहर खुली हवा में रहना चाहिए। यात्रा और स्थान-परिवर्तन करना चाहिए वरना आपको गठिया रोग होने का खतरा रहेगा, खासकर पैरों और टखनों में।

आपके सबसे महत्त्वपूर्ण अंक 4, 8 और 3 तथा इनकी श्रृंखला की तारीखें रहेंगी जैसे 3, 4, 8, 12, 13, 17, 21, 22, 26, 30 और 31। कम से कम ये अंक और तारीखें आपके जीवन में लगातार आती रहेंगी और आमतौर पर इनके साथ गंभीर परिणाम जुड़े रहेंगे।

मैं आपको परामर्श दूंगा कि आप अपनी व्यक्तिगत अनुकूलता की खातिर अंक तीन और उसकी श्रृंखला की तारीखों जैसे 3, 12, 21 और 30 का ही उपयोग करें।

9, 18, 27 मार्च को जन्मे व्यक्ति

(इस मास के अंक 9 के व्यक्ति)

यदि आपका जन्म ऊपर बताई गई किसी तारीख को हुआ है तो ज्योतिष शास्त्र के नियमों और चाल्डीन अंक-विज्ञान की मेरी गणना-पद्धति के अनुसार आपकी राशि मीन है। जो बृहस्पति का घर या जल त्रैविध्य का तीसरा घर है। आप मंगल और बृहस्पति के प्रभाव में हैं।

स्वास्थ्य : यदि आपका जन्म 9, 18, 27 मार्च का हुआ है तो आप आरंभिक वर्षों में रोगों से मुक्त रहेंगे परंतु 40 वर्ष की आयु के बाद आपके स्वास्थ्य में काफी परिवर्तन आएंगे। यदि आपका स्वास्थ्य खासकर भोजन के मामले में ध्यान रखें तो कुछ समय तक और स्वस्थ रह सकेंगे। यदि ऐसा नहीं करते तो कई गंभीर रोग हो सकते हैं जैसे जिगर या गुर्दे में गड़बड़ी, आतड़ियों में अवरोध, दिल की कमजोरी। सर्जन की धुरी का आपको काफी अनुभव होगा।

आपके सबसे महत्त्वपूर्ण अंक नौ और तीन तथा इनकी श्रृंखला के अंक होंगे। आपको अपने महत्त्वपूर्ण 3, 9, 12, 18, 21, 27 और 30 तारीखों को करने चाहिए।

आपके लिए अशुभ अंक हैं 4 और 8 तथा इनकी शृंखला की तारीखें जैसे 4, 8, 13, 17, 22, 26 और 31 ।

1, 10, 19, 28 अप्रैल को जन्मे व्यक्ति

(इस मास के अंक 1 के व्यक्ति)

यदि आपका जन्म ऊपर बताई गई किसी तारीख को हुआ है तो ज्योतिष

शास्त्र के नियमों और चाल्डीन अंक-विज्ञान की मेरी गणना पद्धति के अनुसार आप सूर्य और मंगल (उच्च) के प्रभाव में हैं। आपकी राशि मेष है। अग्नि त्रैविध्य का पहला घर।

स्वास्थ्य : आपका शरीर स्वस्थ और शक्तिसंपन्न होगा लेकिन आप कभी-कभी अत्यधिक परिश्रम के कारण स्वास्थ्य पर अस्वाभाविक दबाव डालेंगे। आपके लिए सबसे बड़ा खतरा है उच्च रक्तचाप, हृदय रोग और मिरगी। आपका भोजन सादा रहना चाहिए और शराब तथा अन्य नशीली चीजों के प्रयोग से बचना चाहिए।

आपके लिए सबसे महत्त्वपूर्ण अंक 1, 9 और उनकी श्रृंखला के अंक हैं। आपको अपने सारे महत्त्वपूर्ण काम 1, 9, 10, 18, 19, 27 और 28 तारीख को करने चाहिए।

आप पाएंगे कि अंक 4, 8 तथा उनकी श्रृंखला के अंक चुपचाप आपके जीवन में खिंचे चले आएंगे लेकिन अगर आप 4, 8, 13, 17, 22, 26 और 31 तारीखों वाले लोगों से बचे रहें या उनसे सावधान रहने का यत्न करें तो अच्छा रहे।

2, 11, 20, 29 अप्रैल को जन्मे व्यक्ति

(इस मास के अंक 2 के व्यक्ति)

यदि आपका जन्म ऊपर बताई गई किसी तारीख को हुआ है तो ज्योतिष शास्त्र के नियमों और चाल्डीन अंक-विज्ञान की मेरी गणना पद्धति के अनुसार आपकी राशि मेष है। अग्नि त्रैविध्य का पहला घर। आप वरुण (नेप्चून) और मंगल (उच्च) के प्रभाव में हैं।

स्वास्थ्य : यों तो आपका स्वास्थ्य अच्छा रहेगा लेकिन कभी-कभी अति उत्साह में या शान में आकर आप अपने ऊपर ज्यादा ही बोझ डाल लेंगे। आपको बुखार आने और रक्त विकार होने की संभावना है। जिससे सिर, चेहरे और शरीर पर फोड़े-फुंसियां निकल सकती हैं।

शरीर के विभिन्न भागों में सर्जन के चाकू का आपको काफी अनुभव

होगा। अंतड़ियों में खराबी का खतरा भी हो सकता है। दांत, मसूड़े, गले, नाक, कान, कर्णमूल और साइनस सरीखे रोगों से तकलीफ हो सकती है।

आपके जीवन में बहुत-सी दुर्घटनाएं घट सकती हैं। आपके जीवन को शत्रुओं से खतरा रहेगा और आपकी मृत्यु हत्या अथवा हिंसा से होगी।

आपके सबसे महत्त्वपूर्ण अंक हैं–2, 7 और 9 तथा इनकी श्रृंखला की तारीखें जैसे 2, 7, 9, 11, 16, 18, 20, 25, 27 और 29 आपको अपने काम या योजनाएं इन्हीं तारीखों को पूर्ण करने का प्रयास करना चाहिए।

3, 12, 21, 30 अप्रैल को जन्मे व्यक्ति

(इस मास के अंक 3 के व्यक्ति)

यदि आपका जन्म ऊपर बताई गई किसी तारीख को हुआ है तो ज्योतिष शास्त्र के नियमों और चाल्डीन अंक-विज्ञान की मेरी गणना पद्धति के अनुसार, आपकी राशि बृहस्पति और मंगल (उच्च) के प्रभाव में मेष है, अग्नि त्रैविध्य का तीसरा घर।

स्वास्थ्य : आपका शरीर तगड़ा और स्वास्थ्य उत्तम रहेगा। आपको बाहर का जीवन और हर तरह के खेलों से प्रेम होगा। जानवरों के साथ आपके निडर व्यवहार के कारण जानवरों से हमले का खतरा है और दुर्घटना होने की संभावना है।

खाने में बदपरहेजी और शायद उन सार्वजनिक भोजों के कारण, जिनमें आपको अनचाहे सम्मिलित होना पड़ेगा आपको बदहजमी और पेट की शिकायत रहेगी। अधेड़ अवस्था में मोटापा बढ़ जाने के कारण आपको हृदय रोग होने की संभावना है।

आपके सर्वाधिक महत्त्वपूर्ण अंक 3, 6, 9 और इनकी श्रृंखला की तारीखें हैं, जैसे 3, 6, 9, 12, 15, 18, 21, 24, 27 और 30। आपको इन्हीं तारीखों को अपने सभी काम करने का हर संभव प्रयत्न करना चाहिए। इन्हीं तारीखों को महत्त्व के लोगों से मिलें।

आपके लिए यद्यपि अंक 6 भी महत्त्वपूर्ण है परंतु 6 की श्रृंखला वाली तारीखों के जन्में व्यक्तियों से संबंध रखने पर आप परेशानी में पड़ सकते हैं।

4, 13, 22 अप्रैल को जन्मे व्यक्ति

(इस मास के अंक 4 के व्यक्ति)

यदि आपका जन्म ऊपर बताई गई किसी तारीख को हुआ है तो ज्योतिष शास्त्र के नियमों और चाल्डीन अंक विज्ञान की मेरी गणना पद्धति के अनुसार अरुण (यूरेनस), सूर्य और मंगल के प्रभाव में आपकी राशि मेष है, अग्नि त्रैविध्य का पहला घर।

स्वास्थ्य : स्वास्थ्य के मामले में आप असाधारण होंगे। अपरिमित स्फूर्ति के कारण आप आवश्यकता से अधिक काम करेंगे। परंतु कभी-कभी किसी भी प्रकार का भी काम करने में सुस्ती अनुभव करेंगे। आपको कोई रहस्यमय बीमारी हो सकती है जिसका निदान करना कठिन होगा। ऐसे मौकों पर प्राकृतिक चिकित्सा और सादा भोजन ही आपके लिए सहायक हो सकते हैं।

आपके लिए सबसे महत्त्वपूर्ण अंक और तारीखें हैं चार, एक और नौ तथा इनकी श्रृंखला की तारीखें जैसे 1, 4, 9, 10, 13, 19, 22, 27 और 28।

आप पाएंगे कि अंक 8 आपके कार्य व्यापारों में बहुत आता रहेगा और इस अंक तथा इनकी श्रृंखला की तारीखों में जन्में लोग भी आपके जीवन में आएंगे।

5, 14, 23 अप्रैल को जन्मे व्यक्ति

(इस मास के अंक, 5 के व्यक्ति)

यदि आपका जन्म ऊपर बताई गई किसी तारीख को हुआ है तो ज्योतिष

शास्त्र के नियमों और चाल्डीन अंक विज्ञान की मेरी गणना पद्धति के अनुसार मंगल (उच्च) और बुध के प्रभाव में आपकी राशि मेष है, अग्नि त्रैविध्य का पहला घर।

स्वास्थ्य : अपने अति सक्रिय दिमाग के कारण आपका स्नायु तंत्र उत्तेजना पूर्ण रहेगा। किसी मशीन के पेचीदा भाग की तरह यदि आप अपना विश्लेषण नहीं करेंगे तो थकान से स्नायु तंत्र के लड़खड़ा जाने का खतरा उठाएंगे। कभी-कभी आपके चेहरे या आंखों की नसें फड़केंगी जो इस बात का संकेत होगा कि आप अपने दिमाग पर ज़रूरत से ज़्यादा बोझ डाल रहे हैं। आपकी पाचन क्रिया या अंतड़ियों में गड़बड़ी हो सकती है।

आपके लिए सबसे महत्त्वपूर्ण अंक हैं पांच और नौ तथा इनकी शृंखला की तारीखें जैसे 5, 9, 14, 18, 23 और 27। आपको अपने सारे महत्त्वपूर्ण काम इन्हीं तारीखों को करने का प्रयास करना चाहिए।

6, 15, 24 अप्रैल को जन्मे व्यक्ति

(इस मास के अंक 6 के व्यक्ति)

यदि आपका जन्म ऊपर बताई गई किसी तारीख को हुआ है तो ज्योतिष शास्त्र के नियमों और चाल्डीन अंक गणना की मेरी गणना पद्धति के अनुसार शुक्र और मंगल का आपकी राशि मेष है जो अग्नि त्रैविध्य का पहला घर।

स्वास्थ्य : आपका शारीरिक गठन बहुत स्वस्थ होगा। और किसी भी बीमारी से आप शीघ्र स्वास्थ्य लाभ कर सकेंगे लेकिन आपको गले, नाक और कान की तथा सिर दर्द की शिकायतें हो सकती थीं।

आपके सबसे महत्त्वपूर्ण अंक 6, 3, 9 और इनकी शृंखलाओं की तारीखें होंगी जैसे 3, 6, 9, 12, 15, 18, 21, 24, 27 और 30। आपको अपने ज़रूरी काम यथासंभव इन्हीं तारीखों को करने का प्रयास करना चाहिए।

7, 16, 25 अप्रैल को जन्मे व्यक्ति

(इस मास के अंक 7 के व्यक्ति)

यदि आपका जन्म ऊपर बताई गई किसी तारीख को हुआ है तो ज्योतिष शास्त्र के नियमों और चाल्डीन अंक-विज्ञान की मेरी गणना पद्धति के अनुसार, आप वरुण (नैप्चून), चंद्र और मंगल (उच्च के) प्रभाव में हैं। आपकी राशि मेष है, अग्नि त्रैविध्य का पहला घर।

स्वास्थ्य : आपकी शारीरिक स्थिति में जल्दी-जल्दी परिवर्तन होंगे। आपके स्वास्थ्य पर आपके परिवेश का बहुत असर होगा। आप ठंड, जुकाम, बुखार, फ्लू और मलेरिया के शिकार होते रहेंगे। आपके शरीर पर अधिक श्रम का बोझ पड़ने पर आप जल्दी थकान और कमजोरी अनुभव करेंगे।

आपके सबसे महत्त्वपूर्ण अंक 7, 2 और इनकी श्रृंखला वाले होंगे जैसे 2, 7, 11, 16, 20, 25 और 29। आपको अपने ज़रूरी काम यथासंभव इन्हीं तारीखों को करने के प्रयास करना चाहिए।

8, 17, 26 अप्रैल को जन्मे व्यक्ति

(इस मास के अंक 8 के व्यक्ति)

यदि आपका जन्म ऊपर बताई गई किसी तारीख को हुआ है तो ज्योतिष शास्त्र के नियमों और चाल्डीन अंक विज्ञान की मेरी गणना पद्धति के अनुसार आपकी राशि है मेष, अग्नि त्रैविध्य का पहला घर और आपकी राशि शनि और मंगल (उच्च) के प्रभाव में है। यदि आपका जन्म दिन 26 अप्रैल है तो अंक 8 की श्रृंखला की पहली तारीख होने के कारण आपकी राशि वृष (स्वामी शुक्र) है, अग्नि त्रैविध्य का पहला घर। आपकी परिस्थितियां 8 और 17 अप्रैल को जन्मे लोगों से बहुत भिन्न होंगी।

8 या 17 अप्रैल को शनि और मंगल का प्रभाव बहुत शुभ नहीं है। आपके अपने सभी कार्यों में बहुत अधिक सावधानी और समझदारी बरतने

की आवश्यकता है।

स्वास्थ्य : यदि आपका जन्म 8, 17, 26 अप्रैल को हुआ हो तो स्वास्थ्य के संबंध में आपको अजीबोगरीब अनुभव होंगे जैसे, डाक्टर द्वारा आपके रोग का ग़लत निदान अथवा ग़लत दवा देना और इसी तरह की स्थितियां।

आपको प्रयास करके नशीली दवाओं, शराब या स्पिरिटयुक्त पेय पदार्थ लेने से बचना चाहिए। भोजन के बारे में सावधानी बरतें ताकि आपकी अंतड़ियों की हालत ठीक-ठाक रहे। यदि सावधानी नहीं बरती तो आपके शरीर में विषाक्त जीवाणु फैल जाने, फोड़े, कारबंकल, त्वचा के रोग, कब्ज या ऐसी ही अन्य बीमारियां होने का खतरा रहेगा और रक्त विकार भी हो सकता है।

आपके कई ऑपरेशन विशेषकर जबड़े, दांत और सिर की हड्डियों के होने की संभावना है। छोटी उम्र में ही आपके टांसिल निकाल दिए जाएंगे। आपको कान, नाक, गले और फेफड़ों की बीमारियां भी लग सकती हैं।

आप पाएंगे कि अंक 4, 8 और इनके योगांक आपके जीवन में आएंगे और बहुत महत्त्वपूर्ण भूमिका निभाएंगे। ये अंक होंगे–4, 8, 17, 22, 26 और 31 । मैं आपको यह सलाह नहीं दूंगा कि आप जानबूझकर ये अंक या तारीखें अपने प्रयोजन के लिए चुनें लेकिन अगर ये आपके सामने आती ही जाएं तो उनका अपने हितार्थ उपयोग करें।

यदि आपकी जन्म तिथि 26 अप्रैल हो तो शुक्र के अंकों का अधिक से अधिक प्रयोग करें। ये अंक हैं 6, 15, 24। इसी तरह आप सूर्य के अंक 1, 10, 19 और 28 का भी उपयोग कर सकते हैं।

9, 18, 27 अप्रैल को जन्मे व्यक्ति

(इस मास के अंक 9 के व्यक्ति)

यदि आपका जन्म ऊपर बताई गई किसी तारीख को हुआ है तो ज्योतिष

शास्त्र के नियमों और चाल्डीन अंक-विज्ञान की मेरी गणना पद्धति के अनुसार आप मंगल (उच्च) के घर में, मंगल के प्रभाव में जन्मे हैं। 27 अप्रैल इसका अपवाद है। जो शुक्र के आग्रत प्रभाव में आता है।

स्वास्थ्य : आपका शरीर स्वस्थ और शारीरिक शक्ति प्रचुर तथा असीम ऊर्जा होगी। किसी भी बीमारी से आप जल्दी उबर जाएंगे लेकिन आपको मुख्य खतरा होगा दुर्घटनाओं से–खासकर बंदूक, आग, विस्फोट या सड़क दुर्घटना से।

आपको उक्त रक्तचाप, हृदय रोग और मिरगी का रोग भी हो सकता है।

आपके सबसे महत्त्वपूर्ण अंक 9 और 1 तथा इनकी श्रृंखला की तारीखें होंगी, जैसे–1, 9, 10, 18, 19, 27 और 28।

1, 10, 19, 28 मई को जन्मे व्यक्ति

(इस मास के अंक 1 के व्यक्ति)

यदि आपका जन्म ऊपर बताई गई किसी तारीख को हुआ है तो ज्योतिष शास्त्र के नियमों और चाल्डीन अंक विज्ञान की मेरी गणना पद्धति के अनुसार आप शुक्र और सूर्य के प्रभाव में आते हैं। आपकी राशि वृष है, पृथ्वी त्रैविध्य का पहला घर।

अंक 7, 10, 19 और 28 का योगांक एक है जो सूर्य का प्रतीक है। यदि आप इनमें से किसी तारीख को जन्मे हैं तो आप बहुत ही सशक्त ग्रहयोग के अधीन हैं। यदि इस ग्रहयोग को भली भांति समझकर उनका ठीक-ठीक उपयोग किया जाए तो आपको जमकर सफलता मिल सकती है।

28 मई को अगली राशि मिथुन का प्रवेश होने लगता है। मिथुन राशि का स्वामी बुध (उच्च) का है। जिसके कारण आपकी बुद्धि मई मास की उच्च तारीखों को जन्मे व्यक्तियों की अपेक्षा अधिक प्रखर होगी।

स्वास्थ्य : आपका शारीरिक गठन अच्छा होगा और शक्ति भी बहुत होगी। इसके कारण आप अपनी योजनाओं पर आवश्यकता से अधिक परिश्रम करेंगे और नियमित रूप से न तो विश्राम करेंगे न पूर्ण निद्रा लेंगे। इससे आपको कभी-कभी जुकाम या फेफड़ों और छाती में ठंड लगने की परेशानी हो सकती है। खुली ताजी हवा और धूप का सेवन करने से बचाव किया जा सकता है। 28 मई को जन्मे लोगों का स्नायुतंत्र बहुत अधिक सक्रिय तथा तनावपूर्ण होगा।

आपके सबसे महत्त्वपूर्ण अंक और तिथियां हैं–1, 2, 6, 10, 11, 15, 19, 20, 24, 28 और 29। इन्हीं तारीखों को आप अपने महत्त्वाकांक्षी काम कर सकते हैं।

2, 11, 20, 29 मई को जन्मे व्यक्ति

(इस मास के अंक 2 के व्यक्ति)

यदि आपका जन्म ऊपर बताई गई किसी तारीख को हुआ है तो ज्योतिष शास्त्र के नियमों और चाल्डीन अंक विज्ञान की मेरी गणना पद्धति के अनुसार आप चन्द्रमा वरुण (नेप्चून) और शुक्र (उच्च) के प्रभाव में आते हैं। आपकी राशि वृष है, पृथ्वी त्रैविध्य का पहला घर। यदि आपका जन्म 29 मई को हुआ है तो आपकी राशि मिथुन है, वायु त्रैविध्य का पहला घर और इस राशि का स्वामी बुध (उच्च का) है।

स्वास्थ्य : आपको ठंड से सावधान रहना होगा। आपको छाती, गले, श्वासनली आदि पर ठंड का लंबा प्रभाव और इंफ्लुएंजा सरीखे रोग हो सकते हैं। लापरवाही करने पर नाक और साइनस नली में अवरोध हो सकता है। नाक की हड्डी बढ़ सकती है और सुनने की क्षमता में भी गड़बड़ी संभव है।

आपके सबसे महत्त्वपूर्ण अंक हैं–दो, सात और छः तथा इनकी श्रृंखला की तारीखें जैसे 2, 7, 11, 15, 16, 20, 24, 25 और 29। आपको अपने काम इन्हीं तारीखों में करने की कोशिश करनी चाहिए।

अगर आपका जन्म 29 मई को हुआ हो तो पांच अंक की शृखला की तारीखें भी समान रूप से महत्त्वपूर्ण होंगी। जैसे 5, 14 और 23 तारीखें।

3, 12, 21, 30 मई को जन्मे व्यक्ति

(इस मास के अंक 3 के व्यक्ति)

यदि आपका जन्म ऊपर बताई गई किसी तारीख को हुआ है तो ज्योतिष शास्त्र के नियमों और चाल्डीन अंक विज्ञान की मेरी गणना पद्धति के अनुसार, आपकी राशि वृष है, पृथ्वी त्रैविध्य का पहला घर। आप बृहस्पति और शुक्र (उच्च) के प्रभाव में आते हैं। यदि आपका जन्म दिन 30 मई है तो आपकी राशि मिथुन है जो बुध (उच्च) के प्रभाव में है, वायु त्रैविध्य का पहला घर।

यह ग्रहयोग बहुत उत्तम है और आपको जीवन में बहुत सफलता प्रदान कराएगा। बशर्ते कि आप अपने स्वभाव को शुक्र अर्थात् प्रेम पक्ष द्वारा हावी न होने दें।

स्वास्थ्य : आरंभिक वर्षों को पार कर लेने के बाद जिस ग्रह योग में आपका जन्म हुआ है, वह आपको उत्तम स्वास्थ्य तथा जीवनी ऊर्जा का धनी बनाएगा। आपके स्वास्थ्य को एक ही शत्रु से डर होगा–अत्यधिक काम और आपकी सेवाओं के लिए की जाने वाली मांगें। आपका जीवन दर्शन होगा–'थकान हो लेकिन टूटी नहीं।' इसके फलस्वरूप आप दीर्घायु नहीं हो पाएंगे।

आपके फेफड़े और गले में गड़बड़ी होने की संभावना रहेगी–लेकिन अगर आप अधेड़ अवस्था को पार कर गए तो सब ठीक-ठीक हो जाएगा।

आपके सबसे महत्त्वपूर्ण अंक तीन, छः और उनकी श्रृंखला की तारीखें हैं-3, 6, 12, 15, 21, 24 और 30। यदि आपका जन्म 30 मई को हुआ है तो अंक पांच और उसकी श्रृंखला की तारीखें 5, 14 और 23

भी महत्त्वपूर्ण रहेंगी। आपको अपने ज़रूरी काम इन्हीं तारीखों को करने की कोशिश करनी चाहिए।

4, 13, 22, 31 मई को जन्मे व्यक्ति

(इस मास के अंक 4 के व्यक्ति)

यदि आपका जन्म ऊपर बताई गई किसी तारीख को हुआ है तो ज्योतिष शास्त्र के नियमों और चाल्डीन अंक विज्ञान की मेरी गणना पद्धति के अनुसार, आपका जन्म अरुण (यूरेनस) सूर्य और शुक्र के प्रभाव में वृष राशि है, पृथ्वी त्रैविध्य का पहला घर। यदि आपका जन्म 31 मई को हुआ है तो आपकी राशि मिथुन है जिसका स्वामी बुध (उच्च का) है। यह ग्रह योग विलक्षण है जो बहुत विशिष्ट और असाधारण जीवन का संकेत देता है।

मई में जन्मे लोगों की सामान्य चारित्रिक विशेषताओं और स्वभाव आदि के विषय में पहले ही बताया जा चुका है।

जहां तक आपका प्रश्न है, आपके जीवन में कुछ असाधारण घटेगा और आप साधारण मार्ग छोड़कर असाधारण मार्ग अपनाएंगे। यह ग्रह योग दार्शनिकों, लेखकों आर संगीतज्ञों के लिए अत्यधिक शुभ है।

दुनियादारी की दृष्टि संभव है, आपको भाग्यवान कहा जा सके। धन अर्जन के मामले में जीवन में कई उतार-चढ़ाव आएंगे जो हमेशा आकस्मिक और अनपेक्षित होंगे। आप दूसरों के विचारों के अनुसार अपने को ढाल नहीं पाएंगे। इस कारण आपका काफी विरोध भी होगा। बाधाओं पर विजय प्राप्त करने और संकटों से जूझने की आप में सबसे अधिक क्षमता होगी।

मौलिक ढंग से सोचने वाले होने के कारण आपको नए विचार, नए तरीके, नए आविष्कार और नई असाधारण चीज़ें अच्छी लगेंगी।

आपका विवाह भी असाधारण होगा, एक प्रकार के परीक्षण जैसा या किसी विशेष उद्देश्य की प्राप्ति की दृष्टि लेकर।

आप अपनी धारणाओं के पक्के होंगे। आपमें विश्लेषण की प्रवृत्ति होगी और आपके निष्कर्ष विवेचनापूर्ण होंगे। आप दूसरे लोगों या हर परिस्थिति के अनुसार अपने को ढाल नहीं सकेंगे। आपको साथियों की खास चाह नहीं होगी। आप सामान्यतः अकेले ही में मगन रहेंगे लेकिन जिसको आप पसंद करेंगे उसे दिल से चाहेंगे।

आपमें असाधारण कलाकार, लेखक या आविष्कारक होने की प्रतिभा होगी। आप जो भी करेंगे, उस पर आपके व्यक्तित्व की छाप स्पष्ट होगी।

स्वास्थ्य : आपका स्वास्थ्य अजीब परिस्थितियों से गुजरेगा। बीमारियां अकस्मात् ही होंगी और कभी-कभी ऐसी बीमारी होगी, जिसका निदान करना कठिन होगा। जैसे अचानक पेट में दर्द, मरोड़ या किसी आंतरिक अंग में गड़बड़ी। अचानक ठंड लग जाने, इंफ्लुएंजा या फेफड़ों की सूजन की शिकायत हो सकती है। आपको थोड़ा-थोड़ा हल्का खाना कई बार खाना चाहिए। आपको स्वयं ही तय करना होगा कि किस प्रकार का खाना आपके लिए लाभप्रद होगा। आपके लिए पारंपरिक ढंग से नाश्ता, दोपहर या रात्रि भोजन की परंपरा अपनाने की अपेक्षा अपनी व्यक्तिगत खान-पान व्यवस्था अपनाना ठीक रहेगा।

आप पाएंगे कि चार छः और आठ के अंक आपके जीवन में खिंचे चले आएंगे और उनकी भूमिका काफी महत्त्वपूर्ण होगी। ये तारीखें हैं–4, 6, 8, 13, 15, 17, 22, 24, 26 और 31 या कोई अन्य तारीख जिसके जोड़ से योगांक 4, 6 या 8 बनते हों।

5, 14, 23 मई को जन्मे व्यक्ति

(इस मास के अंक 5 के व्यक्ति)

अगर आपका जन्म ऊपर बताई गई किसी तारीख को हुआ है तो ज्योतिष शास्त्र के नियमों और चाल्डीन अंक विज्ञान की मेरी गणना पद्धति के अनुसार, बुध और शुक्र (उच्च) के प्रभाव में आपकी राशि वृष है, पृथ्वी

त्रैविध्य का पहला घर।

स्वास्थ्य : आपको स्नायु संबंधी बीमारियां होंगी। आपको सर्जन के चाकू का कई बार अनुभव होगा। आपके सिर और चेहरे में चोट लगने की संभावना। दांत, जबड़ों और खोपड़ी की हड्डियों में भी चोट लगने का खतरा होगा। आपकी जननेन्द्रियां नाज़ुक होंगी। उनमें ठंड लगने या सूजन होने की संभावना होगी। स्वास्थ्य संबंधी ये सभी बातें उन लोगों पर इतनी लागू नहीं होंगी जिनका जन्म 23 मई को हुआ हो, जितनी 5 या 14 मई को जन्मे लोगों पर।

आपके सबसे महत्त्वपूर्ण अंक और संख्या पांच और छः तथा उनकी श्रृंखला की तारीखें हैं–5, 6, 14, 15, 23 और 24।

6, 15, 24 मई को जन्मे व्यक्ति

(इस मास के अंक 6 के व्यक्ति)

अगर आपका जन्म ऊपर बताई गई किसी तारीख को हुआ है तो ज्योतिष शास्त्र के नियमों और चाल्डीन अंक विज्ञान की मेरी गणना पद्धति के अनुसार, आप शुक्र और चंद्र के प्रभाव में हैं आपकी राशि वृष है, शुक्र (उच्च) का घर, पृथ्वी त्रैविध्य का पहला घर।

स्वास्थ्य : आपका स्वास्थ्य जन्म से तो अच्छा रहेगा लेकिन विलासिता पूर्ण जीवन जीने के कारण आप अपने ही हाथों से अपने स्वास्थ्य की कब्र खोदेंगे। आपका शरीर आरंभिक वर्षों में सुगठित और छरहरा होगा लेकिन आगे चलकर, आप मिठाइयां और बढ़िया खाने के शौक के चक्कर में पड़कर उसे चौपट कर लेंगे।

मोटापे के कारण आपके हृदय की हालत बिगड़ने लगेगी। बाद के वर्षों में आपको जलोदर भी हो सकता है। लेकिन इन सबको नियंत्रण में रखना या न रखना आपके अपने हाथों में होगा। फेफड़ों, श्वास नली और गले में भी गड़बड़ी होने की संभावना रहेगी।

आपके लिए सबसे महत्त्वपूर्ण तारीखें दो, तीन और छः अंकों की शृंखला वाली तारीखें हैं जैसे 2, 3, 6, 11, 15, 20, 21, 24, 29 और 30। इसलिए महत्त्वपूर्ण काम यथासंभव इन्हीं तारीखों में करें।

मैंने 2, 11, 20 और 29 तारीखें इसलिए बताई हैं क्योंकि मई मास में चन्द्र उत्कर्ष की अवस्था में होता है। अंक 9 और उसकी शृंखला की तारीखें उतनी शुभ नहीं है क्योंकि यह अंक अन्य व्यक्तियों के जीवन से आकर विरोधी रुख रखता है।

7, 16, 25 मई को जन्मे व्यक्ति

(इस मास के अंक 7 के व्यक्ति)

अगर आपका जन्म ऊपर बताई गई किसी तारीख को हुआ है तो ज्योतिष शास्त्र के नियमों और चाल्डीन अंक विज्ञान की मेरी गणना पद्धति के अनुसार, आप वरुण (नेप्चून), चंद्र और शुक्र के प्रभाव में आते हैं। आपकी राशि वृस है, पृथ्वी त्रैविध्य का पहला घर। यदि आपका जन्म 25 मई को हुआ है तो आप मिथुन राशि के संक्रांति काल में आएंगे, वायु त्रैविध्य का पहला घर जिसका स्वामी बुध (उच्च का) होगा। 25 मई को जन्मे व्यक्तियों की प्रकृति अधिक शालीन और कल्पनाशील होगी। ऐसे लोगों की मानसिक विशेषताएं अधिक स्पष्ट और सशक्त होंगी।

स्वास्थ्य : आप बहुत तगड़े या हृष्ट-पुष्ट नहीं। लगातार काम करने से आप जल्दी थक जाने वाले होंगे। आपकी अतड़ियों में कुछ गड़बड़ी हो सकती है इसलिए आपको खाने-पीने के मामले में पूरा परहेज करना चाहिए।

आपमें शारीरिक शक्ति तो उतनी नहीं होगी जितनी स्नायु शक्ति लगन और सहनशीलता की होगी। कभी-कभी आपको गहरी उदासी और निराशा का अनुभव होगा और उदासीनता से उबरने के लिए नशीली वस्तुओं के प्रलोभन से बचना चाहिए।

7, 2 और 6 की शृंखलाओं के अंक एवं तरीखें आपके लिए महत्त्वपूर्ण होंगे। जैसे 2, 6, 7, 11, 15, 16, 20, 24, 25 और 29। अपनी विशेष मुलाकातें या ज़रूरी काम इन्हीं तारीखों को करने की कोशिश करें।

किसी मास को 2, 11, 20, 28, 7, 16, 25 तथा एक और चार अंकों की श्रृंखला की तारीखों जैसे 1, 4, 10, 13, 19, 22, 28 या 31 को जन्मे व्यक्ति आपको विशेष आकर्षित करेंगे।

8, 17, 26 मई को जन्मे व्यक्ति

(इस मास के अंक 8 के व्यक्ति)

अगर आपका जन्म ऊपर बताई गई किसी तारीख को हुआ है तो ज्योतिष शास्त्र के नियमों और चाल्डीन अंक विज्ञान की मेरी गणना पद्धति के अनुसार, आप शनि, चन्द्र और शुक्र के प्रभाव में आते हैं। आपकी राशि वृष है, पृथ्वी त्रैविध्य का पहला घर। यदि आपका जन्म 26 मई को हुआ है तो आप मिथुन राशि के संक्राति काल में आते हैं, वायु त्रैविध्य का पहला घर, जिसका स्वामी बुध (उच्च का) है।

स्वास्थ्य : आपका शरीर ठोस और शारीरिक गठन बढ़िया होगा लेकिन आपको कफ और बलगम की अधिकता से परेशानी होगी। आपको ट्यूमर, अंदर के धाव, एपेंडिसाइटिस और निचली अंतड़ियों में अवरोध हो सकता है। आपको गठिया या जोड़ों के दर्द का बार-बार कष्ट हो सकता है। इसलिए आपको यथासंभव ऊंची और शुष्क जलवायु वाले स्थानों पर रहना चाहिए।

आप पाएंगे कि 4 और 8 की श्रृंखला के अंक आपके जीवन में असाधारण तरीकों से आ जाते हैं जैसे 4, 8, 13, 17, 22, 26 और 31। आपको यथासंभव इन्हीं तारीखों को महत्त्वपूर्ण काम करने की कोशिश करनी चाहिए।

9, 18, 27 मई को जन्मे व्यक्ति

(इस मास के अंक 9 के व्यक्ति)

अगर आपका जन्म ऊपर बताई गई किसी तारीख को हुआ है तो ज्योतिष शास्त्र के नियमों और चाल्डीन अंक विज्ञान की मेरी गणना पद्धति के अनुसार, आप मंगल शुक्र और चंद्र द्वारा प्रभावित हैं। आपकी राशि वृष है, पृथ्वी त्रैविध्य का तीसरा घर। यदि आपका जन्म 27 मई को हुआ है तो आपकी राशि मिथुन है, वायु त्रैविध्य का पहला घर, जिसका स्वामी बुध (उच्च का) है।

यह ग्रह योग असाधारण रूप से सशक्त है। वह आपके साहसपूर्ण कार्यों, खतरों, प्रेम और रोमांस से युक्त जीवन को बहुत घटनापूर्ण बनाएगा। इन गुणों के पीछे होगा आपका साहस, दृढ़ संकल्प और उद्देश्य में अडिग आस्था होना। आपके उद्देश्य अच्छे होंगे या बुरे, इसका निर्णय आपकी मनोवृत्ति करेगी।

आपमें पर्याप्त संगठन प्रतिभा होगी, ढेरों धन और शक्ति अर्जित करने की क्षमता भी होगी। लेकिन इसके साथ अपने कामों में आप खर्च के भारी बोझ से दबे रहेंगे।

इस प्रक्रिया में आप शक्तिशाली शत्रु भी बनाएंगे और तीखा विरोध भड़काएंगे। आपके जीवन को हिंसा और भय से कई बार खतरे होंगे। आपको लंबी और खर्चीली मुकदमेबाजी में घसीटा जाएगा जिससे आपको अक्सर भारी आर्थिक हानि उठानी पड़ेगी। यदि अपने आवेशों पर काबू रख सकें तो आप अपने उत्तम गुणों और योग्यता से बहुत लाभ उठा सकेंगे। परंतु हमेशा खतरा यही रहेगा कि आप मंगल वाली अपनी प्रकृति को अपने ऊपर हावी होने देंगे, जल्दबाजी वाले अपने निर्णयों को ग़लत मिजाज से प्रभावित होने देंगे तथा अपने विरोधियों को भी भड़काएंगे।

आप स्त्रियों (या पुरुषों) की ओर बहुत आकृष्ट अनुभव करेंगे। जिसके कारण आपको ईर्ष्या से उत्पन्न खतरों का सामना करना पड़ेगा। इसके फलस्वरूप

घाव, चोटों के अतिरिक्त हिंसा द्वारा मृत्यु का जबर्दस्त जोखिम उठाएंगे।

इस ग्रह दशा के अधीन जन्मे स्त्री-पुरुष दोनों ही में कभी-कभी असंयम की प्रवृत्ति भी आएगी, लेकिन ऐसा तभी अधिक होगा, जब वे असफल होंगे, सफल होने पर नहीं।

आपमें बहुत से व्यावहारिक गुण होंगे। आप प्रबंधक, किसी कार्यकारी पद या जिम्मेदारी के पद पर सफल सिद्ध होंगे। आप सेना, नौ सेना या सरकारी नौकरी में बहुत जल्दी उन्नति करेंगे।

आप अपने संकल्प की दृढ़ता और आत्मशक्ति के बल पर अपनी सब प्रकार की महत्त्वाकांक्षाओं की पूर्ति में सफल होंगे।

स्वास्थ्य : आपकी देहयष्टि सुदृढ़ और स्वास्थ्य शक्ति संपन्न होगी। लेकिन आपको सर्जन के चाकू का अनेक बार अनुभव करना होगा। मुख्यतः चेहरे और सिर में ज्यादा चोट लगने की संभावना है। दांत, जबड़ों और खोपड़ी की हड्डियों को भी खतरा होगा। जननेन्द्रिय में चोट लगने की संभावना है और जीवन में ऐसी स्थिति भी आ सकती है कि आपका एपोंडिक्स निकाला जाए।

आपको दुर्घटनाओं, बंदूक, पिस्तौल, आग और विस्फोट जैसी दुर्घटनाओं से बहुत खतरा रहेगा। आपको जानवरों, बाहर के जीवन और नई-नई खोज के कार्यों से बहुत प्रेम होगा लेकिन उन कार्यों से आपको काफी खतरे भी हो सकते हैं।

आपके लिए सबसे महत्त्वपूर्ण अंक और तिथियां नौ और छः तथा इनकी श्रृंखला की तारीखें होंगी। जैसे 6, 9, 15, 18, 24 और 27।

1, 10, 19, 28 जून को जन्मे व्यक्ति

(इस मास के अंक 1 के व्यक्ति)

अगर आपका जन्म ऊपर बताई गई किसी तारीख को हुआ है तो ज्योतिष शास्त्र के नियमों और चाल्डीन अंक विज्ञान की मेरी गणना पद्धति के

अनुसार, आप सूर्य, अरुण (यूरेनस) और मंगल (उच्च) के प्रभाव में आते हैं। आपकी राशि मिथुन है, वायु त्रैविध्य का पहला घर। यदि आपका जन्म 28 जून को हुआ है तो आप कर्क राशि के संक्रांति काल में आते हैं जो जल त्रैविध्य का पहला घर है।

स्वास्थ्य : आपका स्वास्थ्य बहुत मजबूत नहीं होगा, बल्कि छरहरा बदन रहेगा। आपका वजन औसत से कम ही रहेगा और शरीर थुलथुल कभी न होगा। आपका जीवन स्नायु ऊर्जा के आधार पर चलेगा। कभी-कभी आप एकदम निढाल भी हो जाएंगे जैसे ज़रूरत से ज़्यादा प्रयोग किए जाने पर बैटरी बैठ जाती है। फिर से तरोताजा होने के लिए आपको पर्याप्त आराम और नींद की आवश्यकता होगी।

आपको बदहजमी के अलावा कोई खास बीमारी नहीं होगी। बदहजमी भी अत्यधिक मानसिक काम करने और स्नायु तंत्र पर अधिक दबाव के कारण होगी। साथ ही फेफड़ों की तकलीफ की भी संभावना है जो जीवन के आरंभिक वर्षों में हो सकती है।

आपके लिए सबसे महत्त्वपूर्ण अंक और तारीखें वे होंगी। जिनका मूल अंक 1, 4 और 5 हो जैसे 1, 4, 10, 13, 19, 22, 23, 28 और 31 । आपको अपने सब ज़रूरी काम इन्हीं तारीखों को करने का प्रयास करना चाहिए।

2, 11, 20, 29 जून को जन्मे व्यक्ति

(इस मास के अंक 2 के व्यक्ति)

अगर आपका जन्म ऊपर बताई गई किसी तारीख को हुआ है तो ज्योतिष शास्त्र के नियमों और चाल्डीन अंक विज्ञान की मेरी गणना पद्धति के अनुसार, आप तरुण (नेप्चून), चंद्र और बुध (उच्च) के प्रभाव में हैं। आपकी राशि मिथुन है, वायु त्रैविध्य का पहला घर। यदि आपका जन्म 29 जून को हुआ है तो आपकी राशि कर्क है, जल त्रैविध्य का पहला घर।

स्वास्थ्य : आपका यह ग्रह योग इस बात की आशा नहीं बंधाता कि आप स्वस्थ और तगड़े होंगे। आपका पेट ठीक नहीं रहेगा इसलिए आपको अपने खानपान की ओर विशेष ध्यान देना चाहिए। जो खाना आपको अनुकूल पड़े वही ग्रहण करने की आदत डालिए। यदि आपने यह मार्ग अपनाया तो आप दीर्घ आयु की आशा कर सकते हैं, भले ही आप खूब तगड़े और बलवान कभी न हो पाएं।

आपके सबसे महत्त्वपूर्ण अंक और तारीखें होंगी। मूल अंक एक चार और पांच तथा उनकी श्रृंखला के अंक जैसे 2, 5, 7, 11, 14, 16, 20, 23, 25 और 29। आपको अपनी सर्वाधिक महत्त्वपूर्ण योजनाएं तथा मुलाकातें इन्हीं तारीखों को करने का प्रयास करना चाहिए।

3, 12, 21, 30 जून को जन्मे व्यक्ति

(इस मास के अंक 3 के व्यक्ति)

अगर आपका जन्म ऊपर बताई गई किसी तारीख को हुआ है तो ज्योतिष शास्त्र के नियमों और चाल्डीन अंक विज्ञान की मेरी गणना पद्धति के अनुसार, आप बृहस्पति और बुध (उच्च) के प्रभाव में हैं। आपकी राशि मिथुन है, वायु त्रैविध्य का पहला घर। यदि आपका जन्म 29 जून को हुआ है तो आपकी राशि कर्क है, जल त्रैविध्य का पहला घर जिसके स्वामी चंद्र और वरुण (नेप्चून) हैं।

स्वास्थ्य : अत्यधिक परिश्रम करने के कारण समय-समय पर आपकी शक्ति और स्नायुतंत्र जवाब दे देंगे। आप जल्दी-जल्दी बीमार पडेंगे। लेकिन स्वस्थ भी जल्दी ही हो जाया करेंगे। आपको सख्त सिर दर्द, नसों में दर्द, फेफड़े और श्वास नली संबंधी शिकायतें होने की संभावना है। आपको अपनी आंखों का विशेष रूप से ख्याल रखना चाहिए। उन पर अधिक दबाव न पड़ने दे। अगर आपको चश्मा लग जाए तो जांच कराके यथासमय चश्मा बदलते रहना चाहिए। आपका शरीर होगा तो दुबला-पतला लेकिन

काफी देर तक काम कर पाना संभव होगा।

आपके लिए सबसे महत्त्वपूर्ण अंक और तारीखें हैं–'तीन, पांच और उनकी श्रृंखला की तारीखें जैसे 3, 5, 12, 14, 21, 23 और 30। यदि आपका जन्म 30 जून हो तो 2-7 की श्रृंखला भी शुभ है। जैसे 2, 7, 16, 20, 24 और 29। आप यथासंभव इन्हीं तारीखों को अपने महत्त्वपूर्ण कार्य करने का निश्चय करें।

4, 13, 22 जून को जन्मे व्यक्ति

(इस मास के अंक 4 के व्यक्ति)

यदि आपका जन्म ऊपर बताई गई किसी तारीख को हुआ है तो ज्योतिष शास्त्र के नियमों और चाल्डीन अंक विज्ञान की मेरी गणना-पद्धति के अनुसार आप वरुण (नेप्चून), सूर्य और बुध (उच्च) द्वारा प्रभावित हैं आपकी राशि मिथुन है। वायु त्रैविध्य का पहला घर।

जून मास में जन्मे लोगों के चरित्र और स्वभाव की सामान्य विशेषताओं के विषय में पहले ही बताया जा चुका है लेकिन वरुण और बुध के ग्रह-योग का प्रभाव विशिष्ट और असाधारण है, इसलिए आपका जीवन भी असाधारण होगा।

आप बहुत ही व्यक्तिवादी होंगे। आप विचित्र लोगों और अनूठी चीज़ों को पसंद करेंगे। आकस्मिक और अनपेक्षित बातों की आपके जीवन में प्रमुख भूमिका रहेगी। आप जिस भी काम में हाथ डालेंगे, उसमें मौलिकता का परिचय देंगे। आपका अंतर्बोध या पूर्वाभास असाधारण होगा। आप सर्जनात्मक होंगे, नए-नए विचार सामाजिक सुधार और असाधारण विषय आपको आकर्षित करेंगे। आपकी रुचि के विषय होंगे-बिजली, टेलीविजन, विचार-संप्रेषण, टैलीपैथी, वायु तथा हवाई यात्रा से संबंधित आविष्कार।

आपको हवाई जहाज़, बवंडर, बिजली और पवन संबंधी खतरों के होने की संभावना है।

वैवाहिक जीवन सुखद होने की संभावना नगण्य ही है जब तक कि आपको अपने ही विचारों से मिलता-जुलता जीवन-साथी न मिल जाए।

आप तंत्र-रहस्य के किसी संप्रदाय की ओर आकृष्ट होंगे। यदि ऐसा हुआ तो लेखन तथा भाषण द्वारा उसे जनता के सामने लाने में भी जुटेंगे।

आपके रिश्तेदार आपको काफ़ी परेशान करेंगे और नाराज रहेंगे। अपनी स्वतंत्र प्रवृत्ति के कारण आप उनसे अलग रहना चाहेंगे। संभावना यह भी है कि आपको मुकदमेबाजी में उलझा दिया जाए। जहां तक संभव हो, आप इस स्थिति से बचें।

स्वास्थ्य : आपके स्वास्थ्य की स्थिति बड़ी अजीब रहेगी। आप खास स्वस्थ तो नहीं रहेंगे लेकिन आपकी बीमारियां असाधारण और रहस्यपूर्ण होंगी। आपके डाक्टर आपको जचेंगे नहीं, आप उन्हें बदलते रहेंगे। आपका शरीर दवाओं के प्रति संवेदनशील होगा जिसके कारण जरा-सी दवा भी आप पर बहुत ज्यादा असर करेगी। आप तरह-तरह की दवाओं का अपने ऊपर प्रयोग करते रहेंगे। खासकर मानसिक चिकित्सा संबंधी प्रयोग। आप 'नई विचारधारा' के अच्छे डाक्टर बन सकते हैं, परंतु उसका बहुत विरोध होगा और तरह-तरह की गलतफहमियां होंगी। 'चरमराते हुए दरवाज़े की तरह होने पर भी आप अपने कब्जों पर बहुत समय तक टिके रहेंगे।

आपके महत्त्वपर्ण अंक और तारीखें हैं 'चार' और 'पांच' तथा इनकी शृंखला की तिथियां जैसे 4, 5, 13, 14, 22, 23 और 31। आपको अपने खास-खास काम यथा-समय इन्हीं तारीखों को करना चाहिए।

अंक '3' और उसकी श्रृंखला की तारीखें जैसे 3, 12, 21, 30 के व्यक्ति आपके जीवन में बीच-बीच में आते रहेंगे परंतु ये लोग आपके पक्ष में नहीं विरोध में ही काम करेंगे। आपको इन अंकों या इनकी शृंखला की तारीखों का यथासंभव प्रयोग नहीं करना चाहिए। आप अंक 'आठ' और उसकी श्रृंखला के अंकों जैसे 8, 17 और 26 से भी बचें।

5, 14, 23 जून को जन्मे व्यक्ति

(इस मास के अंक 5 के व्यक्ति)

यदि आपका जन्म ऊपर बताई गई किसी तारीख को हुआ है तो ज्योतिष शास्त्र के नियमों और चाल्डीन अंक विज्ञान की मेरी गणना पद्धति के अनुसार, मंगल (उच्च) के घर में ही मंगल द्वारा प्रभावित हैं आपकी राशि मिथुन है, वायु त्रैविध्य का पहला घर।

स्वास्थ्य : स्वास्थ्य के मामले में आप स्वयं अपने सबसे बड़े शत्रु होंगे। वैसे आपका शारीरिक गठन अच्छा होगा लेकिन आप होंगे बहुत शीघ्र उत्तेजित हो जाने वाले। आप हर संभव तरीके से बहुत सारे काम अपने ऊपर ओढ़ लेंगे। इससे आपके हमेशा भगदड़ में ही पड़े रहने की संभावना है। यात्रा तथा परिवर्तन की आपको बहुत चाह रहेगी। शरीर को चलाते रखने के लिए आप उत्तेजक पदार्थों का प्रयोग करेंगे जो आपकी पाचन-क्रिया को हानिकारक सिद्ध होगा। नियमों और कायदों को मानना आपके स्वभाव के विरुद्ध होगा, इसलिए आप अपनी आदतों के संबंध में भी नियमित नहीं होंगे। आपको दिन या रात जब जो मिलेगा, वही खा लेंगे और जब मौका मिलेगा, आप सो लेंगे। इस प्रकार अपने उत्तम स्वास्थ्य को चौपट कर लेंगे।

आपको स्नायु-तंत्र की समस्या हो सकती है जैसे पलकों का फड़कना, जबान का लड़खड़ाना, रक्त-विकार, दाद, छाजन, फोड़े-फुंसी आदि।

आपके सबसे महत्त्वपूर्ण अंक हैं 'पांच' और उसकी श्रृंखला की तारीखें जैसे 5, 14 और 23 ।

6, 15, 24 जून को जन्मे व्यक्ति

(इस मास के अंक 6 के व्यक्ति)

यदि आपका जन्म ऊपर बताई गई किसी तारीख को हुआ है तो ज्योतिष

शास्त्र के नियमों और चाल्डीन अंक-विज्ञान की मेरी गणना-पद्धति के अनुसार आप शुक्र और बुध के प्रभाव में आते हैं। आपकी राशि मिथुन, वायु-त्रैविध्य का पहला घर।

स्वास्थ्य : स्वास्थ्य के मामले में सारी गड़बड़ी अधिक तनावपूर्ण स्नायु-तंत्र के कारण होगी। कभी-कभी आपको 'है–फीवर', श्वासनली की सूजन और दमा की शिकायत भी हो सकती है।

आपके सबसे महत्त्वपूर्ण अंक 'छः' और 'पांच' तथा इनकी श्रृंखला की तारीखें होंगी-जैसे 5, 6, 14, 15, 23 और 24।

7, 16, 25 जून को जन्मे व्यक्ति के

(इस मास के अंक 7 के व्यक्ति)

यदि आपका जन्म ऊपर बताई गई किसी तारीख को हुआ है तो ज्योतिष शास्त्र के नियमों और चाल्डीन अंक-विज्ञान की मेरी गणना-पद्धति के अनुसार आप चंद्र, वरुण (नेप्चून) और बुध के प्रभाव में हैं। आपकी राशि मिथुन है, वायु त्रैविध्य का पहला घर।

स्वास्थ्य : स्वास्थ्य के मामले में शरीर पर मन के हावी रहने के कारण, आपको विचित्र अनुभव होंगे। चिंता और दुःखद वातावरण के कारण आपका पेट और पाचन-क्रिया जल्दी-जल्दी गड़बड़ाती रहेगी। समय-समय पर मानसिक निष्क्रियता और गहरी उदासी का आपके स्वास्थ्य पर प्रभाव पड़ेगा। आपको बार-बार जुकाम होने, फेफड़ों की कमजोरी और रक्त-संचार में गड़बड़ी रहने की संभावना है।

आपके सबसे महत्त्वपूर्ण अंक 'दो', 'पांच', 'सात' और उनकी शृंखला की सभी तारीखें जैसे 2, 5, 7, 11, 14; 16, 20, 23, 25 और 29।

8, 17, 26 जून को जन्मे व्यक्ति

(इस मास के अंक 8 के व्यक्ति)

यदि आपका जन्म ऊपर बताई गई किसी तारीख को हुआ है तो ज्योतिष शास्त्र के नियमों और चाल्डीन अंक-विज्ञान की मेरी गणना-पद्धति के अनुसार आप शनि और बुध (उच्च) के प्रभाव में हैं। आपकी राशि मिथुन है, वायु त्रैविध्य का पहला घर।

यदि आपका जन्म 26 जून को हुआ है तो आप कर्क राशि के संक्रांतिकाल में आते हैं। यह राशि जल त्रैविध्य का पहला घर है। इस तारीख को जन्मे लोगों की दृढ़निश्चयी प्रवृत्ति प्रभाव जमाने वाली होगी।

स्वास्थ्य : आपको स्नायु-तंत्र सबसे अधिक परेशान करेगा। आप चिंताओं, समस्याओं और उदास करने वाली बातों से बहुत जल्दी परेशान हो जाएंगे। इनके फलस्वरूप आप अंतर्मुखी हो जाएंगे जिसका आपके स्वास्थ्य पर बुरा असर पड़ेगा। आपको अंतड़ियों की तकलीफ होने की संभावना है। गड़बड़ खान-पान के कारण रक्त विषाक्त होने का डर है आपको रेशेवाली सब्जियां अधिक खानी चाहिए और खूब पानी पीना चाहिए। आपके सिर में, खासकर दिमाग के निचले भाग में सख्त, सिर दर्द हो सकता है। आप अपनी आंखों की भी पूरी तरह देखभाल करें।

आपकी सबसे महत्त्वपूर्ण अंक और तारीखें 'आठ' और 'चार' तथा इनकी श्रृंखला की तारीखें हैं। जैसे 4, 8, 13, 17, 22, 26 और 31।

अंक 4 और 8 तथा उनकी श्रृंखला की तारीखें आपके लिए बहुत महत्त्व की होंगी खासकर यदि आपका जन्मदिन 26 जून है। परंतु यदि आपका अपना या आपका सोचा हुआ या आरंभ किया हुआ काम हो तो इनमें इन तारीखें का प्रयोग जहां तक हो सके, बचाएं।

9, 18, 27 जून को जन्मे व्यक्ति

(इस मास के अंक 9 के व्यक्ति)

अगर आपका जन्म ऊपर बताई गई किसी तारीख को हुआ है तो ज्योतिष शास्त्र के नियमों और चाल्डीन अंक-विज्ञान की मेरी गणना-पद्धति के अनुसार आप मंगल और बुध (उच्च) के प्रभाव में हैं। आपकी राशि मिथुन है, वायु त्रैविध्य का पहला घर। यदि आपका जन्म 27 जून को हुआ हो तो आप कर्क राशि के संक्रांति काल में आते हैं जो जल में त्रैविध्य का पहला घर है।

यह ग्रह-योग आपको प्रखर बुद्धि प्रदान करेगा परंतु आपको मानसिक रूप से झगड़ालू और बोलते समय अत्यधिक तर्क-वितर्क करने वाला बनाएगा।

स्वास्थ्य : आपको खराब स्वास्थ्य से उतना कष्ट नहीं होगा जितना कूल्हों, कंधों, बांहों और हाथों में दुर्घटनाओं के कारण लगी चोटों से होगा। आपकी बिजली हर प्रकार की मोटरों और वायु संबंधित दुर्घटनाओं की संभावना है। यदि आपका जन्म दिन 27 जून है तो पानी से भी कुछ खतरा हो सकता है।

आपके सबसे महत्त्वपूर्ण अंक और तारीखें हैं 5, 9, 14, 18, 23 और 27 आपको 2-7 वाले अंक और तारीखें भी प्रभावित करेंगी। आपको अपने सभी महत्त्वपूर्ण काम इन्हीं तारीखों को करने की कोशिश करनी चाहिए।

1, 10, 19, 28 जुलाई को जन्मे व्यक्ति

(इस मास के अंक 1 के व्यक्ति)

यदि आपका जन्म ऊपर बताई गई किसी तारीख को हुआ है तो ज्योतिष शास्त्र के नियमों और चाल्डीन अंक-विज्ञान की मेरी गणना-पद्धति के अनुसार आप सूर्य, अरुण (यूरेनस), वरुण (नेप्चून) और चंद्रमा के प्रभाव

में हैं आपकी राशि कर्क है, जल त्रैविध्य का पहला घर।

स्वास्थ्य : आपके शारीरिक शक्ति और स्फूर्ति बहुत होगी लेकिन आप ऐसे दिखेंगे नहीं आपको पाचन-क्रिया की गड़बड़ और अंतड़ियों की शिकायत रहेगी। आप अपने ही चिकित्सक बन जाएंगे और खान-पान की गहरी जानकारी रखकर अपनी बीमारियों को नियंत्रित रखेंगे। आप अपनी शारीरिक शक्ति और लंबी आयु से मित्रों को चकित कर देंगे।

आपके लिए सबसे महत्त्वपूर्ण अंक और तारीखें हैं–1, 10, 19 और 28 तथा 2, 4, 7, 11, 13, 16, 20, 22, 25, 29 और 31। आप अपने सभी महत्त्वपूर्ण काम इन्हीं तारीखों को करने की कोशिश करें। इसके साथ ही आप चार और आठ अंकों की तारीखों को यथा-संभव बचाने की कोशिश करें।

2, 11, 20, 29 जुलाई को जन्मे व्यक्ति

(इस मास के अंक 2 के व्यक्ति)

यदि आपका जन्म ऊपर बताई गई किसी तारीख को हुआ है तो ज्योतिष शास्त्र के नियमों और चाल्डीन अंक-विज्ञान की मेरी गणना-पद्धति के अनुसार आप चंद्र, सूर्य, अरुण (यूरेनस) और वरुण (नेप्चून) के प्रभाव में आते हैं। आपकी राशि कर्क है, जल त्रैविध्य का पहला घर।

स्वास्थ्य : 2, 11 और 20 जुलाई को जन्मे व्यक्तियों के स्वास्थ्य का विश्लेषण कठिन होगा। आप या तो बहुत ही तगड़े और बलवान होंगे या इसके बिलकुल विपरीत। 29 जुलाई का जन्म होने के कारण आप अंक दो के व्यक्ति तो हैं, लेकिन आप आते निम्न श्रेणी में हैं। इस तारीख का सिंह राशि का संक्रांति काल आरंभ होना बहुत-सी संभावनाओं का सूचक है लेकिन इसके लिए ज़रूरत इस बात की है कि अपने जीवन की संभावनाओं के सर्वोत्तम परिणाम हासिल करने के लिए महत्त्वाकांक्षाओं से प्रेरित भी हों।

यदि आपका जन्म 2, 11 या 20 जुलाई को हुआ है तो चंद्र का प्रभाव

आपकी स्थितियों पर महत्त्वपूर्ण असर डालेगा। आप अपने परिवेश और पर्यावरण के प्रति बहुत ही संवेदनशील होंगे। यदि परिवेश सौभाग्यपूर्ण और सुखद हुआ तो आप किसी खास बीमारी से ग्रस्त हुए बिना जीवन व्यतीत कर लेंगे। इसके विपरीत यदि आपको उदासीपूर्ण तथा अप्रिय परिस्थितियों में रहना पड़ा तो आपको अनेक शारीरिक कष्ट और रोग हो सकते हैं। दूसरे शब्दों में आपके साथ प्रश्न होगा शरीर पर मन के प्रभाव का।

दर्द और भीतरी अंगों में ऐंठन की आपको आम शिकायत होगी। आपको ट्यूमर होने की भी कुछ संभावना हो सकती है और अंतड़ियों में चोट या घाव भी हो सकते हैं।

जुलाई की इन तारीखों को जन्मे स्त्री-पुरुषों के लिए सादा ख़ान-पान और खूब पानी पीना अधिक अच्छा रहेगा।

आपके सबसे महत्त्वपूर्ण अंक और तारीखें हैं–1, 2, 7, 10, 11, 16, 19, 20, 25, 28 और 29। आपको अपने ज़रूरी काम यथासंभव इन्हीं तारीखों को करने चाहिए।

3, 12, 21, 30 जुलाई को जन्मे व्यक्ति

(इस मास के अंक 3 के व्यक्ति)

यदि आपका जन्म ऊपर बताई गई किसी तारीख को हुआ है तो ज्योतिष शास्त्र के नियमों और चाल्डीन अंक-विज्ञान की मेरी गणना-पद्धति के अनुसार आप बृहस्पति, वरुण (नेप्चून) और चंद्र के प्रभाव में आते हैं। आपकी राशि कर्क है, जल त्रैविध्य का पहला घर।

स्वास्थ्य : आपका शारीरिक गठन अच्छा होगा और जीवन के प्रति हर्ष और आनंदपूर्ण दृष्टिकोण के कारण, स्वास्थ्य अच्छा ही बना रहेगा। आप अपने जीवन-यापन संयम बरतने वाले और नियम पूर्ण जीवन-चर्या वाले व्यक्ति होंगे जिससे बीमारियां भी कम होंगी। आपको अधिक से अधिक घर से बाहर रहना पसंद होगा और यदि ऐसा कर सके तो जीवन के कार्य

भी सर्वोत्तम ढंग से कर सकेंगे।

आपके साथ खतरा बस यही होगा कि आप बहुत सारी जिम्मेदारियां अपने ऊपर ले लेंगे और बहुत अधिक परिश्रम के कारण अपनी आयु कम कर लेंगे। ।

आपके सबसे महत्त्वपूर्ण अंक या तारीखें हैं–2, 3, 7, 11, 12, 16, 20, 21 25, 29 और 30। आपको चाहिए कि आप अपने महत्त्वपूर्ण काम यथा संभव इन्हीं तारीखों को करें।

4, 13, 22, 31 जुलाई को जन्मे व्यक्ति

(इस मास के अंक 4 के व्यक्ति)

यदि आपका जन्म ऊपर बताई गई किसी तारीख को हुआ है तो ज्योतिष शास्त्र के नियमों और चाल्डीन अंक-विज्ञान की मेरी गणना-पद्धति के अनुसार आप अरुण (यूरेनस), वरुण (नेप्चून) और सूर्य के प्रभाव में है। आपकी कर्क राशि है, जल-त्रैविध्य का पहला घर।

स्वास्थ्य : स्वास्थ्य के संबंध में आपको तरह-तरह के असाधारण अनुभव होंगे। आपको समझना डाक्टरों के लिए कठिन होगा। कई लोग आपको वहमी समझकर आपकी शिकायतों पर विश्वास ही नहीं करेंगे। यही स्थिति आपके रिश्तेदारों की होगी–वे आपको गलत समझेंगे।

आपको अपने भोजन के विषय में पर्याप्त सावधानी बरतनी होगी क्योंकि आपको टोमेन विष से खतरा होगा। मछली, समुद्री झींगा मछली, चिंगट, केकड़ा आदि सामिष पदार्थ खाने के विषय में बहुत सावधानी बरतनी चाहिए।

आपके लिए सबसे महत्त्वपूर्ण अंक और तारीखें हैं–4, 8, 13, 17, 22, 26 और 31। आपको कोशिश करनी चाहिए कि इन्हीं तारीखों को महत्त्वपूर्ण काम करें।

5, 14, 23 जुलाई को जन्मे व्यक्ति

(इस मास के अंक 5 के व्यक्ति)

यदि आपका जन्म ऊपर बताई गई किसी तारीख को हुआ है तो ज्योतिष शास्त्र के नियमों और चाल्डीन अंक-विज्ञान की मेरी गणना-पद्धति के अनुसार आप बुध, चंद्र और वरुण (नेप्चून) के प्रभाव में हैं। आपकी राशि कर्क है, जल-त्रैविध्य का पहला घर।

स्वास्थ्य : आपमें स्वास्थ्य के पुनर्लाभ की बहुत क्षमता होगी। किसी भी बीमारी के बाद आप जल्दी स्वस्थ हो जाएंगे। आपकी परेशानियों का मुख्य कारण होगा जल्दी उत्तेजित हो जाने वाला स्नायु-तंत्र और विश्राम न कर पाना। आयु बढ़ जाने पर आपके चेहरे की नसें फड़कने और टांगों में चोट लगने या लकवा मार जाने का खतरा है।

आपके लिए सबसे महत्त्वपूर्ण अंक और तारीखें हैं–5, 14 और 23। आपको 2 तथा 7 की श्रृंखला के अंक भी काफी प्रभावित करेंगे। आपको अपने सभी महत्त्वपूर्ण कार्य इन तारीखों को करने चाहिए। 2, 5, 7, 11, 14, 16, 20, 24, 25 और 29।

6, 15, 24 जुलाई को जन्मे व्यक्ति

(इस मास के अंक 6 के व्यक्ति)

यदि आपका जन्म ऊपर बताई गई किसी तारीख को हुआ है तो ज्योतिष शास्त्र के नियमों और चाल्डीन अंक-विज्ञान की मेरी गणना पद्धति के अनुसार आप शुक्र, चंद्र और वरुण (नेप्चून) के प्रभाव में हैं। आपकी राशि कर्क है, जल-त्रैविध्य का पहला घर।

स्वास्थ्य : आरंभिक वर्षों में आप बहुत शक्तिवान होंगे लेकिन अत्यधिक परिश्रम और तनावों के कारण अपना स्वास्थ्य खराब कर लेंगे। बहुत संभव है कि आपको आंतरिक बीमारियां हों जैसे अंतड़ियों में अवरोध, ट्यूमर,

एपेडिसाइटिस और हार्निया। परंतु आपके स्वास्थ्य की बुनियाद इतनी मजबूत है कि खाने-पीने में परहेज बरतकर और नियमित दिन-चर्या रखकर आप इन बीमारियों से बच सकते हैं या इन पर नियंत्रण रख सकते हैं।

आपके लिए सबसे महत्त्वपर्ण अंक और तारीखें हैं–6, 7, 11, 15, 16, 20, 24, 25 और 29। आपको अपने महत्त्वपूर्ण काम यथासंभव इन्हीं तारीखों को करने की चेष्टा करनी चाहिए।

7, 16, 25 जुलाई को जन्मे व्यक्ति

(इस मास के अंक 7 के व्यक्ति)

यदि आपका जन्म ऊपर बताई गई किसी तारीख को हुआ है तो ज्योतिष शास्त्र के नियमों और चाल्डीन अंक-विज्ञान की मेरी गणना-पद्धति के अनुसार आप वरुण (नेप्चून) और चंद्र के प्रभाव में हैं। आपकी राशि कर्क है, जल त्रैविध्य का पहला घर।

स्वास्थ्य : राशि चक्र की यह एक और ऐसी स्थिति है, जिसमें मन शरीर पर शासन करता है। यदि आपका जन्म 7, 16 या 25 जुलाई को हुआ है तो आपका शरीर शायद उतना स्वस्थ न हो। यदि आप किसी उद्देश्य किसी-विशेष की पूर्ति में दत्तचित्त हों तो आपमें कष्ट सहने की पर्याप्त शक्ति भी आ जाएगी।

शारीरिक रूप से आपको असाधारण बीमारियां होने की संभावना रहेंगी, जैसे-ट्यूमर, भीतरी अवयवों में घाव, कभी ठीक न होने वाले जुकाम आदि की भी शिकायत हो सकती है।

जहां तक संभव हो, खुशमिजाज और हंसी-खुशी वाली जीवन दृष्टि रखें। जीवन के प्रति यदि आपका स्वस्थ दृष्टिकोण रहेगा तो शरीर-स्वास्थ्य की ये शिकायतें भी अपने आप ही दूर हो जाएंगी।

आपके सबसे महत्त्वपूर्ण अंक और तारीखें हैं–2, 7, 11, 16, 20, 25 और 29। आपको प्रयासपूर्वक इन्हीं तारीखों को अपनी योजनाएं या मुलाकातें करनी चाहिए। ये तारीखें साल के किसी भी महीने में शुभ प्रभाववाली होंगी।

8, 17, 26 जुलाई को जन्मे व्यक्ति

(इस मास के अंक 8 के व्यक्ति)

यदि आपका जन्म 8 या 17 जुलाई को हुआ है तो ज्योतिष शास्त्र के नियमों और चाल्डीन अंक-विज्ञान की मेरी गणना-पद्धति के अनुसार आप शनि, वरुण (नेप्चून) और चंद्र के प्रभाव में आते हैं। आपकी राशि कर्क है, जल त्रैविध्य का पहला घर। 26 जुलाई इनसे भिन्न हैं उस दिन जीवनदाता सूर्य कर्क राशि से चलकर, सिंह राशि में प्रवेश करता है जो सूर्य का अपना घर है।

स्वास्थ्य : यदि आप 8, 17 या 26 जुलाई को जन्मे हैं तो आपकी पाचन-क्रिया के अवयवों–गुर्दे, जिगर और बड़ी आंत को प्रभावित करने वाला अम्ल इकट्ठा हुआ करेगा जिससे आपको जोड़ों, टखनों और पांवों में गठिया की शिकायत हो सकती है।

आपके सबसे महत्त्वपूर्ण अंक 'चार' और 'आठ' और इनकी श्रृंखला के अंक हैं। आपको जहां तक हो सके, अंक 9 (मंगल) से बचना चाहिए जैसे 9, 18, 27।

आपका जीवन भाग्य के भरोसे चलेगा, इसलिए अच्छा हो कि आप यथासंभव अपने ही अंकों और तारीखों का प्रयोग करें जैसे 4, 8, 17, 22, 26 और 31। सूर्य 26 जुलाई को अपने घर में प्रवेश करेगा और 1 तथा 4 के अंकों को महत्त्व प्रदान करेगा। ये अंक हैं–1, 4, 10, 13, 19, 22, 28 और 31 लेकिन अंक 8 जो शनि का अंक है, इनके समान ही महत्त्वपूर्ण होगा।

9, 18, 27 जुलाई को जन्मे व्यक्ति

(इस मास के अंक 9 के व्यक्ति)

यदि आपका जन्म 9 या 17 जुलाई को हुआ है (27 जुलाई के विषय में बाद में बताया जाएगा) तो ज्योतिष शास्त्र के नियमों और चाल्डीन अंक-

विज्ञान की मेरी गणना-पद्धति के अनुसार आप मंगल, चंद्र और वरुण के प्रभाव में हैं। आपकी राशि कर्क है, जल-त्रैविध्य का पहला घर।

कर्क राशि में मंगल का प्रभाव अस्त होने लगता है इसलिए आपका जीवन विसंगतियों से भरा होगा और अपने उद्देश्य की पूर्ति के लिए दृढ़ संकल्प-शक्ति और सबल चरित्र की आवश्यकता होगी।

स्वास्थ्य : आपके विषय में स्वास्थ्य कोई महत्त्वपूर्ण प्रश्न नहीं रहेगा। आप में पर्याप्त शक्ति होगी जिससे किसी भी बीमारी से जल्दी ठीक हो जाएंगे। ध्यान देने योग्य बात है दुर्घटनाओं का खतरा जिनसे आपको चोट लग सकती है, खासकर टांगों और पांवों में आपको मोटर, ट्रेन और जहाज से यात्रा करने पर खतरा हो सकता है।

आपको अपनी आंखों की अच्छी देखभाल करनी चाहिए। संभव है कि आपको मोतियाबिन्द का ऑपरेशन कराना पड़े।

आपके महत्त्वपूर्ण अंक और संख्याएं हैं–नौ, दो और सात तथा इनकी श्रृंखला की तारीखें जैसे–2, 7, 9, 11, 16, 18, 20, 25, 27 और 29। आपको अपने जरूरी काम इन्हीं तारीखों को निबटाने की कोशिश करनी चाहिए।

1, 10, 19, 28 अगस्त को जन्मे व्यक्ति

(इस मास के अंक 1 के व्यक्ति)

यदि आपका जन्म ऊपर बताई गई किसी तारीख को हुआ है तो ज्योतिष शास्त्र के नियमों और चाल्डीन अंक-विज्ञान की मेरी गणना-पद्धति के अनुसार आप सूर्य और अरुण (यूरेनस) के प्रभाव में हैं। आपकी राशि सिंह है, अग्नि-त्रैविध्य का दूसरा घर।

स्वास्थ्य : बचपन और जीवन के आरंभिक वर्षों में छोटी-छोटी बीमारियां होती रहेंगी, खासकर बुखार, गठिया, रक्त-विकार, कारबंकल और फोड़ों आदि। 28 वर्ष की आयु के बाद आप इन बीमारियों से

निकलकर स्वस्थ और हट्टे-कट्टे हो जाएंगे।

आपके सबसे महत्त्वपूर्ण अंक और तारीखें हैं–1, 4, 10, 13, 19, 22, 28 और 31। आपको अपने महत्त्वपूर्ण काम यथासंभव इन्हीं तारीखों को करने चाहिए।

2, 11, 20, 29 अगस्त को जन्मे व्यक्ति

(इस मास के अंक 2 के व्यक्ति)

यदि आपका जन्म ऊपर बताई गई किसी तारीख को हुआ है तो ज्योतिष शास्त्र के नियमों और चाल्डीन अंक-विज्ञान की मेरी गणना-पद्धति के अनुसार आप सूर्य, चंद्र और वरुण (नेप्चून) के प्रभाव में आते हैं। आपकी राशि सिंह है, अग्नि त्रैविध्य का दूसरा घर। यदि आपका जन्म 29 अगस्त को हुआ है तो आप कन्या राशि के संक्रांति काल में आते हैं जो पृथ्वी त्रैविध्य का दूसरा घर है।

स्वास्थ्य : आपको अपने स्वास्थ्य के विषय में सावधान रहना होगा। आपको अपनी शक्ति बर्बाद नहीं करनी चाहिए। आपको फेफड़े और गले की तकलीफ हो सकती है। दिल की धड़कन अनियमित और रक्त-विकार भी गड़बड़ रह सकता है।

आपके महत्त्वपूर्ण अंक और तारीखें 2, 7 तथा इनकी श्रृंखला वाली होंगी जैसे 2, 7,11, 16, 20, 25 और 29। सूर्य और अरुण (यूरेनस) के द्वितीयक अंक 1, 4 और इनकी श्रृंखला की तारीखें जैसे 1, 4, 10, 13, 19, 22, 28 और 31 की उपयोगी रहेगी। आपको अपने आवश्यक और महत्त्वपूर्ण कार्य यथासंभव इन्हीं तारीखों को करने की चेष्टा करनी चाहिए। यदि आपका जन्म 29 अगस्त को हुआ हो तो भी आपकी महत्त्वपूर्ण तिथियां ये ही रहेंगी।

3, 12, 21, 30 अगस्त को जन्मे व्यक्ति

(इस मास के अंक 3 के व्यक्ति)

यदि आपका जन्म ऊपर बताई गई किसी तारीख को हुआ है तो ज्योतिष शास्त्र के नियमों और चाल्डीन अंक-विज्ञान की मेरी गणना-पद्धति के अनुसार बृहस्पति, सूर्य और अरुण (यूरेनस) के प्रभाव में आपकी राशि सिंह है जो अग्नि त्रैविध्य का दूसरा घर है। यदि आपका जन्म 30 अगस्त को हुआ है तो अगली राशि कन्या आरंभ होने का अंतिम दिन होने के कारण आप पर बृहस्पति और बुध (नीच) का प्रभाव भी होगा जो पृथ्वी त्रैविध्य का दूसरा घर है।

स्वास्थ्य : आपका स्वास्थ्य आजीवन अच्छा रहेगा बशर्ते आप भारी खाना खाने और अधिक घी-मसाले वाली चीज़ों का परहेज रखें। आप जिस पद पर होंगे, उसके कारण बहुत-सी दावतों में सम्मिलित होना पड़ेगा, इसलिए गरिष्ठ भोजन से पूरी तरह बचे रहना कठिन होगा। आपको सबसे अधिक खतरा उच्च रक्त-चाप से होगा; या फिर ज्यादा काम करने के कारण हृदय गति रुकने या गड़बड़ होने से।

आपके लिए सबसे महत्त्वपूर्ण अंक और तारीखें हैं तीन, एक और चार की श्रृंखला वाली तारीखें जैसे–1, 3, 4, 10, 12, 13, 19, 21, 22, 28, 30 और 31। लेकिन आपके तीन और एक अंक की श्रृंखला वाली तारीखें अधिक शुभ होंगी। आपको अपने आवश्यक और महत्त्वपूर्ण काम यथासंभव किसी भी महीने की इन्हीं शृंखला वाली तारीखों को करने का यत्न करना चाहिए।

14, 13, 22, 31 अगस्त को जन्मे व्यक्ति

(इस मास के अंक 4 के व्यक्ति)

यदि आपका जन्म ऊपर बताई गई किसी तारीख को हुआ है तो ज्योतिष शास्त्र के नियमों और चाल्डीन अंक-विज्ञान की मेरी गणना-पद्धति के

अनुसार आप अरुण (यूरेनस) और सूर्य के प्रभाव में आते हैं। आपकी राशि सिंह है, अग्नि त्रैविध्य का दूसरा घर। यदि आपका जन्म 31 अगस्त को हुआ है तो आप अगली कन्या राशि के संक्रांति काल में हैं जो पृथ्वी त्रैविध्य का दूसरा घर है, और सूर्य बुध (नीच के) तथा अरुण (यूरेनस) द्वारा अधिक प्रभावित होंगे।

स्वास्थ्य : वैसे तो आप हृष्ट-पुष्ट होंगे परंतु आपका स्वस्थ रहना आपके परिवेश पर अधिक निर्भर करेगा। आपकी मानसिक स्थिति आपके स्वास्थ्य को प्रभावित करती रहेगी। यदि आप अप्रसन्न रहेंगे तो आप चिंता में डूबेंगे और उदासी की अवस्था में अपने आप में डूब जाएंगे। इससे आपके शरीर के अंदर अपने-आप विष बनने और फैलने का खतरा हो सकता है। कुछ अवरोध और रहस्यमय रोग भी हो सकते हैं। जिनका निदान करना कठिन होगा।

आपके शरीर की हड्डियां झुरझुरी या कमजोर हो जाएंगी इसलिए यथासंभव गिरने और हाथ-पांव की चोटों से बचें। आपकी रीढ़ की हड्डी भी कमजोर हो सकती है या उसमें चोट लग सकती है।

अगस्त में अरुण (यूरेनस) के अंक और तारीखों में जन्मे लोग दो प्रकार के हो सकते हैं। एक प्रकार के वे लोग जो अधेड़ अवस्था तक काफी मोटे हो जाते हैं। यदि आप इस श्रेणी में आते हैं तो आप हृदय रोगों से और दिमाग को प्रभावित करने वाली मूर्च्छा के खतरे से सावधान रहें।

इसके विपरीत दूसरे श्रेणी के वे लोग होते हैं जिनका अधेड़ अवस्था के बाद वजन घटने लगता है। इनको स्नायु रोगों से सावधान रहना चाहिए अन्यथा बाद में उन्हें लकवा मार सकता है।

आजीवन आपके महत्त्वपूर्ण अंक और तारीखें 4, 13, 22 और 28 होंगी। 21 जून से अगस्त के अंत तक और 21 दिसंबर से 19 फरवरी तक 8, 17 तथा 26 तारीखें भी शुभ होंगी। आपको अपने आवश्यक और महत्त्वपूर्ण काम यथासंभव इन्हीं तारीखों को करने चाहिए।

5, 14, 23 अगस्त को जन्मे व्यक्ति

(इस मास के अंक 5 के व्यक्ति)

यदि आपका जन्म ऊपर बताई गई किसी तारीख को हुआ है तो ज्योतिष शास्त्र के नियमों और चाल्डीन अंक-विज्ञान की मेरी गणना-पद्धति के अनुसार आप बुध, सूर्य और अरुण (यूरेनस) के प्रभाव में आते हैं। आपकी राशि सिंह है, अग्नि त्रैविध्य का दूसरा घर।

स्वास्थ्य : आपमें अपने स्नायु-तंत्र पर आवश्यकता से अधिक दबाव डालने की प्रवृत्ति होगी। आप इस असमय के कारण अपने शरीर को थका डालेंगे जिससे शरीर के विभिन्न अंगों और नसों में दर्द हो सकता है। कभी-कभी आपको जबर्दस्त अपच की शिकायत और भीतरी अवयवों की गड़बड़ी भी हो सकती है।

ऐसी अवस्था में आप झटपट आराम पहुंचाने वाली चीज़ों का सहारा लेंगे। ऐसी स्थिति में यदि आपने अपने ऊपर नियंत्रण न रखा तो दवाइयों और उत्तेजक पदार्थों के आदी हो जाएंगे। इसके एक उदाहरण थे प्रसिद्ध फ्रांसिसी लेखक गाइ द मोपासां।

किसी भी महीने में विशेष कर जून और सितंबर में आपके लिए सबसे महत्त्वपूर्ण अंक और तारीखें हैं–5, 14, 23 तथा इनसे कुछ कम महत्त्वपूर्ण हैं–1, 10, 19 और 28।

6, 15, 24 अगस्त को जन्मे व्यक्ति

(इस मास के अंक 6 के व्यक्ति)

यदि आप ऊपर बताई गई किसी तारीख को जन्मे हैं तो ज्योतिष शास्त्र के नियमों और चाल्डीन अंक-विज्ञान की मेरी गणना-पद्धति के अनुसार आप शुक्र, सूर्य और अरुण (यूरेनस) के प्रभाव में आते हैं। आपकी राशि सिंह है, अग्नि त्रैविध्य का दूसरा घर।

स्वास्थ्य : यह पक्ष भी आपके अनुकूल है। आप स्वस्थ जीवन जिएंगे। लेकिन आपका जानवरों से खतरा हो सकता है–शायद उनके प्रति आपके प्रेम के कारण। ढलती उम्र में आपको हृदय की कमजोरी और जलोदर के लक्षण हो सकते हैं। जिनका आपके शरीर के निचले भाग पर असर हो सकता है।

आपके लिए 6, 1 और 4 की श्रृंखला के अंक सबसे महत्त्वपूर्ण होंगे जैसे 1, 4, 6, 10, 13, 15, 19, 22, 24, 28 और 31। आप अपने सभी महत्त्वपूर्ण काम यथासंभव इन्हीं तारीखों को करने की कोशिश करें। किसी योजना को आरंभ करने के लिए 4 अंक की श्रृंखला वाली तारीखें चुनने की राय मैं नहीं दूंगा। यदि किसी कारण से यह आपके जीवन में आ ही जाए तो उसका प्रभाव देखिए। यह बात मैं कोई भरोसा देने की दृष्टि से नहीं वरन् चेतावनी के तौर पर कह रहा हूं।

7, 16, 25 अगस्त को जन्मे व्यक्ति

(इस मास के अंक 7 के व्यक्ति)

यदि आपका जन्म ऊपर बताई गई किसी तारीख को हुआ है तो ज्योतिष शास्त्र के नियमों और चाल्डीन अंक-विज्ञान की मेरी गणना-पद्धति के अनुसार आप वरुण, चंद्र, सूर्य और अरुण (यूरेनस) के प्रभाव में आते हैं। आपकी राशि सिंह है। अग्नि वैविध्य का दूसरा घर।

स्वास्थ्य : आपके स्वास्थ्य का संबंध आपके मन से है। आपके लिए यह भौतिकता से आपकी आत्मा का संघर्ष है। देखने में तो आप बहुत तगड़े नहीं लगेंगे किंतु आपकी सहन-शक्ति औसत से कहीं अधिक होगी। आपकी खान-पान की आदतें अजीब होंगी और इस संबंध में आपको अपनी अंतर्बोध के अनुसार चलना चाहिए।

यदि आपका जन्म ऐसी तारीख को हुआ है, जिसका योगांक 7 आता है तो आप अंक 7 के व्यक्ति हैं और आप पाएंगे कि यह अंक आपके जीवन के कार्यों में सर्वाधिक महत्त्वपूर्ण भूमिका निभाएगा। दो की शृंखला

के अंक भी सात के समान ही महत्त्वपूर्ण होंगे। इन अंकों और तारीखों की 21 जून से 30 अगस्त और 25 दिसंबर से मार्च के अंत तक विशेष सार्थकता होगी। आवश्यक कामों में यथासंभव इन्हीं अंकों का प्रयोग करें।

8, 17, 26 अगस्त को जन्मे व्यक्ति

(इस मास के अंक 8 के व्यक्ति)

यदि आपका जन्म अगस्त की ऊपर बताई गई किसी तारीख को हुआ है तो ज्योतिष शास्त्र के नियमों और चाल्डीन अंक-विज्ञान की मेरी गणना-पद्धति के अनुसार आप शनि, अरुण (यूरेनस) और सूर्य के प्रभाव में हैं। आपकी राशि सिंह है, अग्नि त्रैविध्य का दूसरा घर॥

8, 17 और 28 का योगांक 8 के व्यक्ति हैं। अरुण का प्रभाव अंक '4' पर है। इस कारण आप पाएंगे कि 8 और 4 दोनों ही अंक आपके जीवन में बहुत महत्त्व रखते हैं।

स्वास्थ्य : किसी अज्ञात कारण से स्वास्थ्य के मामले में आपका जीवन विरोधाभासों से भरा होगा। या तो आप बहुत स्वस्थ एवं शक्तिसंपन्न होंगे या इसके ठीक विपरीत।

यदि आप पहले वर्ग के व्यक्ति होंगे तो प्रचुर ऊर्जा और शक्ति के स्वामी होंगे। परंतु जिस ग्रह-योग के अधीन आपका जन्म हुआ है जो 8, 17 और 26 अगस्त का स्वामी है, इसके कारण कुछ रहस्यमयी आध्यात्मिक शक्तियां इन तारीखों को जन्में लोगों के जीवन को नियंत्रित करती हैं।

यदि इनमें से किसी तारीख को आपका जन्म हुआ है तो दूसरों के तनिक भी विरोधी विचार होने पर, उनके बारे में अधिक सोचने से आप बीमार हो सकते हैं। ऐसी स्थिति में आपकी बीमारियां अजीब होंगी जिनका इलाज साधारण तरीकों से आसानी से नहीं किया जा सकेगा। अच्छे इरादे से साथ डाक्टर जो भी इलाज करेंगे, वह भी ग़लत होगा।

आपके शरीर के आंतरिक अंगों में दर्द होगा जिनका निदान करना

कठिन होगा। दवाइयों आदि से आपके शरीर में जहर फैलने का खतरा है। अंतड़ियों में भी रुकावट हो सकती है। इन सबके बाद आप उतने ही रहस्यमय तरीकों से ठीक भी हो जाएंगे और इस बात की संभावना है कि आप दीर्घकाल तक जीवित रहें।

संभावना यह भी है कि आपके साथ बहुत सी दुर्घटनाएं हों और टांगों या पांव की हड्डियां टूट या मुड जाएं। आपकी टखनों में कमजोरी हो सकती है और गठिया एवं जोड़ों में दर्द भी हो सकता है।

आप अंक 'आठ' के व्यक्ति हैं। आप पाएंगे कि आपकी महत्त्वपूर्ण तारीखें 4 या 8 की श्रृंखला की हैं। जैसे 4, 8, 3, 17, 22, 26 और 31। आपका जिन अंकों से वास्ता पड़ेगा उनके योगांक इसी नियम का अनुसरण करेंगे।

मैं यह वायदा नहीं कर सकता कि ये अंक आपके लिए शुभ ही होंगे क्योंकि ये भय परायण अंक हैं। ये अंक अशुभ भी हो सकते हैं, परंतु इसके लिए पहले से मानसिक रूप से तैयार रहना अच्छा है।

9, 18, 27 अगस्त को जन्मे व्यक्ति

(इस मास के अंक 9 के व्यक्ति)

यदि आपका जन्म ऊपर बताई गई किसी तारीख को हुआ है तो ज्योतिष शास्त्र के नियमों और चाल्डीन अंक-विज्ञान की मेरी गणना-पद्धति के अनुसार, आप मंगल सूर्य और अरुण (यूरेनस) के प्रभाव में हैं। आपकी राशि सिंह है, अग्नि त्रैविध्य का दूसरा घर।

स्वास्थ्य : आपका शरीर स्वस्थ और सशक्त होगा परंतु कभी-कभी अचानक तेज बुखार चढ़ सकता है। आपके साथ दुर्घटनाएं भी कई होंगी जिनसे पीठ और टांगों आदि में चोट लग सकती है।

मंगल का अंक 'नौ' और सूर्य का अंक 'एक' आपके लिए सर्वाधिक शुभ है। इनकी श्रृंखला के अंक और तारीखें हैं–1, 10, 19, 28 तथा 9, 18 और 27।

आपके शुभ रंग हैं–लाल, गुलाबी या रानी रंग, पीला, सुनहरा, नारंगी और सुनहरे भूरे रंगों के सभी शेड।

1, 10, 19, 28 सितंबर को जन्मे व्यक्ति

(इस मास के अंक 1 के व्यक्ति)

यदि आपका जन्म ऊपर बताई गई किसी तारीख को हुआ है तो ज्योतिष शास्त्र के नियमों और चाल्डीन अंक-विज्ञान की मेरी गणना-पद्धति के अनुसार आप सूर्य, बुध और अरुण (यूरेनस) के प्रभाव में बुध (नीच) के घर में आते हैं जो पृथ्वी त्रैविध्य का दूसरा घर है।।

स्वास्थ्य : यदि आपका जन्म 1, 10, 19, 28 सितंबर को हुआ है तो आपका स्वास्थ्य अच्छा रहेगा परंतु बिल्कुल स्वस्थ रहने के लिए अधिक से अधिक ताजी साफ हवा और व्यायाम आवश्यक है। भीड़-भाड़ भरे परिवेश या बंद जिंदगी के लिए प्रकृति ने आपको नहीं बनाया है।

आप अंक 'एक' के व्यक्ति हैं इसलिए आपके लिए महत्त्वपूर्ण अंक और तारीखें हैं–1, 10, 19 और 28। आपके जीवन में अंक 'पांच' और उसकी शृंखला की तारीखों की भी महत्त्वपूर्ण भूमिका होगी।

2, 11, 20, 29 सितंबर को जन्मे व्यक्ति

(इस मास के अंक 2 के व्यक्ति)

यदि आपका जन्म ऊपर बताई गई किसी तारीख को हुआ है तो ज्योतिष शास्त्र के नियमों और चाल्डीन अंक-विज्ञान की मेरी गणना-पद्धति के अनुसार आप चंद्र, वरुण और बुध के प्रभाव में आते हैं। आपकी राशि कन्या है, पृथ्वी के त्रैविध्य का दूसरा घर। आप अंक दो की श्रेणी में आते हैं क्योंकि उपरोक्त सभी तारीखों का योगांक दो ही होगा।

स्वास्थ्य : आपको स्वास्थ्य संबंधी कई परेशानियां हो सकती हैं।

आपकी पाचन-क्रिया गड़बड़ होगी, पेट और आंतों की परेशानी हो सकती है। जो भोजन आप पचा सकें वही खाना चाहिए। अपने अनुभव से ही आप जान सकेंगे कि किस प्रकार का खाना आपके लिए ठीक पड़ेगा।

खाना ठीक से पका है या नहीं, इस संबंध में आप अत्यधिक संवेदनशील होंगे। यदि आप खान-पान के विषय में बहुत सावधानी नहीं बरतेंगे तो आपकी शरीर में विषाक्तता हो सकती है।

आपके सबसे महत्त्वपूर्ण अंक और तारीखें दो और सात की श्रृंखला वाली होंगी–जैसे 2, 11, 20 और 29। इनसे कम महत्त्व की तारीखें 7, 16, और 26 होंगी।

3, 12, 21, 30 सितंबर को जन्मे व्यक्ति

(इस मास के अंक 3 के व्यक्ति)

यदि आपका जन्म ऊपर बताई किसी तारीख को हुआ है तो ज्योतिष शास्त्र के नियमों और चाल्डीन अंक-विज्ञान की मेरी गणना-पद्धति के अनुसार, आप बृहस्पति और बुध के प्रभाव में हैं। आपकी राशि कन्या है, पृथ्वी त्रैविध्य का दूसरा घर जिसका स्वामी बुध (नीच का) है। सितंबर की इन तारीखों को जन्मे होने के कारण आप अंक तीन के व्यक्ति हैं क्योंकि उक्त सभी तारीखों का योगांक तीन आता है।

स्वास्थ्य : आपके स्वास्थ्य की सबसे बड़ी परेशानी पेट, जिगर, प्लीहा और पाचन-तंत्र की गड़बड़ी से होगी। आपको मधुमेह भी हो सकता है। सफल होने की व्यग्रता के कारण आप अपने स्वास्थ्य के प्रति लापरवाही बरतेंगे। आप स्वयं को मशीन की भांति जोतेंगे और डाक्टरी को उसी तरह बुलाएंगे जैसे मशीन से बिगड़ जाने पर मैकेनिक को बुलाते हैं।

आपके सबसे महत्त्वपूर्ण अंक और तारीखें तीन-पांच और छः तथा इनकी श्रृंखला वाली तारीखें होंगी। आपको अपने महत्त्वपूर्ण काम इन तारीखों को ही करने की कोशिश करनी चाहिए–3, 5, 6, 12, 14, 15,

21, 23, 24 और 30।

4, 13, 22 सितंबर को जन्मे व्यक्ति

(इस मास के अंक 4 के व्यक्ति)

यदि आप ऊपर बताई किसी तारीख को जन्मे हैं तो आप अंक चार के व्यक्ति है क्योंकि इन तारीखों का योगांक स्वभावतः आता है।

यदि आप ऊपर बताई किसी तारीख को जन्मे हैं तो ज्योतिष शास्त्र के नियम और चाल्डीन के अंक-विज्ञान की मेरी गणना-पद्धति के अनुसार आप अरुण, (यूरेनस) सूर्य और बुध के प्रभाव में आते हैं। आपकी राशि कन्या है, पृथ्वी त्रैविध्य का दूसरा घर जिसका स्वामी बुध (नीच का) है।

स्वास्थ्य : आपका स्वास्थ्य डाक्टरों के लिए एक पहेली रहेगा। आपको आकस्मिक और असाधारण बीमारियां होंगी जो अधिकतर काफी जानी-पहचानी होंगी। इसके साथ ही आप उतनी ही जल्दी ठीक भी हो जाएंगे, जितनी जल्दी बीमार पड़ेंगे। किसी भी अन्य वर्ग के व्यक्ति की अपेक्षा आप अपने मनोबल के माध्यम से अपनी बीमारी का इलाज अधिक कर सकेंगे।

ये बातें उन व्यक्तियों पर लागू होंगी जिनका जन्म 4 और 13 सितंबर को हुआ हो परंतु 22 सितंबर को जन्मे व्यक्तियों पर उतना लागू नहीं होगा। इसके बाद जन्में व्यक्ति कन्या राशि और तुला राशि के संक्रांति काल से अधिक प्रभावित होंगे। तुला राशि का चिह्न तराजू है ये व्यक्ति दूसरों के साथ अधिक आसानी से घुलमिल सकेंगे और अपने प्रयासों में सफलता प्राप्त करेंगे।

4, 13 या 22 सितंबर को जन्मे लोग देर-सबेर यह पाएंगे कि चार और आठ की श्रृंखला वाली तारीख उनके जीवन में कितनी महत्त्वपूर्ण भूमिका अदा करती हैं। वर्ष के हर महीने की 4, 13, 22, 31 और 8, 17 तथा 26 तारीखें महत्त्वपूर्ण होंगी। इन्हें शुभ तो नहीं कहा जा सकता क्योंकि वे ऐसी घटनाओं से जुड़ी होंगी, जिनके परिणाम गंभीर होंगे या

शुभ नहीं होंगे।

5, 14, 23 सितंबर को जन्मे व्यक्ति

(इस मास के अंक 5 के व्यक्ति)

यदि आपका जन्म ऊपर बताई किसी तारीख को हुआ है तो आप अंक 5 के व्यक्ति हैं वर्ष के इस भाग में इसका विशेष महत्त्व है क्योंकि 21 अगस्त से 20-27 सितंबर तक कन्या राशि बुध (नीच) का घर कहलाती है और बुध ग्रह को 5 का अंक दिया गया है। इस कारण यदि 5, 14 या 23 सितंबर को आपका जन्म हुआ है तो ज्योतिष शास्त्र के नियमों और चाल्डीन अंक-विज्ञान की मेरी गणना-पद्धति के अनुसार आप बुध के घर में बुध के प्रभाव में है अर्थात अंक 5 और उसकी श्रृंखला का प्रभाव सबसे अधिक होगा।

स्वास्थ्य : 5, 14 और 23 सितंबर को जन्मे व्यक्ति नियमतः दुबले-पतले होते हैं और आपकी स्नायु शक्ति पर जीते हैं वे हमेशा तनाव में रहते हैं और इस कारण इनके स्नायु तंत्र के थक जाने का खतरा रहता है। उनके चेहरे के किसी-न-किसी भाग की नस फड़कती है या वे हकलाने लगते हैं। आयु बढ़ने पर उनको लकवा होने का खतरा हो सकता है। अधिकतर उनकी नींद हल्की होती है या नींद न आने की शिकायत रहती है। उन्हें काफी नींद और विश्राम नहीं मिलता।

यदि आपका जन्म इनमें से किसी तारीख को हुआ है तो आप अपने सभी काम यथासंभव 5, 14 या 23 को करने की कोशिश करें। दो और सात अंकों तथा इसकी श्रृंखला की तारीखों का भी आपके लिए महत्त्व होगा।

आपको अपनी महत्त्वपूर्ण मुलाकातें तथा योजनाओं पर अमल करने के लिए इन तारीखों का प्रयोग करने का प्रयत्न करना चाहिए–2, 5, 7, 11, 14, 16, 20, 24, 25 और 29।

6, 15, 24 सितंबर को जन्मे व्यक्ति

(इस मास के अंक 6 के व्यक्ति)

यदि आपका जन्म ऊपर बताई गई किसी तारीख को हुआ है तो ज्योतिष शास्त्र के नियमों और चाल्डीन अंक-विज्ञान की मेरी गणना-पद्धति के अनुसार आप शुक्र द्वारा प्रभावित हैं। आपकी राशि कन्या है, पृथ्वी-त्रैविध्य का दूसरा घर जो बुध (नीच) का घर है। आप अंक '6' के व्यक्ति हैं क्योंकि ऊपर बतायी तारीखों का योगांक छह है।

स्वास्थ्य : आपको स्वास्थ्य के विषय में अधिक चिन्ता करने की आवश्यकता नहीं है क्योंकि आपका स्वास्थ्य अच्छा रहेगा जिसे आप अपने शौकिया रहन-सहन के कारण बिगाड़ लेंगे। जहां तक बीमारियों का सवाल है, आपको गले, फेफड़े और श्वास नली की तकलीफें हो सकती हैं। आपकी छाती, कंधों, टांगों और हाथ में चोट से घाव हो सकते हैं।

आपके लिए सबसे महत्त्वपूर्ण अंक और तारीखें पांच और छः की श्रृंखला वाली होगी जैसे 5, 6, 14, 15, 23 और 24। आप अपने महत्त्वपूर्ण काम यथासंभव इन्हीं तारीखों को करने की कोशिश करें।

7, 16, 25 सितंबर को जन्मे व्यक्ति

(इस मास के अंक 7 के व्यक्ति)

यदि आपका जन्म ऊपर बताई गई किसी तारीख को हुआ है तो ज्योतिष शास्त्र के नियमों और चाल्डीन अंक-विज्ञान की मेरी गणना-पद्धति के अनुसार आप वरुण चंद्र और बुध के प्रभाव में आते हैं। आपकी राशि कन्या है, पृथ्वी त्रैविध्य का दूसर घर।

स्वास्थ्य : जून मास की इन्हीं तारीखों को जन्मे लोगों के समान आपके शरीर पर मन का प्रभाव हावी रहेगा। आप आसानी से चिंताग्रस्त हो जाएंगे और स्नायु तंत्र पर दबाव पड़ने से काफी परेशानी रहेगी। आपका हाज़मा

भी आपको काफी कष्ट देगा।

आपके सबसे महत्त्वपूर्ण अंक और तारीखें सात और इसके बाद दो की श्रृंखला वाली होंगी जैसे 7,16, 25 और 2, 11, 20 और 29। आपको अपने सभी महत्त्वपूर्ण काम यथासंभव इन्हीं तारीखों को करने की कोशिश करनी चाहिए।

8, 17, 26 सितंबर को जन्मे व्यक्ति

(इस मास के अंक 8 के व्यक्ति)

यदि आपका जन्म ऊपर बताई गई किसी तारीख को हुआ है तो ज्योतिष शास्त्र के नियमों और चाल्डीन अंक-विज्ञान की मेरी गणना-पद्धति के अनुसार आप मूल अंक आठ के व्यक्ति हैं और आप शनि तथा बुध नीच के प्रभाव में आते हैं। आपकी राशि कन्या है, पृथ्वी त्रैविध्य का दूसरा घर है।

स्वास्थ्य : आप वैसे तो बहुत हट्टे-कट्टे नहीं होंगे लेकिन लगातार मानसिक कार्य करने की शक्ति आपमें काफी होगी। सारा दिन बैठने वाला या एक ही स्थान से बंधे रहने के कारण आपकी आंतों में अवरोध हो सकता है हार्निया और त्वचा में खुजली आदि भी हो सकती है। इसके लिए अच्छा है कि आप खुली हवा में व्यायाम करें।

यदि आपका जन्म 8, 17, 26 सितंबर को हुआ है तो आपके साथ कई दुर्घटनाएं होने की भी संभावना हैं। संभव है, आपकी मृत्यु भी हिंसा से हो।

आप पाएंगे कि चार और आठ के अंक और इनकी शृंखला वाली तारीखें जैसे 8, 13, 22, 26 और 31 आपके जीवन और व्यवसाय में बहुत आते हैं।

9, 18, 27 सितंबर को जन्मे व्यक्ति

(इस मास के अंक 9 के व्यक्ति)

यदि आपका जन्म ऊपर बताई गई किसी तारीख को हुआ है तो ज्योतिष शास्त्र के नियमों और चाल्डीन अंक-विज्ञान की मेरी गणना-पद्धति के अनुसार 9 और 18 सितंबर को जन्मे व्यक्ति मंगल और बुध के प्रभाव में आते हैं। इनकी राशि कन्या (स्वामी, नीच का बुध) जो पृथ्वी त्रैविध्य का घर है। 27 सितंबर को जन्मे लोगों के विषय में बाद में बताया जाएगा।

स्वास्थ्य : जून की इन्हीं तारीखों में जन्में व्यक्तियों की भांति 9, 18 और 27 सितंबर को जन्मे व्यक्तियों को खराब स्वास्थ्य या बीमारी की अपेक्षा दुर्घटनाओं से चोट लगने की अधिक संभावना है। 27 सितंबर को जन्मे व्यक्तियों को सर्जन के चाकुओं का अधिक अनुभव करना पड़ सकता है।

आपके सबसे महत्त्वपूर्ण अंक और तारीखें 9 और 5 अंकों की श्रृंखला वाली संख्याएं होंगी जैसे 9, 18, 27 और 5,14 और 23 तारीखें किसी भी महीने की। संभव हो तो आप अपने सभी महत्त्वपूर्ण कामों के लिए इन्हीं तारीखों को चुनें।

27 सितंबर को जन्मे व्यक्ति अंक 6 और 9 को अधिक महत्त्वपूर्ण पाएंगे। जैसे 6, 15, 24, 9, 18 तथा 27 तारीखें।

1, 10, 19, 28 अक्तूबर को जन्मे व्यक्ति

(इस मास के अंक 1 के व्यक्ति)

यदि आपका जन्म ऊपर बताई गई किसी तारीख को हुआ है तो ज्योतिष शास्त्र के नियमों और चाल्डीन अंक-विज्ञान की मेरी गणना-पद्धति के अनुसार, आप सूर्य, अरुण (यूरेनस), शुक्र और शनि के प्रभाव में हैं। आपकी राशि तुला है, वायु त्रैविध्य का दूसरा घर। यदि आपकी जन्म

तारीख 28 अक्तूबर है तो आपकी राशि वृश्चिक है, जल त्रैविध्य का दूसरा घर। इसके बारे में बाद में बताया जाएगा।

स्वास्थ्य : औसत स्त्री-पुरुषों की तुलना में आपकी स्वास्थ्य समस्याएं कम होंगी। जब तक आप काम में भरपूर जुटे रहेंगे। आपका स्वास्थ्य ठीक रहेगा। काम न करना या निष्क्रियता आपके लिए मृत्यु के समान है। यदि आपको कोई कष्ट होगा तो प्रायः दुर्घटना के कारण। दुर्घटना होने की अवस्था में सिर और कंधों में चोट लगने की अधिक संभावना है। हां, आपके पेट और आंतों के ऑपरेशन की संभावना है।

आपके महत्त्वपूर्ण अंक होंगे एक और छः और इनके योगांक जैसे 1, 6, 10, 15, 19, 24 और 28 (साल के किसी भी महीने में)।

आप देखेंगे कि 4, 8 और 9 की शृंखलाओं के अंक आपके रास्ते में आते रहेंगे परंतु इन तारीखों को चुनने की मैं सलाह नहीं दूंगा।

2, 11, 20, 29 अक्तूबर को जन्मे व्यक्ति

(इस मास के अंक 2 के व्यक्ति)

यदि आपका जन्म ऊपर बताई गई किसी तारीख को हुआ है तो ज्योतिष शास्त्र के नियमों और चाल्डीन अंक-विज्ञान की मेरी गणना-पद्धति के अनुसार आप क्षुद्र वरुण (नेप्चून) शुक्र और शनि के प्रभाव में आते हैं। आपकी राशि तुला है, वायु त्रैविध्य का दूसरा घर।

स्वास्थ्य : यदि आप अक्तूबर की उक्त तारीखों को जन्मे हैं तो आरंभिक वर्षों में आपका स्वास्थ्य उतना अच्छा नहीं होगा न तो आप हृष्ट-पुष्ट होंगे और न शारीरिक शक्ति अनुभव करेंगे। मानसिक रूप से आप ज़रूरत से ज़्यादा सक्रिय रहेंगे और आपको दिवास्वप्न वास्तविक प्रतीत होंगे। आपकी रीढ़ की हड्डी कमजोर होगी जिससे सीधा बैठना आपके लिए कठिन होगा और झुककर बैठेंगे। आपको ठंड जल्दी लग जाएगी। यदि आपने सावधानी नहीं बरती तो फेफड़ों, गले और नाक की नली में ठंड से तकलीफ हो सकती है।

आपके महत्त्वपूर्ण अंक दो और सात हैं। आप अपने कार्य किसी महीने में इन अंकों की श्रृंखला वाली तारीखों जैसे 2, 7, 11, 16, 20, 25 और 29 को करने की कोशिश करें। आपको चार, आठ और नौ अंकों या इनकी श्रृंखला वाली तारीखों को कुछ महत्त्वपूर्ण कार्य करने से बचना चाहिए।

3, 12, 21, 30 अक्तूबर को जन्मे व्यक्ति

(इस मास के अंक 3 के व्यक्ति)

यदि आपका जन्म ऊपर बताई गई किसी तारीख को हुआ है तो ज्योतिष शास्त्र के नियमों और चाल्डीन अंक-विज्ञान की मेरी गणना-पद्धति के अनुसार आप बृहस्पति, शुक्र और शनि के प्रभाव में आते हैं। आपकी राशि तुला है, वायु त्रैविध्य का दूसरा घर।

स्वास्थ्य : अंक 3 के लोगों का स्वास्थ्य आरंभिक वर्षों के बाद प्रायः अच्छा रहता है। इक्कीसवें वर्ष के बाद स्वास्थ्य में बदलाव आता है। उस समय उन्हें किसी बीमारी का सामना करना होगा, यह बताना कठिन है। उनके साथ प्रायः दुर्घटनाएं होंगी जिनमें चोट लगेगी खासकर मोटर कार, रेल इंजन या परिवहन वाहन से।

आपके महत्त्वपूर्ण अंक तीन और छः अंकों की श्रृंखला वाली तारीखें होंगी जैसे–3, 6, 12, 15, 21, 24 और 30। आप पाएंगे कि 8 और 9 की श्रृंखला की तारीखें आपके जीवन में अक्सर आएंगी पर उनसे विरोध या विघ्न ही उपस्थित होगा जो दुख का कारण बनेगा।

4, 13, 22, 31 अक्तूबर को जन्मे व्यक्ति

(इस मास के अंक 4 के व्यक्ति)

यदि आपका जन्म ऊपर बताई गई किसी तारीख को हुआ है तो ज्योतिष शास्त्र के नियमों और चाल्डीन अंक-विज्ञान की मेरी गणना-पद्धति के

अनुसार आप अरुण, सूर्य, शुक्र और शनि के प्रभाव में हैं। आपकी राशि तुला है, वायु त्रैविध्य का दूसरा घर।

स्वास्थ्य : 4 या 13 अक्तूबर को जन्मे व्यक्तियों को आकस्मिक और असाधारण किस्म की कहीं बीमारी हो सकती है। इनके गले, नाक, चेहरे और भीतरी अवयवों का ऑपरेशन हो सकता है। 22 और 31 अक्तूबर को जन्मे व्यक्ति बचपन में कमजोर होते हैं लेकिन 31 वर्ष की आयु के बाद उनमें रोगों से लड़ने की क्षमता आ जाती है।

4, 13, 22, 31 अक्तूबर को जन्मे लोगों के लिए सबसे महत्त्वपूर्ण अंक चार और आठ होते हैं। इनके लिए किसी महीने की महत्त्वपूर्ण तारीखें होती हैं। 4, 8, 13, 17, 22, 26 और 31 जो चार और आठ के योगांक हैं।

जैसा मैंने अंक-विज्ञान पर अपनी पुस्तक में समझाया है, मैं 4 या 8 अंकों की श्रृंखला वाली तारीखों को ऐसे किसी काम के लिए उपयोग करने की सलाह नहीं दूंगा जिनका वे स्वयं स्रोत हों।

मैं यह सलाह दुंगा कि 4, 8, 13, 17, 22 और 31 अक्तूबर को जन्मे लोग एक और छः की श्रृंखला वाली तारीखों जैसे 1, 6, 10, 15, 19, 24 और 28 का प्रयोग करें। आप स्वयं पाएंगे कि ये तारीखें अधिक भाग्यशाली सिद्ध होती हैं।

5, 14, 23 अक्तूबर को जन्मे व्यक्ति

(इस मास के अंक 5 के व्यक्ति)

यदि आपका जन्म ऊपर बताई गई किसी तारीख को हुआ है तो ज्योतिष शास्त्र के नियमों और चाल्डीन अंक-विज्ञान की मेरी गणना-पद्धति के अनुसार आप बुध, शुक्र और शनि के प्रभाव में हैं। आपकी राशि तुला है, वायु त्रैविध्य का दूसरा घर।

स्वास्थ्य : 5, 14 या 23 अक्तूबर के जन्मे व्यक्ति स्नायु तंत्र के तनाव से कष्ट पाते हैं। उनका स्वास्थ्य कभी बहुत अच्छा तो नहीं होता, वे छरहरे

शरीर वाले ही होते हैं किन्तु उनमें रोगों से लड़ने की पर्याप्त क्षमता होती है। आम तौर पर जीवन भर उनका पेट, खासकर पाचन-तंत्र कमजोर रहता है। औरों की तरह वे निर्द्वन्द्व होकर खा-पी नहीं सकते। इस मामले में उन्हें सावधानी से काम लेना होता है। स्नायविक गड़बड़ी के कारण अक्सर उनकी आंखों, चेहरे, हाथों या पैरों की नसें फड़कती रहती हैं। उनकी नसों और धमनियों में तेज पीड़ा भी हो सकती है।

यदि आप 5, 14 या 23 अक्तूबर को जन्मे हैं, तो आपका महत्त्वपूर्ण अंक पांच और उसकी शृंखला की तारीखें हैं। उसके बाद उससे कुछ कम महत्त्वपूर्ण तारीखे हैं 6, 15 और 24।

6, 15, 24 अक्तूबर को जन्मे व्यक्ति

(इस मास के अंक 6 के व्यक्ति)

यदि आप ऊपर बताई किसी तारीख को जन्मे हैं तो ज्योतिष शास्त्र के नियमों और चाल्डीन अंक-विज्ञान की मेरी गणना-पद्धति के अनुसार, आप शुक्र और शनि के प्रभाव में हैं। आपकी राशि तुला है, वायु-त्रैविध्य का दूसरा घर।

स्वास्थ्य : रोगों को दूर करके आप में पुनः स्वस्थ होने की जो क्षमता है, उसके कारण स्वास्थ्य के मामले में आपको अधिक परेशानी नहीं होगी। हां, मांस में आसानी से लगने वाली खरोंचों या चोटों के ट्यूमर हो सकते हैं। आरंभिक वर्षों में टांसिलों की सूजन और गले एवं जीभ के पीछे कुछ तकलीफें हो सकती हैं।

आपके सबसे महत्त्वपूर्ण अंक और तारीखें अंक 'छ' से संबद्ध होगी जैसे किसी महीने की 6, 15 या 24 तारीखें। मई और अक्तूबर मास में ये तारीखें आपके लिए खासकर शुरू होंगी।

7, 16, 25 अक्तूबर को जन्मे व्यक्ति

(इस मास के अंक 7 के व्यक्ति)

यदि आपका जन्म ऊपर बताई गई किसी तारीख को हुआ है तो ज्योतिष शास्त्र के नियमों और चाल्डीन अंक-विज्ञान की मेरी गणना-पद्धति के अनुसार आप वरुण (नेप्चून) शुक्र और शनि के प्रभाव में हैं। आपकी राशि तुला है, वायु त्रैविध्य का दूसरा घर। यदि आपका जन्मदिन 25 अक्तूबर है तो आप अगली राशि वृश्चिक के संक्रांति काल में हैं और इस कारण आपकी खूबियां 7 और 16 अक्तूबर को जन्मे व्यक्तियों से अधिक स्पष्ट होंगी।

स्वास्थ्य : यदि आपका जन्म ऊपर किसी तारीख को हुआ है तो स्वास्थ्य संबंधी आपके अनुभव विचित्र होंगे। खाने की किसी चीज़ से शरीर विषाक्त हो जाने का खतरा रहेगा, आपको ग़लती से जहर दे दिया जाएगा या आप अपनी ही लापरवाही से जहर ले लेंगे। आपको गुर्दे, जिगर, तिल्ली, एपोडिक्स आदि की तकलीफ हो सकती है।

आपके सबसे महत्त्वपूर्ण अंक और तारीखें 7-2 श्रृंखला की होगी जैसे किसी भी महीने की 2, 7, 11, 16, 20, 25 और 29। आप अपने सारे महत्त्वपूर्ण काम इन्हीं तारीखों को करने की कोशिश करें और इन्हीं अंकों वाले घरों में रहें।

8, 17, 26 अक्तूबर को जन्मे व्यक्ति

(इस मास के अंक 8 के व्यक्ति)

यदि आपका जन्म ऊपर बताई गई किसी तारीख को हुआ है तो ज्योतिष शास्त्र के नियमों और चाल्डीन अंक-विज्ञान की मेरी गणना-पद्धति के अनुसार, आप शनि और शुक्र के प्रभाव में आते हैं। आपकी राशि तुला है, वायु त्रैविध्य का दूसरा घर। यदि आपका जन्मदिन 26 अक्तूबर है तो आप अगली राशि वृश्चिक के संक्रांति काल में आते हैं। इस कारण आप 8 और

17 अक्तूबर को जन्मे लोगों से अधिक भाग्यवान होंगे।

स्वास्थ्य : इन तारीखों को जन्मे व्यक्ति निराशा और उदासी के कारण कई बीमारियों को दावत देते हैं। उनके साथ जो अन्याय हुआ होता है, उसके बारे में सोचते ही रहते हैं। वे अपने को शहीद मानकर अपने साथ किए गए वास्तविक और अधिकतर काल्पनिक अन्यायों की ही चिंता में निमग्न रहते हैं। ऐसे में खतरा यही है कि उनकी उदासी के कारण शारीरिक और मानसिक स्वास्थ्य दोनों बिगड़ जाए।

आम तौर पर उनका स्वास्थ्य अजीब-सा होता है, पाचन-क्रिया मंद होती है और कब्ज, सुस्त जिगर और जोरों का सिर दर्द होता है। संभव हो तो उन्हें खुली जगह में रहना चाहिए। व्यायाम करना चाहिए। सादा खाना और अधिक मात्रा में फल और सब्जियां खानी चाहिए।

यदि आपका जन्म इन तारीखों को हुआ है तो आप पाएंगे कि अंक चार और आठ की श्रृंखला की तारीखें आपके जीवन में अपेक्षित ढंग से आएंगी। देर-सबेर आप अनुभव करेंगे कि ये तारीखें आपके काम-धंधे और व्यक्तिगत जीवन में कितने महत्त्व की हैं। आप देखेंगे कि किसी पूर्व योजना के बिना ही आप इन अंकों वाले मकानों में रहेंगे और 4, 8, 13, 17, 22, 26 या 31 तारीखों को जन्मे लोगों के प्रति अनायास आकर्षित होते हैं। इस तथ्य को मैंने अंक विज्ञान पर अपनी पुस्तक में विस्तार से समझाया है, जिसे यहां दोहराने का स्थान नहीं है।

9, 18, 27 अक्तूबर को जन्मे व्यक्ति

(इस मास के अंक 9 के व्यक्ति)

यदि आपका जन्म ऊपर बताई गई किसी तारीख को हुआ है तो ज्योतिष शास्त्र के नियमों और चाल्डीन अंक-विज्ञान की मेरी गणना-पद्धति के अनुसार आप मंगल, शनि और शुक्र के प्रभाव में आते हैं। आपकी राशि तुला है, वायु त्रैविध्य का दूसरा घर। यदि आपका जन्म 27 अक्तूबर को

हुआ है तो आप वृश्चिक राशि के संक्रांतिकाल में आते हैं जो मंगल (नीच) का घर है, जिसका अंक 9 है और जो मंगल के गुणों को बढ़ाती है।

स्वास्थ्य : आरंभिक वर्षों में आपका स्वास्थ्य अच्छा नहीं रहेगा। कई तरह के ज्वरों, पाचन की शिकायत, फोड़े-फुंसियां या ऐसी ही तकलीफें होती रहेंगी। आपको गैस, नाड़ियों की सूजन, कारबंकल आदि हो सकते हैं। परंतु इक्कीस वर्ष की आयु के बाद आपका स्वास्थ्य सुधरने लगेगा और आप तगड़े एवं शक्ति संपन्न हो जाएंगे। आपको आग, बंदूक, विस्फोटक दुर्घटना आदि से खतरा होगा। और आपकी जान लेने की भी कोशिश होगी।

आपको दांत, जबड़ों और चेहरे की हड्डियों, सिर आदि में तकलीफ हो सकती है। शरीर के इन भागों में चोट भी लग सकती है।

'नौ' और उसकी श्रृंखला के अन्य अंक आपके जीवन के सबसे महत्त्वपूर्ण अंक होंगे। इसके पश्चात् '6' की श्रृंखला के अंक महत्त्वपूर्ण होंगे। आपको अपने भी काम इन अंकों की तारीखों जैसे 6, 9, 15, 18, 24 और 27 को करने चाहिए।

1, 10, 19, 28 नवंबर को जन्मे व्यक्ति

(इस मास के अंक 1 के व्यक्ति)

यदि आपका जन्म ऊपर बताई गई किसी तारीख को हुआ है तो ज्योतिष शास्त्र के नियमों और चाल्डीन अंक-विज्ञान की मेरी गणना-पद्धति के अनुसार, आप सूर्य, अरुण (यूरेनस) (उत्थान पर) और मंगल (नीच) के प्रभाव में हैं। आपकी राशि वृश्चिक है, जल त्रैविध्य का दूसरा घर।

स्वास्थ्य : इन तारीखों को जन्मे लोगों के स्वास्थ्य में 21 वर्ष की आयु के बाद परिवर्तन आएगा। बचपन में आपका स्वास्थ्य नाजुक रहेगा। यदि वे इक्कीस वर्ष तक जीवित रहते हैं तो स्वस्थ और हृष्ट-पुष्ट हो जाएंगे। उनमें बीमारियों से बचाव करने की क्षमता भी आ जाती है आपको गले, फेफड़ों और श्वास नली

में तकलीफ हो सकती है, इसलिए ठंडे और नमी वाले स्थानों पर नहीं रहना चाहिए। आपको यथासंभव सूर्य की किरणों का लाभ उठाना चाहिए।

आपके शुभ अंकों और तारीखों का दायरा काफी बड़ा है। एक अंक वाले व्यक्ति सूर्य और अरुण (यूरेनस) के प्रतिनिधि हैं ये अंक हैं। 1-4, ये अंक चंद्र और वरुण (नेप्चून) के अंकों 4, 7 से अन्य परिवर्तनीय है। इस कारण आपके महत्त्वपूर्ण अंक हैं 1, 2, 4, 7, 10, 11, 13, 16, 19, 20, 22, 25, 28, 29 और 31। अपने महत्त्वपूर्ण काम यथासंभव इन्हीं तारीखों को करें।

2, 11, 20, 29 नवंबर को जन्मे व्यक्ति

(इस मास के अंक 2 के व्यक्ति)

यदि आपका जन्म ऊपर बताई गई किसी तारीख को हुआ है तो ज्योतिष शास्त्र के नियमों और चाल्डीन अंक-विज्ञान की मेरी गणना-पद्धति के अनुसार, आप चंद्र वरुण (नेप्चून) और मंगल के प्रभाव में हैं। आपकी राशि वृश्चिक है, जल त्रैविध्य का दूसरा घर।

29 नवंबर इस वर्ग के अंतर्गत नहीं आता क्योंकि यह तारीख धनु राशि के संक्राति-काल में आती है जो अग्नि-त्रैविध्य का तीसरा घर है। जिसका स्वामी बृहस्पति (उच्च) का है जिसके विषय में बाद में बताया जाएगा।

स्वास्थ्य : आप खासे स्वस्थ और बहुत तगड़े नहीं होंगे। आप अपनी शक्ति को फिजूल खर्च न करें और अपने स्नायु-तंत्र पर अधिक दबाव न डालें, हालांकि आमतौर पर आप में ऐसा करने की प्रवृत्ति होगी।

आपको भीतरी कमजोरी और जननेन्द्रिय में सूजन या कमजोरी की शिकायत हो सकती है। नाक की नली, गले और कान में तकलीफ होने की भी संभावना है। नींद न आने की शिकायत हो सकती है आप इतने संवेदनशील होंगे कि अप्रिय परिवेश आपके स्वास्थ्य पर विपरीत असर डालेगा। कभी-

कभी आप उदासी के शिकार होंगे। जिससे कि आपको बचना चाहिए।

29 नवंबर को जन्मे लोग धनु राशि के कारण (जिसका स्वामी बृहस्पति है) अधिक निश्चयात्मक एवं क्रियाशील होंगे। इस प्रकार आप अपनी योजनाओं को सफल बनाने की दृष्टि से भाग्यशाली होंगे।

आपके लिए योजनाएं बनाने और आवश्यक मुलाकातों के लिए अंक 'दो' और 'सात' तथा उनकी श्रृंखला वाली तारीखें महत्त्वपूर्ण होंगी जैसे किसी महीने की 2, 7, 11, 16, 20, 25 और 29।

3, 12, 21, 30 नवंबर को जन्मे व्यक्ति

(इस मास के अंक 3 के व्यक्ति)

यदि आपका जन्म ऊपर बताई गई किसी तारीख को हुआ है तो ज्योतिष शास्त्र के नियमों और चाल्डीन अंक-विज्ञान की मेरी गणना-पद्धति के अनुसार, आप बृहस्पति और मंगल के प्रभाव में हैं। आपकी राशि वृश्चिक है, जल-त्रैविध्य का दूसरा घर। 30 नवंबर धनु राशि के संक्रांति काल में आता है। यह दूसरे वर्ग में आता है जिसके बारे में बाद में बताया जाएगा।

स्वास्थ्य : इस मामले में आपको स्वयं को ही दोषी मानना होगा क्योंकि आप बहुत सारा काम अपने ऊपर लेंगे और अत्यधिक परिश्रम से आपके अस्वस्थ हो जाने की आशंका रहेगी। परंतु आपको यह जानकर आत्मबल मिलेगा कि राशि-चक्र की सबसे अनुकूल स्थिति में आपका जन्म हुआ है आपको चिंता और भय की ही बीमारी होगी। जब बीमार होंगे तो गंभीर बीमारी होगी और आपको लंबे समय तक बिस्तर पर रहना होगा।

उम्र अधिक हो जाने पर दिल की बीमारी, उच्च रक्तचाप और लगातार सिरदर्द की शिकायत हो सकती है। बीमारी का कारण और इलाज दोनों आपके हाथ में हैं। अपनी जिम्मेदारियां घटाएं, अधिक विश्राम करें और सादा भोजन करें।

आपके लिए किसी भी मास की, खासकर नवंबर, दिसंबर, फरवरी के अंत, मार्च, अप्रैल और मई की 3 और 9 की श्रृंखला की तारीखें महत्त्वपूर्ण हैं। अपने महत्त्वपूर्ण काम 3, 9, 12, 18, 21, 27 और 30 तारीखों को करने की कोशिश करें।

4, 13, 22 नवंबर को जन्मे व्यक्ति

(इस मास के अंक 4 के व्यक्ति)

यदि आपका जन्म ऊपर बताई गई किसी तारीख को हुआ है तो ज्योतिष शास्त्र के नियमों और चाल्डीन अंक-विज्ञान की मेरी गणना-पद्धति के अनुसार आप यूरेनस और सूर्य और मंगल के प्रभाव में हैं। आपकी राशि वृश्चिक है, जल-त्रैविध्य का तीसरा घर।

स्वास्थ्य : इन तारीखों को जन्मे लोगों के सामने स्वास्थ्य संबंधी मुख्य प्रश्न होगा–जीवन के प्रति उनका दृष्टिकोण। यदि उन लोगों ने मंगल और अरुण के ध्वंसक प्रभाव को अपने चिंतन पर हावी होने दिया तो वे उन बीमारियों को आकर्षित करेंगे जिनका प्रतिनिधित्व ये ग्रह करते हैं। उनके स्नायु तंत्र को चिंता मग्न करके रख देगी जिसके फलस्वरूप अपच, पेट की तकलीफ, भीतरी घाव, ट्यूमर, दिल की कमजोरी और रक्त-संचार की मंदता की शिकायत रह सकती है। जीवन के प्रति आशावादी, प्रसन्नतापूर्ण दृष्टिकोण और परिवेश के अनुसार स्वयं को डालना उनके लिए अच्छा रहेगा।

आपके महत्त्वपूर्ण अंक 4, 8 और 9 हैं। किसी महीने की इन अंकों की वाली तारीखें 4, 8, 9, 13, 17, 18 22, 26, 27 और 31 शुभ होंगी।

5, 14, 23 नवंबर को जन्मे व्यक्ति

(इस मास के अंक 5 के व्यक्ति)

यदि आपका जन्म नवंबर की ऊपर बतायी तारीख को हुआ है तो

ज्योतिष शास्त्र के नियमों और चाल्डीन अंक-विज्ञान की मेरी गणना-पद्धति के अनुसार आप बुध और मंगल के प्रभाव में है आपकी राशि वृश्चिक है, जल त्रैविध्य का दूसरा घर।

स्वास्थ्य : यदि आप नवंबर की इन तारीख को जन्मे हैं तो आरंभिक वर्षों में आपको बचपन में होने वाली सभी बीमारियां होंगी। बाद में भी आप दुबले-पतले रहेंगे, पर बीमारी से जल्दी से मुक्त हो सकेंगे। सामान्यतः आप हमेशा तनाव की स्थिति में रहेंगे।

जल्दी चिढ़ जाने और क्रोधित हो जाने पर खासतौर पर छोटी-छोटी बातों पर आप आपे से बाहर हो जाते हैं। यह मानसिकता आपके स्वास्थ्य के लिए विषय के समान होगी। कुल मिलाकर आप खासे स्वस्थ रहेंगे लेकिन संभावना इस बात की है कि आपका अंत भी आकस्मिक होगा, किसी लंबी बीमारी के कारण नहीं।

यदि आपका जन्म 5, 14 या 23 नवंबर को हुआ है तो आपके महत्त्वपूर्ण अंक पांच और नौ तथा इनकी श्रृंखला की तारीखें होंगी जैसे 5, 9, 14, 18, 23 और 27।

6, 15, 24 नवंबर को जन्मे व्यक्ति

(इस मास के अंक 6 के व्यक्ति)

यदि आपका जन्म नवंबर की उपरोक्त किसी तारीख को हुआ है तो ज्योतिष शास्त्र के नियमों और चाल्डीन अंक-विज्ञान की मेरी गणना-पद्धति के अनुसार अब शुक्र और मंगल के प्रभाव में है। आपकी राशि वृश्चिक है, जल त्रैविध्य का दूसरा घर।

स्वास्थ्य : इन तारीखों को जन्मे लोग प्रायः स्वस्थ होते हैं। इन लोगों के लिए मुख्य खतरा यही होता है कि उम्र बढ़ने के साथ-साथ वजन भी बढ़ता जाता है और जीवन के अंतिम चरण में हृदय रोग होने की संभावना बन जाती है। उनको गले, फेफड़े, नाक की नली आदि में । सूजन की शिकायत हो सकती है।

आपके महत्त्वपूर्ण अंक छः और नौ तथा महत्त्वपूर्ण तारीखें इन अंकों की श्रृंखला वाली किसी मास की हो सकती है जैसे 6, 9, 15, 18, 24 और 27 खासकर अप्रैल और मई, अक्तूबर और नवंबर की।

7, 16, 25 नवंबर को जन्मे व्यक्ति

(इस मास के अंक 7 के व्यक्ति)

यदि आपका जन्म ऊपर बताई नवंबर की किसी तारीख को हुआ है तो ज्योतिष शास्त्र के नियमों और चाल्डीन अंक-विज्ञान की मेरी गणना-पद्धति के अनुसार आप वरुण (नेप्चून) चंद्र और मंगल के प्रभाव में है। आपकी राशि वृश्चिक है, जल-त्रैविध्य का दूसरा घर।

स्वास्थ्य : आपका शरीर अधिक हट्टा-कट्टा नहीं होगा। आप अपने दिमाग पर बहुत अधिक जोर डालेंगे। भोजन के संबंध में आप अपने ही सिद्धांत बना लेंगे जिनकी वजह से आपकी आयु औसत से अधिक होगी।

आपके महत्त्वपूर्ण अंक दो, सात और नौ हैं और इन अंकों की श्रृंखला की किसी महीने की तारीखें होगी–2, 7, 9, 11, 16, 18, 20, 25 और 27। आप अपने सभी महत्त्वपूर्ण काम यथासंभव इन्हीं तारीखों को करने की कोशिश करें।

8, 17, 26 नवंबर को जन्मे व्यक्ति

(इस मास के अंक 8 के व्यक्ति)

यदि आपका जन्म ऊपर बताई नवंबर की किसी तारीख को हुआ है तो ज्योतिष शास्त्र के नियमों और चाल्डीन अंक-विज्ञान की मेरी गणना-पद्धति के अनुसार आप शनि और मंगल के प्रभाव में हैं। आपकी राशि वृश्चिक है, जल त्रैविध्य का दूसरा घर।

स्वास्थ्य : स्वास्थ्य के मामले में या तो आप बहुत शक्तिवान होंगे या

कमजोर। आपको फोड़े-फुंसी और कारबंकल आदि होने की संभावना है। आपको या तो गठिया होगा या वात-ज्वर। आपको शराब तथा नशीली चीज़ों का प्रयोग नहीं करना चाहिए जो आपके दिमाग पर बुरा प्रभाव डालेंगी। बहुत अधिक काम, दबाव या उत्तेजना के कारण कभी-कभी आप मानसिक संतुलन भी खो सकते हैं। आप स्वस्थ रहेंगे या अस्वस्थ; यह पूरी तरह से आपके आत्म-नियंत्रण पर निर्भर रहेगा।

4, 8 और 9 के अंक और इनकी श्रृंखला वाली तारीखों का आपके जीवन में बहुत महत्त्व होगा। जैसे किसी महीने की 4, 8, 9, 13, 17, 18, 22, 26, 27 और 31 तारीखें।

मैं आपको यह सलाह नहीं दूंगा कि आप अपने विशेष कामों के लिए 4 और 8 अंकों की श्रृंखला की तारीखें चुनें। जैसे ही ये आपके जीवन में आए, आप ध्यान रखें।

9, 18, 27 नवंबर को जन्मे व्यक्ति

(इस मास के अंक 9 के व्यक्ति)

यदि आप ऊपर बताई गई नवंबर की किसी तारीख को जन्मे हैं तो ज्योतिष शास्त्र के नियमों और चाल्डीन अंक-विज्ञान की मेरी गणना-पद्धति के अनुसार, आप मंगल के प्रभाव में आते हैं। आपकी राशि वृश्चिक है, जल त्रैविध्य का दूसरा घर। 27 नवंबर को जन्मे व्यक्ति अगली राशि धनु के संक्रांतिकाल में आते हैं जो बृहस्पति का घर है। इस ग्रह-योग का आपके जीवन और कार्यों पर सर्वथा भिन्न प्रभाव होगा।

स्वास्थ्य : 9, 18 या 27 नवंबर को जन्मे व्यक्तियों को सभी प्रकार के ज्वर, उच्च रक्त-चाप और दिल पर अधिक बोझ रहने की शिकायत होगी। आपके साथ कई दुर्घटनाएं होंगी खासकर मशीनों और बंदूक आदि के साथ। आपके साथ हिंसक वारदात होंगे और आकस्मिक मृत्यु भी संभव है। परंतु मृत्यु का कारण हृदय रोग या दिमाग में खून का अति दबाव हो सकता है।

आपके सबसे महत्त्वपूर्ण अंक नौ की श्रृंखला के होंगे और महत्त्वपूर्ण तारीखें 9, 18 और 27 होंगी जो किसी भी महीने की हो सकती हैं।

28 नवंबर या 1, 10, 19, 28 दिसंबर को जन्मे व्यक्ति

(इस मास के अंक 1 के व्यक्ति)

यदि आपका जन्म ऊपर बताई गई किसी तारीख को हुआ है तो ज्योतिष शास्त्र के नियमों और चाल्डीन अंक-विज्ञान की मेरी गणना-पद्धति के अनुसार आप सूर्य अरुण (यूरेनस) और बृहस्पति के प्रभाव में आते हैं। आपकी राशि धनु है, अग्नि त्रैविध्य का तीसरा घर।

स्वास्थ्य : धनु राशि में जन्मे व्यक्तियों के उत्तम स्वास्थ्य को बस एक ही खतरा रहता है–अत्यधिक परिश्रम से स्नायु-तंत्र की गड़बड़ी।

आपके लिए सबसे महत्त्वपूर्ण अंक 1 और 3 और उनकी श्रृंखला के अंक हैं जो आपके जीवन को प्रभावित करेंगे। आप किसी मास की 1, 3, 10, 12, 19, 21, 28 और 30 को अपनी योजनाओं या मुलाकातों को निश्चित करने का प्रयत्न करें।

2, 11, 20, 29 दिसंबर को जन्मे व्यक्ति

(इस मास के अंक 2 के व्यक्ति)

यदि आपका जन्म ऊपर बताई गई किसी तारीख को हुआ है तो आप अंक दो के वर्ग में आते हैं। ज्योतिष शास्त्र के नियम और चाल्डीन अंक-विज्ञान की मेरी गणना-पद्धति के अनुसार आप चंद्र, वरुण और बृहस्पति के प्रभाव में हैं। आपकी राशि धनु है, अग्नि त्रैविध्य का तीसरा घर।

स्वास्थ्य : इन तारीखों को जन्मे व्यक्तियों का स्वास्थ्य बहुत अच्छा नहीं रहता। उनका डील-डौल तो बड़ा होता है लेकिन वे स्वस्थ और तगड़े नहीं होते। उनका भोजन उनकी आवश्यकता के अनुसार पौष्टिक नहीं होता। यदि ये व्यक्ति ऊंचे या शुष्क जलवायु वाले स्थानों पर न रहें तो फेफड़ों में तकलीफ हो सकती है। इनकी श्वास नली और गले में कष्ट हो सकता है और जोड़ों में गठिया की भी तकलीफ हो सकती है।

आपके महत्त्वपूर्ण अंक दो, तीन और सात या इनकी श्रृंखला के अंक हैं आपके लिए किसी महीने की शुभ तारीखें हैं 2, 3, 7, 11, 12, 16, 21, 23 और 29।

3, 12, 21, 30 दिसंबर को जन्मे व्यक्ति

(इस मास के अंक 3 के व्यक्ति)

यदि आपका जन्म ऊपर बताई गई किसी तारीख को हुआ है तो ज्योतिष शास्त्र के नियमों और चाल्डीन अंक-विज्ञान की मेरी गणना-पद्धति के अनुसार आप बृहस्पति और सूर्य के प्रभाव में हैं। आपकी राशि धनु है, अग्नि त्रैविध्य का तीसरा घर।

स्वास्थ्य : आमतौर पर इन तारीखों को जन्मे लोगों का स्वास्थ्य शानदार होता है। साठ वर्ष की आयु तक इनको किसी प्रकार की बीमारियां नहीं होतीं। इसके बाद सामान्यतः परिवर्तन आना शुरू होता है। यदि आपने इसके बाद काम का बोझ हल्का नहीं किया तो आपका स्नायु-तंत्र जवाब देना आरंभ कर देगा जिससे रीढ़, भुजाओं और टांगों को लकवा मार जाने का खतरा है।

यदि आपका जन्म, 3, 12 या 21 दिसंबर को हुआ है तो तीन की श्रृंखला के अंक आपके लिए महत्त्वपूर्ण अंक हैं। इनके साथ 6 और 9 के अंकों का भी महत्त्व होगा। 3, 6, 9 की श्रृंखला को अंकों की रीढ़ कहा जाता है। आप अपने सभी खास काम यथासंभव इन्हीं तारीखों को करें–3, 6, 9, 12, 15, 18, 21, 24, 27 और 30।

4, 13, 22 दिसंबर को जन्मे व्यक्ति

(इस मास के अंक 4 के व्यक्ति)

यदि आपका जन्म ऊपर बताई गई किसी तारीख को हुआ है तो ज्योतिष शास्त्र के नियमों और चाल्डीन अंक-विज्ञान की मेरी गणना-पद्धति के अनुसार आप अरुण सूर्य और वृहस्पति के प्रभाव में हैं। आपकी राशि धनु है, अग्नि त्रैविध्य का तीसरा घर।

स्वास्थ्य : इन तारीखों को जन्मे व्यक्ति दो वर्गों में आते हैं–एक तो वे जिनको तरह-तरह की आकस्मिक बीमारियां होती हैं। जैसे–पेट में मरोड़, ठंड लगकर तेज बुखार, गले, फेफड़े और नाक की नली में शिकायत आदि। दूसरा वर्ग उन लोगों का है जिनको कोई खास बीमारी नहीं होती। हृष्ट-पुष्ट न होने पर भी काफी स्वस्थ रहते हैं उनको कोई गंभीर बीमारी तो नहीं होती, केवल दुर्घटनाएं होती हैं।

यदि आप 4, 13, 22 दिसंबर को जन्मे हैं तो आपके महत्त्वपूर्ण अंक चार और आठ तथा किसी महीने की 4, 8, 13, 17, 22, 26 और 31 तारीखें हैं। पर मैं तो यही सलाह दूंगा कि आप इन तारीखों को महत्त्वपूर्ण काम न करें। मैं राय दूंगा कि आप अपने ये काम 1, 3, 10, 12, 19, 21, 28 या 30 तारीखों को करें।

5, 14, 23 दिसंबर को जन्मे व्यक्ति

(इस मास के अंक 5 के व्यक्ति)

यदि आपका जन्म दिसंबर की ऊपर बताई किसी तारीख को हुआ है तो ज्योतिष शास्त्र के नियमों और चाल्डीन अंक-विज्ञान की मेरी गणना-पद्धति के अनुसार आप बुध और वृहस्पति के प्रभाव में आते हैं। आपकी राशि धनु है, अग्नि त्रैविध्य का तीसरा घर।

स्वास्थ्य: इन तारीखों को जन्मे व्यक्तियों को प्रायः कोई गंभीर

बीमारी नहीं होती। जो बीमारियां होती हैं। वे असावधानीपूर्ण जीवन और अनियमित भोजन के कारण ही होंगी। जल्दी-जल्दी भोजन करने की आदत से पाचन-क्रिया गड़बड़ होगी। आंखों और चेहरे की नसें फड़केंगी, जुबान लड़खड़ाएगी या हकलाएंगे।

यदि आपका जन्म 5, 14, 23 दिसंबर को हुआ हो तो रहस्यमय प्रभावों पर विश्वास न होने पर भी आप पाएंगे 3 और 5 की श्रृंखला आपके जीवन में अनायास आ जाती है। आपको इन अंकों वाली तारीखों को अधिक-से-अधिक उपयोग करना चाहिए जैसे–3, 5, 12, 14, 21, 23 और 30।

6, 15, 24 दिसंबर को जन्मे व्यक्ति

(इस मास के अंक 6 के व्यक्ति)

यदि आपका जन्म दिसंबर की ऊपर बताई किसी तारीख को हुआ है तो ज्योतिष शास्त्र के नियमों और चाल्डीन अंक-विज्ञान की मेरी गणना-पद्धति के अनुसार आप वृहस्पति और शुक्र के प्रभाव में हैं। आपकी राशि धनु है, अग्नि त्रैविध्य का तीसरा घर।

स्वास्थ्य : प्रायः स्वास्थ्य के मामले में ये लोग भाग्यशाली होते हैं। इनकी समस्या आरामतलबी वाला रहन-सहन होता है जिसके ये लोग आसानी से शिकार हो जाते हैं। ढलती उम्र में उन्हें आंतों में या छाती में कैंसर या ट्यूमर हो जाने की संभावना रहती है।

आपके लिए महत्त्वपूर्ण अंक तीन, छः और नौ और इनकी श्रृंखला के अंक हैं। आप अपने काम किसी भी मास की 3, 6, 9, 12, 15, 18, 21, 24, 27 अथवा 30 तारीखों को करें।

7, 16, 25 दिसंबर को जन्मे व्यक्ति

(इस मास के अंक 7 के व्यक्ति)

यदि आपका जन्म दिसंबर की ऊपर बताई किसी तारीख को हुआ है तो

ज्योतिष शास्त्र के नियमों और चाल्डीन अंक-विज्ञान की मेरी गणना-पद्धति के अनुसार आप वरुणचंद्र और वृहस्पति के प्रभाव में हैं। आपकी राशि धनु है, अग्नि त्रैविध्य का तीसरा घर।

स्वास्थ्य : सामान्यतः आपकी पाचन-क्रिया बहुत अच्छी नहीं होगी। फिर भी आप भोजन में अनियमितता बरतेंगे और अपने शरीर की उपयुक्त देखभाल ठीक से नहीं करेंगे। 7, 16 तथा 25 दिसंबर को जन्मे व्यक्ति इतने उत्तेजनायुक्त होते हैं कि स्वस्थ अनुभव नहीं कर पाते हैं। ये लोग अपने को थका डालते हैं और नींद एवं विश्राम का भी काफी समय नहीं निकाल पाते।

इन तारीखों में जन्मे लोगों के महत्त्वपूर्ण अंक दो और सात की श्रृंखला तथा किसी मास की 2, 7, 11, 16, 20, 25 और 29 तारीखें शुभ हैं। आपको यथा-संभव अपने विशेष काम इन्हीं तारीखों में करने की चेष्टा करनी चाहिए।

यदि आपका जन्म 25 दिसंबर को हुआ है तो आप मकर राशि के संक्रांति काल में आते हैं। शनि उच्च का घर है इन लोगों को 7 या 16 दिसंबर को जन्मे लोगों की अपेक्षा अधिक निराशाओं का सामना करना होता है।

8, 17, 26 दिसंबर को जन्मे व्यक्ति

(इस मास के अंक 8 के व्यक्ति)

यदि आपका जन्म दिसंबर की ऊपर बताई किसी तारीख को हुआ है तो ज्योतिष शास्त्र के नियमों और चाल्डीन अंक-विज्ञान की मेरी गणना-पद्धति के अनुसार आप शनि और वृहस्पति के प्रभाव में हैं आपकी राशि धनु है, अग्नि त्रैविध्य का तीसरा घर।

स्वास्थ्य : इन तारीखों को जन्मे व्यक्ति तगड़े और स्वस्थ होते हैं। परंतु उन्हें आंतरिक बीमारियां हो जाती हैं और बड़े गंभीर ऑपरेशन कराने पड़ते हैं।

अंक आठ के व्यक्ति होने के कारण चार और आठ की श्रृंखला की

तारीखें आपके जीवन में सर्वाधिक प्रभाव डालने वाली होंगी। ये हैं किसी महीने की 4, 8, 13, 17, 22, 26 और 31 तारीखें। आप गहरे रंगों के कपड़े और काला मोती, काला हीरा और गहरे बैंगनी रंग के नगीने पहनना पसंद करेंगे।

9, 18, 27 दिसंबर को जन्मे व्यक्ति

(इस मास के अंक 9 के व्यक्ति)

यदि आपका जन्म दिसंबर मास की ऊपर बताई किसी तारीख को हुआ है तो ज्योतिष शास्त्र के नियमों और चाल्डीन अंक-विज्ञान की मेरी गणना-पद्धति के अनुसार आप मंगल और बृहस्पति के प्रभाव में हैं आपकी राशि धनु है, अग्नि त्रैविध्य का तीसरा घर।

यदि आपका जन्म-दिन 27 दिसंबर है जो मकर राशि का पहला अंक 9 है तो आप मंगल और शनि (पृथ्वी त्रैविध्य का तीसरा घर) के प्रभाव में होंगे।

स्वास्थ्य : इन तारीखों में जन्मे व्यक्ति स्वास्थ्य के मामले में अपने ही सबसे बुरे शत्रु होते हैं। ये लोग अपना कतई ख्याल नहीं रखते और हमेशा कुछ-न कुछ करते रहने की इच्छा के कारण अपने स्वास्थ्य को खतरे में डाल लेते हैं।

अठारह साल की उम्र के बाद वे स्वस्थ और तगड़े होने लगते हैं लेकिन 54 साल की उम्र के बाद अत्यधिक परिश्रम के चिह्न स्नायु-तंत्र पर दबाव के रूप में सामने आने लगते हैं।

बिना किसी दुर्घटना के उनकी जीवन-यात्रा पूरी नहीं होती। आमतौर पर इन लोगों को गोली लगने, अग्नि-विस्फोटक या फिर मोटर, हवाई जहाज़ या किसी जानवर से घाव लग सकते हैं।

आपका सबसे महत्त्वपूर्ण अंक है 9 और उसकी श्रृंखला वाली तारीखें हैं। किसी मास की 9, 18 और 27 तारीखें शुभ होंगी। अपने विशेष काम यथासंभव इन्हीं तारीखों को करने की कोशिश करें।

निष्कर्ष

यद्यपि 'ऐसा कैसे हो सकता है' इस प्रश्न के रहस्य को हम शायद कभी न अनावृत कर सकें; परंतु ऐसा कर पाना असंभव है, ऐसा कहने का भी कोई कारण नहीं है। जिस प्रकार जीवन के रहस्य को समझ पाना असंभव है, उसी प्रकार उसके विभिन्न रूपों के अर्थ को समझ पाना भी संभव नहीं है।

शोधकर्ताओं को हर रोज कोई-न-कोई नया सत्य हाथ लग जाता है। परंतु जो खोज आत्मा से संबंधित होती है उसमें रहस्य और भी गूढ़ होते जाते हैं।

नियति के करघे पर जीवन, उसके उद्देश्य और उसकी आयोजना को इस तरह मिला-जुला कर बुन दिया जाता है कि हमारी भौतिक दृष्टि केवल आयोजन को ही देख पाती है और कुछ नहीं देख पाती; फिर भी, उसे इसी से संतुष्ट होना पड़ता है।

एक बात सुनिश्चित है। जीवन का रहस्यमय गोपन पक्ष ही उसका सत्य है–वही सच्चा जीवन है जो सुनहरे धागे की भांति सबको बांधे रखता है। आकारों, रूपों और रेखाओं में उसको अभिव्यक्ति मिलती है। महाकाल अपने उद्देश्य की पूर्ति के लिए सेवकों की भांति राष्ट्रों का उपयोग करता है। और जीवन का जो भी उद्देश्य हो, उसका अंश बनने की अपनी नियति से

बचा नहीं जा सकता।

रहस्यमयता ही वह धर्म है, जिसके मंदिर में सब मिल जाते हैं—जहां कैथोलिक, प्रोटैस्टैण्ट, मुस्लिम, यहूदी सबको कुछ-न-कुछ सर्वमान्य मिल जाता है। संभवतः वे जान पाते हैं कि उनके धार्मिक स्मारकों का मूल कहां है और यह भी जान पाते हैं कि उन लोगों ने, जिनके पद-चिह्न अब शताब्दियों की धूल में मिट चुके हैं, स्मारकों का निर्माण किस कारण से किया है।

यहूदियों को पता चलता है कि बारह का अंक उनके संप्रदाय का अंक क्यों चुना गया था। ईसाई लोग भी अपने धर्मोपदेशकों की संख्या में वही सत्य पाएंगे।

सोलोमन को उनके अनुष्ठानों की व्याख्या मिलेगी। यहां तक कि कैथोलिक कैथिड्रल के समर्पण-अनुष्ठान को एक रहस्यात्मक महत्त्व मिलेगा जिसका अनुष्ठान करने वाले पादरियों को कभी आभास तक नहीं हुआ हो। बारह क्रॉस, राशि चक्र के बारह घंटों के प्रतीक हैं। सात मोमबत्तियां सात ग्रहों का प्रतिनिधित्व करती हैं। 'सात' का अंक सारी सृष्टि में आध्यात्मिक महत्त्व का अंक माना जाता है। चार क्रॉस वर्ष की चार आधारशिलाएं हैं—चार मौसम।

ईसा के तैंतीस वर्ष सौर-चक्र के अनुरूप हैं। एक खास दिन और एक खास समय पर उनका सलीब पर चढ़ना मात्र संयोग नहीं नहीं जान पड़ेगा बशर्ते कि इस सबको उस मूल भाव से समझने का यत्न किया जाए जो ऐसे रहस्यों को सुलझाने में सहायक हुआ करते हैं।

इन परिस्थितियों में धर्म एक संजीव शक्ति बन जाएगा—अनुष्ठानों और कर्म कांडों का वह जाल मात्र नहीं जैसा कि वह आज बना हुआ है।

सृष्टिकर्ता का यह प्रयोजन कदापि नहीं था किसी स्त्री-पुरुष उसके महत उद्देश्य के उपयुक्त निमित्त बनने के बजाय बोझ उठाने वाले पशुओं का रूप धारण कर लें, जैसे कि वे आजकल बने हुए हैं। इस परम नियंता की दृष्टि में समय अर्थहीन है। इसीलिए मनुष्य को अपने जन्म का उद्देश्य समझढ़ने में शताब्दियां लग जाती हैं। उस उद्देश्य की कहानी हर वस्तु में

लिखी होती है–वह अंतिम कहानी जो मनुष्य अंततः पढ़ता है।

आस्था ईश्वर की प्रथम संतान है जिसे न तो समय ही अपने स्थान से डिगा पाता है और न आंसू। अंत में धरती रहस्यमयता से आवृत रहेगी और 'टेढ़े-मेढ़े' रास्तों को सीधा कर दिया जाएगा।

रहस्यमयता अथवा गुह्य विद्याओं में वह शक्ति है कि व्यक्ति जीवन की दैनंदिनी परीक्षाओं से गुजर सके और ईश्वरीय उद्देश्य के रहस्य के उद्घाटन में उसका विश्वास और निर्धारित समय तक प्रतीक्षा कर सकने का धैर्य आ सके।

ये ही वे कुछ कारण हैं, जिन्होंने यह पुस्तक आप तक पहुंचाने की प्रेरणा मुझे प्रदान की। जिन व्यक्तियों ने इन विषयों का थोड़ा-बहुत अध्ययन किया होगा, उन्हें संभव है, यह कुछ रोचक लगे। जिन्होंने अभी तक इन प्रश्नों पर किसी प्रकार का विचार ही नहीं किया है वे शायद इनकी जांच-परख करने की दिशा में प्रेरित हों और उन स्त्री-पुरुषों के वर्ग की संख्या बढ़ाएं जो भौतिकवाद के प्रबल प्रवाह को थामते हैं और मानवता को यह भूल करने से रोकते हैं कि संसार मानव उतना ही है जो दृश्य है–दिखाई देता है; वह नहीं है, जो अदृश्य है।

●●●